UM LUGAR ENTRE OS VIVOS

JEAN-PIERRE GATTÉGNO

UM LUGAR ENTRE OS VIVOS

Tradução:
ANDRÉ VIANA
ANTONIO CARLOS VIANA

COMPANHIA DAS LETRAS

Copyright © 2001 by Calmann-Lévy

Título original:
Une place parmi les vivants

Projeto gráfico de capa:
João Baptista da Costa Aguiar

Foto de capa:
Edu Marin Kessedjian

Preparação:
Eugênio Vinci de Moraes

Revisão:
Carmen S. da Costa
Renato Potenza Rodrigues

A tradução dos versos de Baudelaire, citados nas páginas 60 e 65 foi retirada de
As flores do mal. *Tradução de Ivan Junqueira. Rio de Janeiro: Nova Fronteira,*
1985, pp. 237, 393 e 395, respectivamente.

Dados Internacionais de Catalogação na Publicação (CIP)
(Câmara Brasileira do Livro, SP, Brasil)

Gattégno, Jean-Pierre
Um lugar entre os vivos / Jean-Pierre Gattégno ;
tradução André Viana, Antonio Carlos Viana. —
São Paulo : Companhia das Letras, 2004.

1. Título original : Une place parmi les vivants
ISBN 85-359-0454-9

1. Ficção policial e de mistério (Literatura francesa)
2. Romance francês I. Título.

03-7103   CDD-843

Índice para catálogo sistemático:
1. Romances : Literatura francesa   843

2004

Todos os direitos desta edição reservados à
EDITORA SCHWARCZ LTDA.
Rua Bandeira Paulista 702 cj. 32
04532-002 — São Paulo — SP
Telefone: (11) 3707-3500
Fax: (11) 3707-3501
www.companhiadasletras.com.br

Para Jacques Demy
Para Jeanne Moreau,
maravilhosa em
La baie des Anges

Se você quiser fazer Deus rir, fale de seus projetos.
Alejandro Gonzales Iñarritu
Amores brutos

PRÓLOGO

Eu sou o filho da noite medieval e da noite nova-iorquina. Uma ponte lançada entre dois abismos.

Talvez um começo assim, pensa o homem de finos óculos com armação dourada, ou talvez não...

Atravessou o bulevar de Rochechouart.

Fazia pouco que a neve começara a cair. Ela salpicava a noite com uma infinidade de pontos brancos que desciam rodopiando. Mas em nenhum momento ele pensou em abrir o guarda-chuva ou erguer a gola do casaco. Aquele começo o perseguia. Tudo dependia do incipit. Se o leitor não fosse fisgado desde as primeiras linhas, tudo estaria perdido, ele fechava o livro e ia atrás de outro. Essa idéia o desnorteou. Mas era evidente: as prateleiras das livrarias estão abarrotadas de livros. Há entre eles uma guerra desencadeada a golpes de incipit. Primeiras linhas contra primeiras linhas. Desde o começo, em duas frases incisivas, percucientes e corrosivas, deve-se pegar o leitor com uma bela ação, criar uma atmosfera, envolvê-lo com algumas personagens e deixá-lo morrendo de vontade de saber o que vem depois.

A batalha, geralmente, se ganha com duas frases...

As duas dele, ele as havia encontrado quinze minutos antes ao atravessar a praça d'Anvers, mas ao chegar ao bulevar de Rochechouart, achou que ainda devia trabalhá-las. Claro que havia nelas um certo engenho. Ele criava, deliberadamente, uma certa imprecisão com as palavras principais. O filho da noite medieval e da noite nova-iorquina sugeria uma junção estranha numa atmosfera de mistério moderno e de magia antiga. O todo reforçado pela alusão nietzschiana à ponte entre dois abismos. No entanto, não estava inteiramente satisfeito. Tinha de ser mais sutil, coisa pouca. E aí eram outros quinhentos. Mas ele veria com Ripper. Um homem como ele teria forçosamente um outro olhar sobre a questão.

Na esquina da rua de Steinkerque com o bulevar de Rochechouart, cruzou uma rádio-patrulha. Mas ela nem o percebeu, e ele entrou na rua de Steinkerque. Havia ali um quê de sinistro que dissuadia qualquer aventura. Estava pouco ligando, pois aquilo, em vez de fazê-lo sentir medo, na verdade o inspirava. E mais, o incipit não era seu único problema. Ele queria também uma escrita cinematográfica. Essencial a seu ver. Uma escrita ao mesmo tempo ágil e sonora, para que o leitor se posicionasse diante do texto como se estivesse em frente de uma tela de cinema ou de tevê. Pouquíssimos escritores sabiam fazer isso. Mas Ripper saberia. Quando ele contava suas histórias água-com-açúcar, tinha-se a impressão de estar diante de um filme. Ele mostraria a personagem principal caminhando pela cidade, como ele naquele momento. Ser contundente, capaz de sugerir o caçador solitário — idéia a que ele se apegava acima de tudo. O cinema recorria com freqüência a esse procedimento. Em *Os embalos de sábado à noite*, durante os créditos, a câmera ficava colada aos sapatos de John Travolta. Seu rosto ainda nem aparecera, mas já se conhecia sua atitude. Uma atitude de homem determinado. Nos filmes de suspense, esse procedimento criava um clima angustiante. Ali, naquela rua sinistra, com a escuridão e a neve que seus passos esmagavam — e evidentemente com o tema que ele pretendia expor —, a partida estava ganha, a angústia se instalaria naturalmente, a morte seria tanto mais aterradora quanto mais banal.

Na praça Saint-Pierre, dobrou à esquerda em direção ao funicular a que não deu atenção, preferindo as escadas da rua Foyatier. Ao chegar lá em cima, pôs no chão a grossa pasta de couro que levava na mão esquerda e limpou os óculos. A cidade se estendia a seus pés, mergulhada na noite e na neve que caía. A leste, o bulevar periférico desenhava um círculo de luz amarela que se diluía na neblina. Achou o espetáculo grandioso. Paris é uma mulher, pensou. Gostou da frase e a anotou no caderninho, caso Ripper se interessasse por ela. Pegou de volta a pasta e entrou na rua do Cardinal-Guibert, por entre os edifícios do Sacré-Coeur, dobrou à esquerda na rua do Chevalier-de-la-Barre e mais uma vez à esquerda, na rua do Mont-Cenis. Caminhando apressado, ele pensava em seu incipit.

Eram dez horas da noite quando empurrou a porta do Lapin Chasseur. O café estava quase vazio, no balcão, um sujeito discutia com o garçom, e apenas duas mesas estavam ocupadas. Numa estava uma mulher de rosto um tanto triste. Usava um tailleur cinza-pérola. Estava mergulhada de tal forma num livro impressionantemente volumoso que esquecera a cerveja no copo.

E, na mesa do fundo, sentado sob a reprodução de um Toulouse-Lautrec que mostrava uma mulher nua num divã, Ernest Ripper escrevia num notebook Macintosh.

I
O CONTRATO

1

Eu estava cheia de suas noitadas no Lapin Chasseur. Ele se achava um Sartre escrevendo *O ser e o nada* no Deux Magots. Aí eu mandei ele rodar. Ele recebeu meu chute sem dizer uma palavra.

Assim que se deitava no divã, a raiva de Maryse voltava intacta. O homem da poltrona ficava em silêncio, e ela não sabia se aquela raiva nascera depois daquelas sessões ou depois daquele escritor.

— O senhor é igual! — exclamou ela —, eu me levantaria, iria embora, e o senhor não diria nada. Igual a Ernest, ele...

Seu olhar recaiu sobre *O 24º dia*, de Daurat, na parede acima de uma cômoda. O quadro mostrava um túnel de cimento armado que, num rápido movimento circular, se precipitava para a direita. A arquitetura do túnel, espantosamente leve, apesar da massa imponente de cimento armado, a luz que vinha das aberturas em forma de ogiva no lado esquerdo, a paz que o conjunto emanava evocavam a atmosfera de uma catedral. Exatamente como o que ela queria para seu escritório.

— Ernest é incapaz de terminar o que quer que seja — disse ela. — Tenho de decidir por ele. Em Aim'-sur-Meuse, fui eu que dei os primeiros passos. Ele não teria se mexido. Já o conheci assim. Culto, inteligente, mas incapaz de tomar uma decisão. Tive de conseguir esse cargo de editora na Condorcet e traduções para Ernest na Romance para que ele se livrasse do colégio, das aulas de inglês, e viesse morar comigo. Na época, eu estava louca por isso, eu dizia para mim que o trabalho na Romance era para o dinheiro do supermercado, que as idiotices do tipo *Aperta-me bem forte em teus braços*, *Encontro com a felicidade* iam passar, estava certa de que ele tinha talento, que publicaria pela Condorcet. Ernest me contava que seu tio, o velho Samuel, como o chamava, achava que ele ia ser um grande escritor. Um grande escritor! Eu também acreditava nisso. Por isso ia com ele ao hospital para visitar o tio. Um velho asqueroso, semiparalítico, que passava o tempo todo reclamando do urinol. Que não parava de falar. Um borbotão interminável de palavras e de baba escorria de sua boca. Dava nojo. Entre duas golfadas de palavras, ele tentava me dizer que Ernest era melhor que Victor Hugo. Pequeno ainda, ele escrevia coisas magníficas nuns caderninhos. E agora ele se preparava para escrever sua grande obra sobre um tal Serial-Killer. Um sujeito que aterrorizara o mundo inteiro numa certa época. Eu tinha que estar apaixonada para suportar tanta baboseira! Sim, Ernest terminou por me mostrar um manuscrito. O romance do século, segundo ele. Na realidade, uma gororoba insípida e pretensiosa, intitulada *Julgamento final*. Pior que seus romances água-com-açúcar. Acreditava ter se inspirado no Antigo Testamento, o tipo vaidoso, que se leva a sério. Nem esperei, botei o Victor Hugo no olho da rua. Nisso, ele encontrou uma fedelha duas vezes mais jovem que ele... e que eu. Não era muito...

— Bem, senhora — diz o homem, se levantando.

Ela se levantou também, colocou quinhentos francos sobre a mesa enquanto ele puxava para trás com um gesto mecânico os cabelos que lhe caíam na testa. Maryse amava esse gesto. Dava a ele um ar intelectual meio blasé. Ela se perguntou se não seria por isso que começara a terapia com ele. Era um tanto caro para ver alguém puxar os cabelos para trás, mas era de sua natureza dar dinheiro aos homens.

Quando ela se viu lá fora, já era noite, a neve caía rodopiando.

Eram nove e meia.

A avenida Trudaine tinha qualquer coisa de abandono.

De repente, ela teve medo.

De repente, ela pensou no homem que estava nas manchetes dos jornais. Aquele que cometia seus crimes a partir da praça Clichy e cujo retrato, de traços tão inconsistentes, mudava tanto. Era disso que ela queria falar quando ele a interrompeu.

A neve caía com mais força.

Tinha de tomar uma decisão.

Seu Austin estava estacionado no bulevar Rochechouart, do outro lado da praça d'Anvers. No outro lado do mundo. A rua que margeava a praça era mal iluminada, desaparecia sob a neve; no chão, placas duras e geladas obrigavam a caminhar com cautela.

Finalmente, ela entrou na rua.

Teve a impressão de, entre uma passada e outra, levar uma imensidão de tempo. "Não vou mais deitar naquele divã numa hora tão despropositada", pensou. Ao longe, através dos turbilhões de flocos de neve, vislumbravam-se as luzes do bulevar Rochechouart. Instintivamente, ela apressou o passo, mas mal percorrera dois ou três metros, escorregou e só não caiu porque se agarrou às grades da praça. Fez uma curta pausa para retomar o fôlego, depois partiu com cuidado. Com passos curtos. De repente, ouviu um ruído às suas costas. Alguém caminhava atrás dela. Um homem, tinha certeza. Era como se ele tivesse ajustado o passo ao dela. Talvez também estivesse com medo de escorregar. Ou será que a seguia? A idéia a aterrorizou. Tentou se convencer de que era alguém que passeava. Mas alguém passeando com aquele tempo... Seus passos esmagavam a neve e produziam estalidos em intervalos regulares. Era o único ruído que Maryse ouvia. Um ruído que vinha a seu encontro, leve, quase delicado. Lembrou-se de um filme em que um homem, enquanto se preparava para cometer um ato monstruoso, caminhava assobiando. Bem tranqüilo. Nos jornais, uma mulher que escapara por pouco do assassino contava que ele tentava persuadir suas vítimas, sobre as quais tinha total domínio, que a relação de forças o favorecia *indubitavelmente*. Só o fato de ele não se apressar *já* criava essa relação de forças. Maryse sentiu o coração disparar. Tentava dizer para si mesma que não se pode ver em cada transeunte uma ameaça. Mas as palavras não tinham nenhum efeito. O homem se aproximava. Em nenhum momento ele acelerara o passo, mas continuava se aproximando dela. Olhou em torno e se deu conta de que *havia parado*, como se o esperasse. As outras não faziam assim? Esperavam docilmente a hora de se dei-

20

xar estrangular. Lembrou que estava com trinta e cinco anos, que gostaria de ser mais bonita, que era professora de letras clássicas, que tinha ensinado na região do Meuse, que era editora na Condorcet, e também que estava fazendo análise e que sua vida era uma merda. Pensou em Ernest. Aquele desgraçado tinha passado dos quarenta, não era possível que ele fosse viver mais do que ela! Essa idéia lhe pareceu insuportável. Em seu estômago, uma bola fazia esforços desesperados para chegar até a garganta. Juntou todas as forças para fazê-la subir. A bola começou a se mover. Mas suas chances eram muito pequenas. O homem nem desconfiava e se aproximava com uma fleuma de vencedor. Ele já estava quase alcançando-a quando Maryse sentiu que a bola chegava à garganta. Abriu a boca para libertá-la.

Não saiu som algum.

E o homem a alcançou.

Ele não a notou. Nem olhou para ela. Na mão esquerda levava uma grossa pasta de couro, a outra mão estava mergulhada no bolso do sobretudo. Quando passou por ela, Maryse o ouviu murmurar: "Eu sou o filho da noite medieval e da noite nova-iorquina. Uma ponte lançada entre dois abismos... Assim está bom!".

Depois sumiu na escuridão.

A tensão que tomara conta de Maryse cedeu de repente, suas pernas ficaram moles, ela se pôs a tremer e precisou se apoiar nas grades da praça. Uma vez recuperada, voltou a caminhar. Ao chegar no carro, percebeu o homem da pasta entrando na rua de Steinkerque, no momento em que aparecia uma patrulha. Será que ele ia em direção à colina? Não seria de espantar que ele fosse se encontrar com Ernest no Lapin Chasseur. Mas logo ele desapareceu na noite e do pensamento dela.

Ela entrou no Austin, ligou a chave e um choro violento a sacudiu bruscamente. Abandonada ao pranto, sua cabeça caiu sobre o volante e ela pensou que Alexis saberia consolá-la. Por suportá-la, deixaria um pouco mais de dinheiro no bolso dele.

Chorou copiosamente enquanto seu espírito vagava de um homem a outro.

De Alexis Chortzakov a Ernest Ripper.

— O senhor é da família de Jack, o Estripador?

Ernest se perguntou se o homem de óculos não estava completamente louco. Ele se plantara à sua frente e dissera com certa ênfase: "Eu sou o filho da noite medieval e da noite nova-iorquina. Uma ponte lançada entre dois abismos". Depois, sem ser convidado, sentou-se à mesa: "Então, mestre, o que diz desse incipit?". Ernest não estava entendendo nada, mas achou fantástico ser chamado de "mestre", como se ele fosse um verdadeiro escritor. Não seria uma brincadeira? Quis chamar o garçom para tirar aquele sujeito dali, mas o garçom estava batendo papo com alguém enquanto lavava uns copos atrás do balcão. De qualquer forma, ele não iria se incomodar com um cliente que quase não consumia e não deixava gorjeta. Ernest não podia fazer nada. Enquanto o best-seller que lhe permitiria estourar o champanhe não vinha, estava condenado a um café expresso por noite. Estava se lixando para o desprezo do garçom. Preferia isso a ficar trabalhando em casa com Sabine no seu pé. Ali pelo menos tinha paz. A não ser quando um importuno vinha azucrinar sua paciência com histórias de incipit e de noite nova-iorquina. É verdade que o sujeito não parecia perigoso. Ernest nunca vira um rosto como aquele. De uma absoluta banalidade na qual deslizava o olhar.

Sem conseguir uma resposta, o importuno achou por bem explicar o sentido da pergunta.

— É por causa de seu nome. Em inglês, Jack, o Estripador, se diz Jack, the Ripper.

— Como o senhor sabe meu nome?

— De seus livros.

— De meus livros?

— Sim, li alguns deles: *Volúpias orientais*, *Um amor tão maravilhoso*, *Será esta noite minha querida*, *Só amo a ti*. Para mim, o senhor é um escritor e tanto. Sabe contar uma história, seus personagens têm vida, a gente os vê falar, se mexer. Quando o leio, tenho a impressão de estar vendo um filme.

— O senhor leu mesmo? — perguntou Ernest, incrédulo.

— Claro. Acabo de começar *Abraços sobre o Bósforo*. Maravilhoso! Aquele começo em Istambul, quando Suelen quer pôr um ponto final em sua vida porque o homem que amava a abandonou... É arte de verdade, mestre, da melhor! Ela vai cortar os pulsos no quarto de hotel e, ao mesmo tempo, sentimos a cidade palpitar à sua volta, aquela cidade que é a causa de sua infelicidade, que a separou de seu único amor. Muito bem pensado, isso cria um clima extremamente dramático. Ouvimos o muezim chamando para a oração, vemos os vendedores de cigarro, de água, de limonada, de melancia, o alvoroço da rua, o Grande Bazar, o empurra-

empurra diante da igreja Santa Sofia, diante da mesquita azul. Toda aquela efervescência oriental. Francamente, a gente pensa que está lá...

— O senhor está querendo me sacanear! Não vá me dizer que leva aquelas idiotices a sério...

— O que levo a sério é que o senhor as escreveu... Tenho uma proposta a lhe fazer.

— O senhor é editor?

Mas ele nem respondeu e, para grande surpresa de Ernest, pediu champanhe. E do melhor.

— Saúde — disse ele, levantando a taça, depois que puseram à sua frente um balde com gelo com uma garrafa de Dom Pérignon, millésime 1989.

Depois esperou que o garçom se afastasse.

— Vou lhe explicar o que me traz aqui, mas gostaria de que o senhor me dissesse logo se seu nome é referência a Jack the Ripper.

Ernest quase caiu na risada. Ernest, o Estripador! Até que a coisa era espirituosa. Desligou o notebook e olhou seu interlocutor nos olhos.

— Meu nome nada tem a ver com Jack the Ripper — respondeu. — É uma contração de Rappoport. Circunstâncias especiais levaram minha família a transformar esse nome em Ripper. Era mais conveniente aos tempos de então. Como vê, nenhuma relação com o assassino de White Chapel. Satisfeito? Agora me diga o que o senhor quer comigo.

O homem tirou um jornal do bolso e mostrou o retrato falado que aparecia na primeira página.

— Se lhe dissesse que este sou eu, acreditaria?

Ernest olhou o retrato, depois o homem à sua frente. Os dois rostos tinham em comum a insignificância.

Daí a dizer que se tratava da mesma pessoa, era o mesmo que comparar duas folhas em branco.

— Não acho que se pareça com o senhor — disse ele.

— Pode ser qualquer um, tanto pode ser o senhor como não.

— E no entanto sou eu. Está admirado, mas é isso mesmo, eu sou o *assassino serial*. Aquele que aparece regularmente na imprensa. E, de quebra, sou um assassino cinéfilo. Vi todos os filmes sobre esse tema, de Hitchcock, Fritz Lang, Chaplin, até Philippe Grandieux, Berberian ou McNaughton. Mas entendo suas reticências. Esse retrato falado não prova nada. Não só eu tenho um rosto difícil de lembrar, além do mais — ele não conseguiu segurar um risinho —, não há testemunhos precisos.

Ernest pensou que era melhor não contrariá-lo. Se ele fizesse escândalo, os colocariam porta afora e certamente os proibiriam de voltar.

— Vá lá — disse ele —, o senhor é o assassino procurado por todas a polícia da França e de Navarra, um assassino cinéfilo como o senhor disse, mas isso ainda não explica o que o senhor quer de mim.

O homem sorriu, serviu-se uma segunda taça de champanhe e a esvaziou de um gole.

— Acabo de lhe oferecer o que todo mundo deseja, mas que poucos conseguem: a glória e a riqueza.

— E o que eu preciso fazer para isso?

— Escrever... como o senhor faz para a editora Romance.

— Se o senhor quer que eu escreva histórias de amor, bateu na porta errada. Não sou eu que invento essas histórias. Me contento em traduzi-las do inglês. Ou melhor, faço uma adaptação para o francês para ficar ao alcance de minhas leitoras. É um trabalho braçal.

— Está errado, mestre, profundamente errado! Tudo bem que o senhor as adapta, mas o senhor tem estilo. É uma qualidade e tanto. O que lhe falta para virar um escritor digno desse nome é a trama. Essa trama, eu estou lhe oferecendo.

— E qual é essa trama?

— A história de minha vida.

— A história da sua vida?

— Sim, da minha vida e dos meus crimes. Ingredientes bem diferentes daqueles que o senhor usa em seus folhetins. O senhor tem agora de passar para o degrau seguinte, e eu estou lhe dando a oportunidade. Ao lhe contar a história de minha vida, abordará o essencial da comédia humana: desejo, amor, mentira, traição, estupidez, esperança, desespero, crueldade... Tudo o que constitui a tragédia dos homens diante da ausência de Deus.

— Só isso! — ironizou Ernest.

O homem não se abalou.

— Sou muito sério. Graças a mim, o senhor vai chocar os leitores. Dirá tudo a eles sobre o assassino serial, sobre suas frustrações, a sua existência modesta, a excelência de suas origens. Escreverá páginas brilhantes sobre o contraste entre sua vida cotidiana, terrivelmente medíocre, e sua vida de assassino, fonte de tudo o que há de mais ignóbil na humanidade. Eu lhe servirei de modelo, o senhor evocará minha mais tenra infância, minha libido, meus fantasmas. Dirá o que sinto diante das mulheres, e também o que elas sentem quando estão às voltas comigo. Agora mesmo acabo de cruzar com uma, na praça d'Anvers. Ela estava aterrorizada só de ouvir o ruído de meus passos. Graças a mim, descreverá o terror de dentro para fora, como se o senhor reagisse através das emoções dela. Acredite, desse jeito, chegaremos rápido ao best-seller.

Ernest teve a impressão de assistir a uma metamorfose. Aquele homem começava a existir. Bastou que ele lhe falasse de seu projeto. E se ele fosse mesmo o assassino serial?, indagou-se. Mas essa pergunta o deixou preocupado, e ele preferiu abandoná-la.

— Se tem tantas idéias, por que o senhor mesmo não escreve sua história?

O homem não respondeu logo.

Puxou do bolso de dentro do sobretudo um porta-charutos — um Epicuro de couro acaju —, escolheu um Hoyo do Príncipe, cortou a ponta com uma pequena guilhotina de bolso e o acendeu com um fósforo. O garçom trouxe um cinzeiro, e ele aproveitou para pedir um poire.

— Por que não escrevo? Mas, caro mestre, porque não tenho o seu talento.

E estendeu as suas mãos diante dele.

— Veja, elas estão tremendo. Não é só por causa do álcool. Quando escrevo, elas tremem mais ainda. Minha letra treme, meu estilo, minha gramática, minha sintaxe, minha pontuação, minhas frases, eu sei como se faz tudo isso, conheço as regras mais complicadas como, por exemplo, as do infinitivo, que quase ninguém compreende. Eu poderia fazer um ditado de Mérimée sem cometer nenhum erro. Mas quanto mais sei, quanto mais disponho de um vocabulário amplo — talvez mais amplo que o de muitos escritores —, mais me sinto incapaz de construir uma frase bem-feita. Não tenho aquela habilidade de pegar três ou quatro palavras na sarjeta e transformá-las numa jóia. O senhor sabe o que disse o poeta? "Deste-me lama e a transformei em ouro." Estou muito longe disso. Por isso que vim atrás do senhor. Não por humildade, mas por lucidez.

Deu uma baforada em seu havana e continuou:

— Podemos nos entender: tenho a história, o senhor tem a palavra. E um senso de achados magníficos. Em *Teus olhos têm o brilho do amor*, aquela cena em que a jovem cega encontra o cirurgião que a fará enxergar de novo, e por quem ela ficará perdidamente apaixonada! O senhor fez mais do que simplesmente adaptar. É isso o que aprecio. Eu lhe darei os ingredientes, e o senhor bota seu tempero. O senhor será sutil, incisivo, e sobretudo visual. Enquanto cinéfilo, fico por aí. A linguagem é totalmente sua. Comparações sofisticadas, metáforas audaciosas, alegorias desconcertantes, referências culturais refinadas, rupturas sintáticas, frases sem verbo, verbo sem sujeito, subordinadas sem principal, pontuação desconcertante, *private jokes*, total liberdade para fazer o que quiser.

— E com isso faremos um best-seller? — perguntou Ernest, surpreso diante de tanto saber.

— Claro. E, antes de tudo, o assunto é da maior atualidade. Mas tenho outras ambições que vão além desse tema de circunstância. Não são as memórias de Lady Di que o senhor escreverá. Claro, será sobre um criminoso e as mulheres que ele assassina. Mas falaremos disso numa forma narrativa que deixe o leitor tenso e de um modo metafísico que leve à reflexão. O encontro desses dois gêneros nos proporcionará um sucesso retumbante.

Nisso, ele terminou seu poire. Atrás do balcão, o garçom continuava conversando com um cliente. Na mesa vizinha, a mulher havia abandonado a leitura de seu tijolaço e vez por outra olhava para eles de um jeito intrigante. O homem pôde ver que ela lia *Notre-Dame de Paris*. Presa da boa para um assassino serial, pensou ele. Daquelas que se entregam. Por ter pensado bastante nesse tema, proporia a Ernest Ripper desenvolvê-lo.

— O senhor é mesmo o assassino serial?

— Claro.

— Ninguém diria.

— É por isso que a polícia não me acha.

— Quem lhe assegura que não vou avisá-la ou que não vou alertar o café inteiro?

— É um risco que corro.

Ernest sabia que não ia fazer nada disso. O que o impedia? Aquela tendência à passividade que tanto havia exasperado Maryse? Ou não estava acreditando naquele homem? Deveria acreditar, aceitar aquela proposta?

De repente, uma dúvida lhe atravessou o espírito.

— Como o senhor sabia que eu estava aqui?

O homem sorriu. Desde o início esperava aquela pergunta. Ele ia dar o golpe de misericórdia, e o escritorzinho iria ver o que nunca tinha visto.

— Elementar, meu caro Ripper. Um assassino serial sempre alcança a pessoa que lhe interessa.

Uma vez mais, Ernest ficou sem saber o que responder. Aquele cara era louco. Sabia onde encontrá-lo, quem ele era, o que escrevia. Saberia também que ele tentara escrever romances de verdade como os que Maryse esperava, ou o tio Samuel? E que, depois de dez ou vinte páginas, ele jogava tudo no lixo. Sem dúvida ele sabia, senão não estaria ali.

— O senhor me propõe ser o seu ghost-writer?

— De jeito nenhum! Não tenho a intenção de assinar o que o senhor escrever. Seria como me entregar pessoalmente à polícia. O negócio que lhe proponho é dos mais honestos: ao senhor a glória literária, a mim a glória dos crimes. Fica combinado que o senhor não divulgará nada que possa me identificar, mas, graças ao senhor saberão quem eu sou, em minha essência. Apenas seu nome aparecerá na capa. Nós nos encontraremos com muita freqüência, teremos longas conversas, falarei das mulheres que ataquei, vou lhe expor minha estratégia para reduzi-las ao estado em que as deixei, lhe passo as anotações que fiz durante minhas expedições. Em suma, o senhor pode contar com minha colaboração. Eu lhe forneço o material e o senhor o reproduz em termos literários.

— O senhor não acha que eu poderia não ser a pessoa indicada para esse tipo de narrativa? Minha especialidade é o sentimento, a emoção... Minhas personagens desejam encontrar o grande amor, e não picar as mulheres em pedacinhos.

— Uma coisa não anula a outra.

Ele esmagou o charuto no cinzeiro.

— Então, o que acha da minha proposta?

— Preciso pensar, além do mais tenho outros compromissos... um livro para terminar.

— Isso não leva uma eternidade.

— Não, mas depois desse farei um outro. Afinal, preciso ganhar a vida.

— Quanto o senhor ganha por livro?

— Treze mil francos.

— E qual o seu ritmo?

— Cerca de um por mês. Dificilmente mais do que isso.

O homem mergulhou a mão no bolso do sobretudo, puxou uma carteira de onde tirou quatro maços de notas de quinhentos francos.

— Vinte mil francos — disse ele. — Um livro e meio, sem precisar declarar, sem precisar pagar nenhum imposto. Vinte mil francos limpos para ajudá-lo a pensar.

Tirou da pasta que estava a seus pés uma outra de papelão fechada com um elástico.

— Aqui estão minhas anotações — disse ele. — Sobre mim, sobre meus antepassados. Eu explico aí que pertenço a uma família que remonta a Filipe Augusto. Está admirado, não? Ficará estupefato ao descobrir os grandes feitos e malfeitos de meus ancestrais. Essas histórias têm um papel capital. O leitor terá que conhecê-las. Ele deve descobrir que um assassino serial é o traço de união indispensável entre o passado e o futuro, que ele une tradição e modernidade, os grandes vampiros dos Cárpatos, os assassinos místicos da Idade Média e os psicopatas de hoje. Está tudo aí aos pedaços nas minhas anotações. Leia-as. Se elas o inspirarem, faremos negócio. Se não, o senhor ganhou vinte mil francos sem suar.

Ernest olhou os quatro maços de notas sobre a mesa. Dez notas de quinhentos francos em cada maço, com a barra prateada para evitar falsificações. Quatro vezes cinco mil francos. Ele não sabia o que dizer.

31

Diante daquelas cédulas, a mulher solitária fechou o livro, dava a impressão de não conseguir desgrudar o olhar daquela mesa. Quanto ao garçom e seu cliente, pararam a conversa na hora, e suas bocas fizeram um "o" de estupefação.

— Isso não cria nenhum compromisso? Se eu não tiver vontade de escrever esse livro, a gente pára por aí?

— Claro. E o senhor ganhou vinte mil francos.

Com uma rapidez que ele próprio desconhecia, Ernest viu suas mãos pousarem sobre os maços e arrastá-los como o rodo de um crupiê.

— Tudo bem — disse ele.

O homem se levantou para pagar as bebidas, disse alguma coisa ao garçom a quem entregou um grosso envelope. Diante da saudação demorada deste último, Ernest concluiu que ele tinha recebido uma gorjeta de rei. Quando voltou para a mesa, o homem exibia um ar de satisfação.

— Proponho que a gente se encontre aqui dentro de um mês — disse. — Enquanto me espera, deixei com o garçom um dinheiro adiantado para que lhe sirvam o que quiser.

Lá fora, fazia um frio glacial, mas a neve caía com menos intensidade. Acumulava-se suavemente na praça do Tertre, dando-lhe um ar de cartão de Natal.

— Meu nome é Joseph Arcimboldo — disse o homem enquanto vestia o sobretudo. — O equivalente em francês de Giuseppe Arcimboldo, o pintor milanês do século dezesseis. Aquele que compunha brasões e cabeças com legumes. Ele teria feito retratos falados com perfeição. Apesar da homonímia, ele não faz parte de meus ancestrais. Explico isso nas anotações que lhe entreguei. Embora meu nome seja ilustre, o senhor não encontrará referência sobre ele em lugar nenhum. Ele desapareceu há tanto tempo dos arquivos da nobreza que ninguém se lembra mais dele. Também não adianta fazer pesquisas sobre mim ou ir dizer à polícia que o assassino serial se chama Joseph Arcimboldo, vai perder seu tempo.

Dito isso, sumiu pela rua do Mont-Cenis.

Era quase meia-noite.

Ernest, ao vê-lo se perder na escuridão, teve a impressão de que Joseph recuperara a sua insignificância.

2

Nada podia ser insignificante no amor. Ela tivera razão de acreditar no que lhe dizia seu coração. Quando Damien a tomou em seus...

Paf! Você cometeu um erro fatal e seu programa será encerrado, indicou uma mensagem na tela.

Ernest soltou um palavrão. Era a terceira vez que o computador lhe pregava uma peça. Vai ver ele também tinha suas crises. Ernest acabava de perder quatro páginas de trabalho. Quatro benditas páginas que não tivera tempo de salvar.

Naquele momento, o telefone tocou.

Como sempre, a fedelha atendeu, murmurou algumas palavras e passou o fone para ele.

— Pra você — disse ela, rebolando.

Com um gesto de raiva, ele recusou o aparelho.

— Não estou, merda! Quando estou trabalhando, diga que não estou, ainda não aprendeu? Você faz tudo para atrapalhar meu trabalho. Fica passeando pra lá e pra cá com esse fio dental, olhando sem parar o que estou escrevendo, "e por que é que ela está chorando? Por que ele não a consola? Por que não se beijam?". Por que isso, por que aquilo? E esse telefone que não pára de tocar, e o computador que não pára de aprontar e a merda desse texto que tenho de entregar terça-feira. Como vou conseguir?

Sabine não respondeu. Ernest devia mesmo estar uma pilha para lhe falar nesse tom. Aquele fio dental era o máximo! Ela o tinha comprado pela metade do preço na Tati de Barbès. Um triangulozinho verde-limão com motivos amarelos e vermelhos que combinavam tão bem com sua camisola de náilon rosa. Quando empinava os quadris para fazer sobressair os seios e quando dançava diante do espelho escutando Tina Arena cantar *I want to know what love is*, era demais. Sobretudo com sua tatuagem autocolante — um Mickey miniatura — no alto do glúteo direito. Mas, havia cerca de um mês, a coisa com Ernest estava degringolando. Ele dizia para ela ir dar uma voltinha. Com aquela chuva que não parava e o assassino que talvez estivesse por ali à espreita? Dizia-se que um sujeito de rosto tão insignificante quanto o de um retrato falado tinha sido visto no bairro. Mas desaparecera antes de a polícia chegar. Então, correr o risco de cair na mão daquele louco, muito obrigada.

Ela se serviu de Coca-Cola na cozinha e voltou à sala para se estirar no sofá atrás de Ernest, numa pose bem sexy caso ele se virasse.

Mas ele não se virou.

Ele não se virava mais. Na semana anterior, ele a chamara de fedelha. Ela ficou pasma. Fedelha! Sim, ele tinha o dobro da idade dela, mas ela não era nenhuma garotinha... Sabia cuidar de si, dormia com ele porque queria. Pois, bonita como era com seus cabelos louros, com aqueles olhos azuis, um ar decidido, maçãs salientes, a boca tão bem delineada e o corpo de formas perfeitas — uma verdadeira heroína de romance popular —, bastava levantar o dedo para arrumar um namorado. Às vezes isso acontecia, mas ela preferia Ernest. Quando ele estava em forma, com sua experiência, se saía melhor que muitos jovens, sabia se mostrar carinhoso e não economizava na ousadia. Mas naquele momento nada o interessava. Por que deixara de ir ao Lapin Chasseur? Antes, mesmo com a neve e o frio, ele ia lá para trabalhar. Ao voltar, sentia-se mais disposto e disso dava mostras quando ela não estava dormindo. Não era o valor da consumação que o preocupava. Uma noite, ele lhe dissera: "Um fã abriu para mim uma conta sem limites no Lapin, vá no meu lugar, beba o que quiser". Ela foi com seu namoradinho. A comida não era lá essas coisas, mas, curiosamente, quando se tratava de vinhos, era uma das melhores adegas de Paris. Com seu namoradinho ela bebeu até se fartar. Por isso não entendia por que Ernest se fechara naquele quarto-e-sala apertado e escuro. Quando ela voltava do trabalho, encontrava-o se exasperando com o texto ou todo largado no sofá, o olhar no vazio. Esperava que ele lhe desse atenção, mas, em vez disso, a agredia. Por tolices. Porque o irritava com aquelas calcinhas fio dental e suas perguntas ou porque ia atender ao telefone.

O telefone que não parava de tocar de um mês para cá.

Terminada a Coca, ela pôs os fones do walkman nos ouvidos. Nada melhor que um Jean-Jacques Goldman para acompanhar um romance daqueles. Graças à música que lhe feria os tímpanos, o livro ganhava uma força nova. As figuras do amor se animavam como num videoclipe e a emoção beirava o êxtase. As personagens lhe ficavam mais próximas. As heroínas perdidas de amor eram suas irmãs. Partilhavam os mesmos sonhos,

36

as mesmas aspirações, e por vezes o mesmo trabalho que ela. E no final encontravam o homem de suas vidas. Como ela com Ernest.

Abriu ao acaso *Nada poderá nos separar*, a ela dedicado no ano anterior. *Nada podia*, ela leu, *ser insignificante no amor. Era preciso sempre escutar seu coração. Quando Eduardo a tomou nos braços, Lisbeth sentiu o mundo rodopiar à sua volta. "Eu te amo", murmurou ele. E foi tudo. Aquelas palavras, como ela sonhara ouvi-las! Quantos tormentos ela teria evitado se tivesse ouvido seu coração! Mas o pesadelo tinha terminado. Eduardo voltara. Ele lhe tinha perdoado. Ele a amava.*

Nisso, Jean-Jacques Goldman cantou:
Não abandonarei os meus sonhos...

A música transportou-a para longe. Ela também não abandonaria seus sonhos. Ernest estava de costas para ela, ela teve vontade de abraçá-lo, dizer-lhe que nunca mais amaria outro. Mas aquele não era o momento, ele estava com o pensamento em outro lugar.

Ele trabalhava para refazer as páginas que acabava de perder, buscando nas seqüências maiores (retrato da heroína, do herói, encontro, primeiro beijo, desentendimento, brigas, reencontros, cena de amor e casamento) e nas passagens pré-redigidas (*ele a tomou em seus braços e o mundo parou de girar; ela fez um violento esforço para não explodir em soluços; uma felicidade imensa a tomou; "você é uma mulher, agora", murmurou ele ternamente...*) arquivadas no computador.

Em poucos instantes, encontrou o arquivo que procurava: *No amor nada era insignificante. Era preciso escutar sempre seu coração. Quando Eduardo a tomou em seus braços, Lisbeth...* Recortar e colar, substituir Eduardo por Damien e Lisbeth por Priscilla, o resto ficava como estava. As edições Romance publicavam cerca de trinta títulos por mês, divididos em quatro coleções, da mais tímida à mais ousada. Nem havia tempo de comparar os textos dos autores. Quanto às leitoras prenhes de felicidade, os textos se confundiam na memória delas. Quando via Sabine com o walkman nos ouvidos, Ernest se perguntava se ela estava mesmo lendo. Era também de se perguntar se o que escrevia era literatura. Por isso evitava esse tipo de pergunta, salvo quando estava bêbado. Se não, contentava-se em escrever. Era assim que ganhava a vida.

De repente, o telefone voltou a tocar.

Quatro ou cinco toques e parou.

Dessa vez, Sabine não escutou; o walkman grudado nos ouvidos, estava mergulhada em *Nada poderá nos separar*. O título não significava nada para Ernest. Seu olhar se demorou nela. Que diferença de Maryse! Enquanto sua ex-amante cultivava a distinção em todos os campos — sobretudo em matéria de livros —, Sabine se parecia com uma atriz de pornô que tinha errado de porta. Atriz pornô, isso tinha mais a ver com ela que caixa de supermercado. Mesmo que o diretor lhe demonstrasse pouca afeição, conseguiria dela tudo o que quisesse. E ela o faria com a maior boa vontade.

Que estou fazendo com uma garota dessa?, perguntou-se. Conhecera-a no último Salão do Livro, no ano passado. Ele não gostava de freqüentar aquilo, cruzar com autores que apareciam na televisão, aos quais a imprensa dedicava longas matérias. Fotos bem visíveis nos estandes, *look* de escritor como manda o figurino, eles autografavam com o maior entusiasmo. Diante da-

38

quele espetáculo, ele parecia mais um derrotado. Teria continuado a boicotar o Salão se as edições Romance não tivessem bancado tudo. Operação de marketing, explicaram. Num domingo à tarde, ele se viu cercado por um bando de leitoras superexcitadas, cuja idade média não passava dos catorze anos. Eram as que faziam mais perguntas (Ele vivera aquelas histórias que contava? Qual era seu tipo de garota? Seus cantores preferidos?), a elas ele daria muitos autógrafos, numa folha de papel, nas costas da mão, numa foto, em qualquer coisa. Seus colegas tradutores também não ficavam indiferentes, mas era a editora que mais vibrava com aquilo. Aquele sucesso ultrapassava todas as expectativas. Ele mesmo se achou uma estrela do showbiz. Os escritores dos estandes vizinhos olhavam o espetáculo com ar zombeteiro. Alguns, abertamente, faziam de conta que ele nem existia. "E aí, Delon, alcançou a glória?", lhe dissera um deles brincando. Ele preferia estar longe dali, mas com aquele fã-clube, impossível. Por volta das sete horas, as fãs finalmente se foram. Naquele momento, Sabine se aproximou. Ela havia esperado a tarde inteira com uma amiga que ria à socapa. Ernest autografou os livros que ela lhe estendeu. De repente, ela perguntou: "Você pode me levar para casa?". Ela insistiu: tinha que voltar para a casa de seus pais em Épinay, e era tarde. Ele aceitou deixá-la na porta de Clichy, onde ela pegaria o ônibus. Ela deixou a amiga e se foi no R5 que estava estacionado no bulevar. Atravessaram o bulevar Maréchaux em total silêncio. Depois de um tempo, ela tirou o casaco. Usava um vestido supercurto. Estava de meias pretas e suas pernas eram longas, finas e tentadoras. E, fosse porque o

R5 era muito estreito ou porque ela fazia de propósito, logo estava colada a ele. Ele ouvia a respiração dela, sua pele era sedosa. "Que idade você me dá?", perguntou ela, já na porta de Clichy. Ele não tinha a menor idéia. "Dezenove", ela disse, "você sabe o que isso significa?" Ele não sabia. "Significa que atingi minha maioridade sexual." "E daí?" "E daí, que em vez de ir para a casa dos meus pais, preferia ir para a sua."

Foi assim que ela se instalou na rua des Martyrs, convencida de que ali um grande amor a esperava. E também, como ela trabalhava no supermercado atrás da praça Blanche, era mais prático. Com o tempo, ele começou a gostar da companhia dela. Ela lhe falava dos pais, muito velhos para compreendê-la, de seu trabalho anterior num bar de Épinay, de seu emprego de caixa no supermercado, de seu desejo de trabalhar numa perfumaria para uma clientela classuda. Ele não era de falar muito, mas ela não se incomodava: um escritor não é necessariamente loquaz. Mas ela descobriu que ele vivera com uma editora burguesa que morava num bairro chique pelas bandas de Étoile. Uma mulher pretensiosa que o fizera sofrer. Por isso ela estava decidida a lhe dar a felicidade a que tinha direito. Suas noites se passavam diante da tevê e na cama. Ela chegava em casa com as compras, jantavam vendo um filme ou um jogo de futebol, depois trepavam. Ela era bonita, excitante. Ele amava seu corpo, as liberdades que ela ousava na cama, as audácias a que ele a submetia. Se ele tivesse autorização para desenvolver cenas eróticas em suas traduções, falaria do milagre das noites com ela. Mas na editora, a regra era draconiana: dois terços de página para as cenas de amor. E ele estava ainda proibido de se deter em considerações físicas. O êxtase era unicamente sentimental.

Nisso, talvez pela décima vez, tocou o telefone! Agora mais demorado que nunca. O hospital, talvez: "Seu tio está lhe chamando". O que diria a Samuel, que acreditava tanto nele? Samuel, dividido como um tabuleiro de damas, vivia com a metade esquerda do rosto e a metade direita do corpo. Ou era o contrário. O que lhe diria? Que se tornara o grande escritor que prometia? Que o garoto cujos escritos o encantavam se tornara o ás da literatura imbecil? Nenhuma vontade de lhe contar isso.

Mas podia ser também o assassino cinéfilo: "Tenho a história; você, as palavras".

Nenhuma vontade tampouco.

Depois do encontro com Joseph Arcimboldo, ele se fingia de morto, saía se esgueirando pelas ruas, não ia mais ao Lapin Chasseur, não atendia ao telefone. Enclausurado no apartamento, ele terminava seu folhetim. Depois, veria. Um verdadeiro livro, muito dinheiro, era tentador, mas se lembrava como Maryse tinha recebido *Julgamento final*. Ele tinha medo. Quando Sabine lhe dirigia a palavra, ele mandava-a à merda.

Ele se virou para ela. Estava mergulhada na leitura. De vez em quando, coçava a coxa, na altura do fio dental. Os tecidos sintéticos lhe irritavam a pele. Alguns meses antes, ela tivera uma crise de dermatose e, de novo, placas vermelhas, iguais a um eczema, se formavam na parte interior das coxas. Enquanto se coçava, repetia as frases que achava marcantes.

A fita devia ter terminado, pois ela tirou o fone dos

ouvidos para fazer outra coisa. Nesse instante, levantou a cabeça e surpreendeu o olhar de Ernest.

"Melhor você tirar isso", disse ele, apontando o fio dental.

Ela não entendeu o que ele quis dizer e desatou o laço sorrindo.

Maryse se vestiu apressadamente.

Não tinha tempo de trocar de roupa, ia enfiando as peças na ordem em que as encontrava. A blusa ao pé da cama, o pulôver sobre o criado-mudo, a saia no outro canto do quarto, em cima da calcinha e da meia-calça. Sempre que faziam amor, Alexis fazia voar tudo pelos ares.

Ela encontrou o outro sapato debaixo da cama. Olhou preocupada o relógio. Onze horas. Seu autor a esperava às onze e meia na Condorcet. Indiferente a esses problemas, Alexis dormia tranqüilamente, nu, deitado de costas. Um morto na valeta sem nenhuma perfuração de bala. Maryse deixou o quarto com pena. Gostaria de ficar mais um pouco. Os minutos roubados eram os melhores. Tanto no amor quanto na literatura. Quantos escritores já não lhe haviam dito que as mais belas páginas eram arrancadas contra o tempo, escritas em detrimento de tarefas urgentes? O prazer era maior quando se tinha uma outra coisa a fazer. Era por isso que, como bom profissional, Alexis a agarrava enquanto a esperavam na comissão de leitura. Está na hora, ela suplicava, mas não tinha jeito, ele a imobilizava contra a porta da cozinha, e com aquela fúria que a enlouquecia deixava-a vendo estrelas. Mas, naquela manhã, ele dormia. Dava-lhe uma chance de escapar. Ela pegou no escritório os originais do autor, atravessou a sala e foi até a cozinha tomar um suco de laranja. Não ia ter tempo para o café e o banho, azar, levaria o cheiro do amor com Alexis. Certa vez, aquele cheiro lhe pregara uma boa peça. Aconteceu num almoço com Robert de Saint-Amant, o corpulento diretor da conceituadíssima revista *Littératures*. Ela acabava de sair dos braços de Alexis e exalava os excessos da noite. Saint-Amant não parava de farejar o ar em volta: "Estou sentido um cheiro estranho neste restaurante, o que você acha que pode ser?". "Uma reminiscência de infância", ela dissera às gargalhadas. Arrependeu-se imediatamente da resposta, mas um clarão divertido brilhou nos olhos de Saint-Amant, e ele explodiu numa bela risada, que lembrava aquela passagem de *Em busca do tempo perdido*, em que o grão-duque Wladimir, ao ver a senhora d'Arpajon ser atingida por um jato d'água, foi tomado por um riso estrondoso como um trovão. Quando voltaram ao normal, ela teve uma sensação indefinível. Durante o resto do almoço, não se falou mais do cheiro. Ela fora ao encontro de Saint-Amant por causa de um romance digno de uma resenha em *Littératures*. "Você me fez passar momentos tão deliciosos", dissera ele, "prometo que vou ler. Se merecer, terá espaço na revista."

Quinze dias depois, o romance ganhou uma página inteira.

Quando contou essa história ao analista, Maryse teve direito a um comentário sobre as recompensas secundárias do amor. Seria a homossexualidade de Saint-Amant? Mais uma vez odiou o homem do divã.

E agora, ela dispunha apenas de vinte minutos para

ir da avenida Mac-Mahon ao bulevar Raspail, onde ficava a editora. Com a chuva que não parava de cair e os engarrafamentos, era impossível chegar na hora.

Por isso, ela pediu que dissessem ao autor para esperar. Depois voltou ao quarto. Alexis continuava na mesma posição: deitado de costas, todo entregue. Era belo e vazio como alguém que nunca abriu um livro. Uma máquina feita para funcionar entre as coxas de uma mulher. Nada a encantava mais do que, depois de fazerem tudo, vê-lo deitar-se de costas com aquele sorriso de orgulho, tão comum nos homens convencidos de terem cumprido bem a tarefa. Seria preciso um terremoto para ele mudar de posição. Dormia assim. O sexo bem na vertical, a igual distância de cada coxa, uma bissetriz perfeita que nunca falhava.

Ela não conseguia fugir daquela contemplação. Alexis não se mexia. Em que pensava? Nas suas tarifas? Uma de suas obsessões era o preço justo. Ao sair de um longo torpor provocado por um violento orgasmo, Maryse se via de bolsa completamente vazia. No máximo, ele lhe deixava uns trocados para as compras corriqueiras — ele sabia, por exemplo, que ao despertar de uma noite de amor, se ela não tivesse nenhum compromisso urgente, desceria para comprar um jornal e voltaria para lê-lo na cama. Às vezes ele mesmo ia comprá-lo, deixava-o sobre a cama enquanto ela dormia e saía silenciosamente. A elegância do grande profissional.

E indiferente à hora, prolongando ao máximo a espera que infligia a seu escritor, Maryse pensava que Alexis seria sempre assim, que a bissetriz — a santa bissetriz — era seu talento especial.

E ela só queria aquilo.

E, lá fora, a chuva continuava a cair.

Da janela do salão, Joseph contemplava aquela chuva.

Era a última vez que ele punha os pés na mansão. John Scott Baltimore permitiu que ele ficasse lá até meia-noite, depois tomaria posse dos móveis, dos quadros, dos armários, da biblioteca, dos livros. Tudo por um milhão e meio *cash*. Trezentos maços de quinhentos francos numa valise de couro preta. Dinheiro vivo. Uma transação completamente ilegal, mas vá procurar uma mansão diante do parque Monceau por aquele preço! Joseph poderia ter pedido mais, porém aquele dinheiro lhe bastava. Usaria uma parte para dar um trato no mausoléu Arcimboldo no cemitério de Montmartre, o resto serviria para alugar um conjugado e pagar a Ripper.

Assim, enquanto esperava deixar para sempre aquele lugar, ele olhava a chuva fria e cinza de fevereiro cair. Era fim de tarde, escurecia. Quando viva, Célestine, viúva de Arcimboldo, proibia que se acendessem as luzes. As contas de luz, telefone, água ou qualquer outra que fosse a matavam de raiva. A mesma avareza dos velhos quando se aproximam da morte. Agora, as únicas pessoas em quem ela podia dar bronca eram os vigias do cemitério.

Acendeu as luzes.

Sua última vitória sobre Célestine.

Sobre ela e a impiedosa dinastia dos Arcimboldo, a quem seus pais tinham servido, e seus avós e os pais de seus avós, e os pais dos pais de seus avós, e assim por diante, remontando às genealogias dos senhores e dos criados. Duas dinastias tão estreitamente ligadas pelo segredo das alcovas que, excetuando o nome, não era fácil distinguir um Arcimboldo patrão de um Arcimboldo criado. Philippe-Edouard Arcimboldo, que passara a vida a infernizar a criadagem de tudo o que era jeito, exclamara ao receber a extrema-unção: "Esses nojentos vão se apossar de nossos bens e tomar nossos lugares!". Ele não podia estar mais certo. Antes de morrer, Célestine fizera de Joseph seu herdeiro universal. Joseph, em cujas veias ela não podia negar que não corresse o sangue dos Arcimboldo. Joseph, que agora tirava proveito de tudo, da genealogia Arcimboldo, dos modos Arcimboldo, do conhaque Arcimboldo e da mansão Arcimboldo, que acabava de vender para um americano. Joseph, cujos esforços consistiam em impedir que emanasse de sua pessoa aquele cheiro de domesticidade que o transformava em alguém sem rosto, marcado por séculos de servidão. Porque para ele era pouco se apropriar de um nome que poderia talvez ter sido o seu, usar roupas bem talhadas ou se passar por importante com um saber emprestado do *Apreciador de charutos*. Entre os Arcimboldo, quando os homens se retiravam para a sala de fumantes, eles sabiam de imediato reconhecer um charuto de qualidade, dizer as palavras apropriadas e fazer os gestos necessários, sem ter de consultar uma revista especializada.

Isso era sinal de aristocracia.

No relógio soaram seis horas da tarde.

Seis golpes sincopados dentro de um silêncio que ressudava tédio e distinção forçada, como na época em que um bando de fantasmas de elegância antiquada enchia a imensa sala de recepção do térreo, experts num *savoir-vivre* sussurrado, que mal saboreavam os refrescos que Joseph lhes servia. Mas aquele tempo acabara, Joseph não servia a mais ninguém, e a mansão estava em petição de miséria. Era preciso reconstruir tudo: os tetos, as janelas, a fachada. O pátio interno precisava de uma limpeza, cortar o mato e fazer um novo calçamento (em vez de entrar pelo parque Monceau, entrava-se agora pela porta de serviço da rua Murillo). Precisava também restaurar a maior parte dos cômodos. Eles exalavam um cheiro de mofo tão violento que seria melhor interditá-los de vez. Os móveis, os objetos de valor tinham sido vendidos, o resto se amontoava numa grande desordem, parecendo mais um sótão abandonado. O quarto da viúva estava numa situação assustadora. Desde sua morte, salvo Joseph, ninguém entrava lá. Mas o mau cheiro animal da urina de sua proprietária não desaparecera.

Era toda essa decadência que Joseph abandonava por um preço irrisório. Passava ali suas últimas horas olhando a chuva pela janela.

O segundo relógio tocou por sua vez seis horas da tarde. Parecia marcar os séculos. Joseph pensou que era tempo de voltar a contatar Ripper.

O inalcançável Ernest Ripper.

Ele desaparecera do Lapin Chasseur. "Antes, o víamos todas as noites", queixava-se o garçom. "Agora que ele tem um crédito, não vem mais. Se todo mundo fizesse assim, o bar fecharia." Todas as suas buscas e tentativas para encontrá-lo foram em vão, Ripper se enclausurara em casa e nem mais respondia ao telefone.

Joseph estava só meio surpreso com tal atitude.

Aquele cara não sabia o que queria. No Salão, era visível. Diante das garotas histéricas, ele morria de vontade de se mandar dali. Mas, em vez disso, ficava. Um escritor humilhado, melhor achado impossível. Joseph o seguira por toda a parte, impregnara-se de sua existência, freqüentara os mesmos lugares, os mesmos restaurantes, os mesmos cafés. Lera todos seus folhetins, apreciara seu estilo e adquirira a certeza de que, agindo de forma precisa, saberia fazê-lo escrever.

Antes de telefonar, Joseph se serviu de um conhaque. Depois voltou à janela. Sua atenção foi atraída por uma jovem mulher que corria pela rua Murillo. De repente, ela escorregou numa poça d'água, levantou-se com dificuldade e voltou a correr sob a chuva. Parecia a mulher da praça d'Anvers. Perseguida pelo mesmo medo. Ela vinha do parque Monceau e corria para a rua de Lisbonne, sem dúvida para pegar um táxi. De vez em quando, ela se voltava para se certificar de que não estava sendo seguida.

Que idéia ficar andando pelos locais preferidos do assassino! Nos últimos dias, encontraram uma de suas vítimas fantasiada de Branca de Neve numa vitrine das Galerias Lafayette. Pouco depois, ele obrigou a polícia a participar de um jogo de pistas em que cada etapa levava a partes do corpo de uma mulher desaparecida. Iniciado na avenida Wagram, o jogo terminou na porta de Clignancourt com a recomposição total da desaparecida. Depois, ele enviou a uma galeria de arte perto da praça de l'Étoile uma montagem de diferentes pedaços de mulheres intitulado *A mulher ideal*. Seu último feito se reportava a *Frenesi*, de Hitchcock. Como no filme, a mulher encontrada no lago do parque Monceau tinha no pescoço a gravata que ele usara para estrangulá-la. Depois dessa descoberta, o medo tomou conta do bairro e abrangia o triângulo formado pela praça da Ópera, a praça Clichy e o parque Monceau. O medo era o melhor aliado do assassino. Sem precisar levantar um dedo, ele deixava sua marca no mundo. Bastava ver as ruas desertas, interminavelmente percorridas por patrulhas, para se convencer disso.

De repente, um táxi entrou na rua.

A mulher assustada fez um sinal semelhante a um pedido de socorro. O táxi hesitou. Diante da maneira como ele freava — aos trancos, sem pôr a seta —, percebia-se a indecisão do motorista. A pressa dos táxis de voltar para casa ao fim de um dia de trabalho prestava um grande serviço aos assassinos. Mas o taxista parou. A mulher se jogou dentro. Joseph imaginou um roteiro em que o destino daria a última palavra. A mulher percebia, porém tarde demais, que o motorista era o assassino serial...

Era isso que ele esperava de Ripper. Que percebessem ao longo da história que ninguém podia escapar a seu destino. Essa impossibilidade criaria o clima de angústia que ele desejava. O *fatum*. À maneira da tragédia grega, a vítima, quaisquer que fossem os esforços e a simpatia que ela inspirasse, não podia escapar.

Fatalitas, como diria Chéri Bibi.

O leitor, fisgado, esqueceria essa regra essencial da tragédia e se apressaria em virar as páginas na esperança de um desfecho feliz. Não o encontrando, se deixaria conduzir ao episódio seguinte, em vão, pois a história de um assassino serial não podia ser senão a de uma trágica repetição. Joseph estava seguro de que aí estava a chave do best-seller.

Best-seller! Palavra mágica. Evocava tão bem o sucesso. Devia ser por isso que era uma palavra de origem inglesa. Ele pensou em John Baltimore, que iria morar ali com a mulher e os filhos e lhe desejou muita felicidade.

Serviu-se mais uma vez de conhaque e discou o número de Ripper. Cinco toques, e secretária eletrônica. Repôs o fone sem deixar mensagem. Mas não estava preocupado, Ripper escreveria. E quando ele terminasse...

Joseph examinou sua Luger Parabellum P-08 que usava balas 9 mm. Uma relíquia familiar, pertencera a Philippe-Edouard Arcimboldo, que a herdara de um amigo, oficial da Wermacht, morto em seus braços em Stalingrado.

Revólver com pedigree...

Às oito horas, Joseph decidiu ver uma última vez *The Lodger* (deixaria também suas fitas de vídeo para Scott Baltimore). Não era o melhor filme extraído do romance de Marie Belloc-Lowndes, mas John Brahm tinha conseguido criar uma atmosfera nebulosa, graças a Laird Cregar, que fazia um Jack Estripador bem patético.

Havia somente aquele happy end para atrapalhar.

Que filme não cedia a essa facilidade? De *The Lodger*, de Hitchcock, no entanto melhor que o de Brahm, a *Peeping Tom* ou a *M. le Maudit*, em todos a ordem social e a felicidade conjugal se construíam sobre a derrota do único personagem interessante. Em última instância, dele só restava uma figura patética, vítima da loucura. Puro moralismo. Mas graças a Ripper, isso iria mudar. O assassino se mostraria digno dos Arcimboldo, aterrorizaria todo o mundo, se riria da moral e da felicidade, seria uma figura moderna egressa das trevas, o senhor do Medo, de quem ninguém se apiedaria. Esculpiria o sofrimento em corpos quentes, palpitantes de vida e de terror. E isso teria mais força que aqueles filmes e romances cheios de bons sentimentos.

Ao terminar *The Lodger*, tomou um outro conhaque. O calor do álcool lhe fez bem, deitou-se no sofá de couro, ao lado da cristaleira de carvalho, venerável móvel de família, cujas portas envidraçadas guardavam todas as espécies de velharias Arcimboldo, e se serviu de mais um conhaque, que bebeu lentamente, em pequenos goles que queimavam a língua. Santo Deus, como ele gostava daquilo! Os dois relógios, cada um de uma vez, soaram onze horas.

Tentou se levantar, mas o salão balançava a cada movimento seu. Quando se inclinava para a frente, tudo corria em direção ao teto. Quando dava um passo para trás, tudo parecia ir ao chão. Aquilo o fez lembrar-se da época em que brincava de cabra-cega com as crianças Arcimboldo. Sempre era ele quem ficava de olhos vendados. Faziam o sorteio por pura formalidade, pois entre os Arcimboldo os empregados sempre perdiam. Depois o giravam até ficar tonto. Ele não gostava daquela embriaguez que o fazia caminhar aos trancos, os braços estendidos em direção a um mundo hostil. Nunca pegava ninguém, ouvia os risos dos nojentinhos que fugiam dele. É assim que nasce a vocação de um assassino. Pois o crime em série é um jogo de cabra-cega ao contrário, é o assassino quem ri e são os outros que têm os olhos vendados. A viúva assistia a esses jogos e vibrava. Ela era jovem, na época, e bonita. E ainda não era viúva. O barão Adrien Arcimboldo a tinha desposado, seduzido por sua beleza e fortuna. Ela tivera dois filhos dele. Duas crianças repulsivas — Julien e Cécile —, mandonazinhas, seguras de si, de sua origem, de sua posição, de sua riqueza, seguras de tudo, e felizes por atormentar o coitado de olhos vendados. Como a mãe deles poderia pensar que uma velhice trágica a deixaria nas mãos daquele coitado, que dependeria dele para comer, tomar banho e ter os últimos momentos de felicidade?

Agora era ele quem ria.

Ligou o rádio. Na France Musique transmitiam, diretamente do festival de Salzburgo, *Don Giovanni*. Desde que ele vira a ópera de Mozart levada ao cinema por Losey, não queria ouvir outra. Encontrou a fita que estava entre *Peeping Tom* e *M. le Maudit*.

As conquistas de Don Giovanni o deixavam feliz.

Tão próximas das conquistas de um assassino serial...

Justamente, numa ária tão arrebatadora quanto brilhante, Leporello — interpretado por Ferrucio Furlanetto — fazia as contas.

Mille e tre, cantava ele.

In Italia seicento e quaranta
in Almagna duecento e trentuna,
cento in Francia, in Turchia novantuna,
ma in Ispagna...

ma in Ispagna son già mille e tre.
mille e tre...

A grande ária do assassino serial.
Ele se serviu de um outro conhaque trauteando com Leporello.

Mille e tre...
La lali... lali la la!

3

Mille e tre...
La lali... lali la la!

A ária não saía mais de sua cabeça. O mundo se organizava em torno dela. É ela que acompanha os passos de Joseph no asfalto. As batidas do coração, a chuva que cai na calçada. E seu porre. Quantos conhaques ele bebeu? *La lali... lali la la... mille e tre!* Quantas páginas Ripper escreveria? *La lali... lali la la... mille e tre!* Quanto merecia por isso? *La lali... lali la la... mille e tre!* Quantas ruas ele tinha percorrido? *La lali... lali la la... mille e tre!* Quanto, quanto, quanto? *Mille e tre! Mille e tre!*

Mil e três ruas...

Devia ter percorrido mais ou menos esse número desde que deixara a mansão. Que horas seriam? *Mille e...* Nem sabia mais. Sabia que era noite alta. Por que estava ali? Por causa de John Scott Baltimore, agora o dono da casa. Por causa do conhaque, de Mozart, ou de Ripper, que não respondia ao seu chamado? Sem dúvida, ele ia fazer Ripper escrever, ora se não ia. E como ele caminhara. Dentro da noite, na chuva, pela rua Monceau e pelo bulevar des Batignolles, com a pasta cheia de dinheiro. Em direção à praça Clichy, na junção do oitavo, nono, décimo sétimo e décimo oitavo distritos.

No coração da tragédia. Lá onde o assassino atacava, ele vira claramente a placa: "Perigo, assassino serial".

Quando atravessava a praça, uma patrulha lhe pediu os documentos. Os capacetes luziam sob a chuva. O capitão lhe disse que em algumas noites faziam mais de cem controles de identidade. "O senhor não tem idéia", dizia ele. Estava claro que queria assustá-lo. Bastava ver a postura rígida, bem militar, como se a voz fosse soar de forma marcial — para lembrar que era um ser afeito à disciplina —, mas a voz de Ferrucio Furlanetto interferiu na do guarda e deu uma musicalidade inesperada a uma personagem como a dele. De modo que Joseph o ouviu fazendo um balanço das averiguações com tanto entusiasmo quanto Leporello:

In Courcella seicento e quaranta,
in Batignolle duecento e trentuna,
cento in Clicia, in Blancia novantuna,

Depois o ritmo se quebrava. E, langorosamente, como para pôr a seqüência em destaque:

Ma in Pigalla...
ma in Pigalla son già mille e tre.

Pequena repetição, para retomar o fôlego:

Mille e tre...

E continuou:

La lali... lali la la!
mille e tre...

A grande ária do assassino serial. Estava em todas as bocas. Joseph se perguntou se os policiais tinham notado que ele estava bêbado de cair. Logo lhe devolveram os documentos. A brincadeira de cabra-cega continuava. Ninguém via nada. "Pode ir", disse o capitão, "tenha cuidado, em princípio ele ataca mulheres, mas nunca se sabe."

A polícia a serviço dos cidadãos.

Ele se foi.

Seguiu a rua Caulaincourt. Ela cortava todo o cemitério de Montmartre. Viam-se os túmulos de um lado e de outro. O mausoléu Arcimboldo se achava acima do da família Guitry, perto da entrada. A viúva podia olhar Sacha dali como em outros tempos o olhara de seu camarote no teatro.

Dobrou depois à direita, na rua Joseph-de-Maistre. Lá, outra viatura que nem o viu direito. Sempre aquela brincadeira de cabra-cega. Excetuando a viúva, ninguém o via.

Quando exibiram o retrato falado do assassino na televisão, ela não hesitara: "É você!", ela exclamou, "É você que comete todos esses crimes? Você seria tão ignóbil quanto nós?". Ele não ousou desmenti-la. Se confirmasse a suspeita, quem sabe não seria aceito entre os Arcimboldo? Recebido pela porta principal, a única que tem valor a seus olhos: a do crime.

Daquele dia em diante, tudo mudou: pregada no leito por uma queda que lhe tinha pulverizado o colo do fêmur, a viúva passou a exigir sua presença constante. Ele tinha que fazer tudo: gerir a mansão, cuidar das economias (apagar as luzes inúteis, fechar as torneiras que deixavam pingando à toa), preencher os papéis administrativos, fazer as declarações de imposto de renda, e mil outras coisas mais. E vir lhe contar seus grandes feitos de criminoso. Ele inventou, inspirou-se igualmente naqueles relatados pela imprensa. Ela gostava de ouvir. Jamais se entediava. Com o horror e o sangue mestiço da raça maldita dos Arcimboldo, aquele bando de assassinos: Jean Arcimboldo, vulgo Jean, o Terrível, que massacrara quinhentos mouros quando da Terceira Cruzada; Grégoire, o Perverso, que ajudara Gilles de Rais em suas atrocidades; ou ainda Robert Arcimboldo, apelidado o Depravado, companheiro de orgia do Marquês de Sade. Joseph sentia prazer em falar disso, abria para si um lugar entre os criminosos. Um sorriso iluminava o rosto da velha senhora — um rosto emagrecido, semelhante a um daqueles da Regência, empoado e guarnecido por uma peruca —, e ela dormia satisfeita. Foi dessas abominações que nasceu o projeto de um livro. Ela o fez prometer escrevê-lo enquanto agonizava.

Se aquilo não fosse literatura...

Ele aguardava que a rua des Abbesses ficasse tão deserta quanto as outras e, para sua grande surpresa, ouviu um ruído de passos. Diferentes daqueles outros, firmes e viris, de policiais. Eram passos que feriam docemente o asfalto. A poucos metros dele, notou uma mulher que caminhava tranqüilamente, que deambulava na noite como se tivesse a vida inteira pela frente. Bastou isso para que recobrasse a sobriedade. Admirava-se de vê-la passeando tranqüilamente, despreocupada do perigo.

Um desafio para o assassino serial.

Uma mulher à deriva, que perambulava pelo mundo

57

sem lhe dar atenção. Ela, certamente, tinha ouvido os passos de Joseph, mas nem por isso se apressara. Nada a preocupava, nem a rua deserta, nem o homem atrás de si. Alheia a qualquer medo, ela seguia lentamente, seu passo parecia calculado. A seqüência cinematográfica era evidente. Dava para imaginar um diálogo entre os pés do assassino e os da vítima — como em *A lua na sarjeta*, de Beineix —, a câmera acentuando o passo ao mesmo tempo nervoso e rápido do assassino, suficientemente seguro para não dar ao leitor a impressão de uma pressa desordenada. Quanto à mulher, ela caminharia como naquele momento, sem pressa. Despreocupada do perigo. Se Ripper fizesse bem seu trabalho, conseguiria evocar a imagem daquela displicência, criando uma atmosfera de lascívia favorável ao crime. Aquilo sugeriria um poema de sensualidade velada.

Com duas passadas, alcançou a mulher.

Ele sabia exatamente como proceder. Lera tudo sobre o assunto, as notícias da imprensa, os relatórios da polícia, os depoimentos das sobreviventes, as análises dos psicólogos, os estudos dos criminologistas e dos psiquiatras, em especial os de John Douglas, que eram respeitados no FBI. Ele sabia que a rapidez do gesto era determinante. Pegar a mulher pelo pescoço, não lhe dar tempo de reagir. Como numa brincadeira infantil, a mulher seria pega de surpresa.

Apesar de seu grosso casaco de pele, via-se que ela era magra e esguia. O cabelo era escuro e espesso. Por um instante, ele pensou que a polícia preparava uma armadilha para o assassino, mas a rua estava deserta, impossível que os policiais estivessem de tocaia. Portanto, nada de armadilha, apenas uma mulher brincando com a morte. Ela atravessou a rua des Abbesses e virou à esquerda na rua des Martyrs. Não podia estar indo para a casa de Ripper! Mas ela seguiu em direção à rua de la Vieuville. Sem pressa, como para dar a ele tempo de alcançá-la. Para dar a ele de presente um episódio para seu livro.

Contudo, Joseph sabia que não poderia, caso acontecesse, relatar a morte daquela mulher. Ele era incapaz de escrever uma página. Não foi por falta de tentativa, mas sempre que relia o que escrevia era um sofrimento.

Notou então que estava debaixo da janela de Ripper. Um vento gelado varria a rua, eram quatro da manhã. Um pouco mais adiante, a mulher esperava. A chuva caía, fria, hostil, ela nem se importava. Ela não era deste mundo. De vez em quando, olhava na direção de Joseph. Mas sem insistir, sem impaciência tampouco. Que podia ela esperar de um indivíduo que sabia somente puxar maços de quinhentos francos da carteira?

Mas não sabia pôr uma frase no papel.

Já se viu coisa igual?

Ele se sentou na escadaria do prédio.

E chorou.

Alexis quase chorou de raiva.

O título estava estampado de uma margem a outra da página do *France-Soir*: "Nova vítima do assassino serial". Embaixo, a foto de uma mulher. Jovem, de cabelos escuros e espessos, o olhar perdido no vazio. Foi encontrada de manhã cedo na rua des Martyrs. O corpo decapitado jazia sobre uma poltrona no meio da rua, ao lado da cabeça sobre um criado-mudo. Na mão, um poema de Baudelaire, intitulado "Mártir".

Igual às pálidas visões que a sombra cria
E que o olhar nos escravizam,
A cabeça, com sua hostil crina sombria
E as jóias raras que a matizam,

Na mesa junto à cama, assim como um ranúnculo,
Repousa; e, ermo de pensamentos,
Um olhar vago e lívido como o crepúsculo
Lhe flui dos olhos macilentos.

Apesar de irritado, pôs o jornal silenciosamente de lado, cuidando para não despertar Simone.

Ele a encontrara no dia anterior na Virgin dos Champs-Elysées. Na seção de livros, onde eram maiores as chances de encontrar mulheres maduras e desocupadas, prontas para pagar bem pelos prazeres que a cultura não podia dar. Na Virgin, apesar de Maryse o achar um ignorantão, ele ia, de vez em quando, comprar romances — policiais ou de espionagem —, que às vezes lia até o fim. Comprara *Maratona em Spanish Harlem*, de Gérard de Villiers. Gostara do começo: *Christina Lamparo lançou um olhar sem vida à fileira de postes metálicos ao longo da calçada de Pleasant Avenue.* Christina Lamparo... com um nome desse as cenas de erotismo não iam demorar. Era assim que se reconhecia um bom livro. Mas ele não tivera tempo de continuar, dera com Simone, que flanava entre os livros da Pléiade. *Business* primeiro. Jantaram no Fouquet's — o marido dela estava viajando a negócios —, depois foram para um hotel tão luxuoso quanto discreto, na rua Pierre-Charron, diante da Cartier. Lá, num quarto de espesso carpete salmão, paredes rosa pálido, e cheio de espelhos até o teto, ele tivera uma noite incansável.

E agora, ela dormia, abandonada contra o corpo dele. Como profissional tarimbado, ele estava pronto para intervir assim que visse os primeiros sinais de despertar, para agir de modo que a transição para o prazer fosse tranqüila, sem sobressaltos desagradáveis que quebrassem a harmonia. Questão de progressão contínua até o êxtase, e nisso ele era perito. Podiam falar o que quisessem, mas ele sabia fazer jus ao que cobrava.

Naquela manhã, porém, ele temia não estar à altura. A culpa era da reportagem. Era verdade que não freqüentava a rua des Martyrs; as clientes certas, ele as encontrava na Ópera, na Madeleine, nos Champs-Elysées. Mas o assassino as caçava também por ali, e suas façanhas criavam um clima prejudicial aos negócios. Abordar uma mulher exigia muito trabalho. Antes, ele mirava o alvo certo. Num bar era fácil. Deixava clara a extensão de seu savoir-faire falando de outra coisa, ou ainda acendendo um Benson de um certo modo. Sem nunca deixar de lado uma certa desenvoltura elegante. As mulheres não se enganavam. O olhar delas acendia, um sorriso brotava dos lábios, os primeiros toques de mão aconteciam, elas fingiam se interessar por seu Rolex, por suas abotoaduras de ouro ou qualquer outro objeto que desse acesso a sua pele. Mas o verdadeiro talento de Alexis estava na arte de fazer entender, sem o dizer, que as delícias tinham um preço. O acordo estava implícito, quer fossem logo às vias de fato — no hotel ou na casa da cliente —, quer demorassem um pouco mais no papo, ele tratava de atiçar o desejo e tornar a conta mais pesada.

Com o assassino, tornava-se impossível agir assim. Simone não teria saído com ele se tivesse lido o jornal. O assassino caçava no mesmo território que ele, cobiçava as mesmas presas. Por isso, por não poder ampliar a clientela, Alexis se esforçou para manter a sua clientela fiel. O que o obrigou a baixar o preço. Pois agora, além do prazer, pediam descontos. Já se fora o tempo em que ele pegava quanto quisesse na bolsa que as mulheres recheavam pensando nele. Antes de ir para a cama, discutiam o preço. De todas as suas clientes, Maryse era uma das poucas a achar que deixá-lo pegar dinheiro em sua bolsa fazia parte do prazer sacana que se esperava dele. Infelizmente, esse modo de pensar era cada dia mais raro.

Seria então melhor ir garimpar em outro lugar?

Em Balbec, por exemplo, onde as salas de jogo eram propícias aos encontros. E ele também gostava de fazer suas apostas no pano verde. O que arriscava sempre tinha retorno na atração que exercia sobre as mulheres. Mas hesitava sacrificar uma clientela pacientemente construída em Paris, apesar de saber que, mais cedo ou mais tarde, teria de ir caçar em outra freguesia.

Olhou as horas: meio-dia. Simone já estava prestes a acordar. Foi até a janela, afastou um pouco as cortinas; a chuva asquerosa e cinza que no dia anterior envenenava Paris cedera lugar a um céu radiante. Em tempos normais, um dia propício para encontros. Pegou o jornal, fez uma bola que jogou na cesta de papéis e voltou para a cama. Num lampejo, perguntou-se se não retomaria *Spanish Harlem* para ver o que acontecera com Christina Lamparo. Uma boa cena erótica, nada melhor para inspirar seu trabalho. Nisso, Simone abriu os olhos.

— Tudo bem? — perguntou ela, com voz de sono.

— Tudo bem — respondeu ele.

Ernest não sabia se podia dizer a mesma coisa.

Terminara por ceder a Joseph.

A seus assédios telefônicos, e sobretudo por causa de sua conta no vermelho no banco, as contas a pagar, as intimações dos oficiais de justiça. Nem o R5, vendido por um preço irrisório, nem os vinte mil francos de Arcimboldo lhe bastaram. Claro, sempre haveria Sabine pronta para ajudá-lo. Como em *Nosso amor será mais forte*, em que a enfermeira pagava os estudos de um residente pobre. Ela nem desconfiava que o destino iria separálos e que o reencontraria alguns anos depois como diretor de uma clínica e casado com uma jovem leucêmica que não duraria muito. Certamente, Sabine teria estabelecido um paralelo entre a brilhante carreira de médico do jovem residente e sua carreira literária de merda, e teria feito de tudo para que ele também alcançasse o sucesso. Mas antes de recorrer àquele extremo, pensara ele, por que não arrancar um novo adiantamento do homem sem face? Somando com seus honorários do último folhetim, teria o suficiente para quitar as dívidas.

Foi marcado um encontro para o dia seguinte à noite no Lapin Chasseur.

Mas no outro dia, tudo ruíra.

Não fazia dez minutos que Sabine saíra e já voltava pálida, as pernas trêmulas, incapaz de articular uma palavra. Depois de ter vomitado tudo o que bebera, contou que vira lá fora uma aglomeração de gente do bairro. Curiosa, foi abrindo caminho e então viu no meio da rua um sofá onde repousava uma mulher. No lugar da cabeça havia uma poça de sangue. Ela não entendeu logo. À sua volta, as pessoas estavam silenciosas, aterrorizadas. Ao se voltar, vira, sobre um criado-mudo, a cabeça da mulher. Uma cabeça com os olhos convulsos, fitando-a. Parecia que eles queriam lhe dizer alguma coisa como: "Breve será você". Ela desmaiara. Deram-lhe café para voltar a si, depois a levaram até em casa.

— Não fico mais nem um minuto neste bairro — dissera, soluçando. — Diante de nossa porta, você percebe? Eu poderia ter caído nas garras desse louco!

E ela arrumara seus pertences, firmemente decidida a voltar para a casa dos pais em Épinay. Ernest mal conseguira dizer que o rosto dela estava coberto com as mesmas manchas vermelhas das coxas, e ela já batia a porta.

Mas ele não estava com tempo de sair correndo atrás dela. Esperavam seu texto naquela tarde nas edições Romance. Trabalhara direto e, ao meio-dia, já vislumbrava o final.

Ela quis lhe responder, mas sentiu que as palavras seriam inúteis.

A continuação vinha naturalmente, como em *Pela vida*:

Ele a apertou contra o peito, os dois corações bateram unidos. Então, derreando a cabeça, Suelen se entregou inteiramente ao abraço de Damien.

E a lua, imenso disco de reflexos opalinos, foi a testemunha involuntária daquele amor.

Ufa! Gravar em disquete, depois uma cerveja na cozinha vendo o jornal da uma da tarde. Voltavam a falar do crime da rua des Martyrs. Para os especialistas em criminosos, aquilo era obra de um homem com cerca de quarenta anos, forte, culto, a referência a um poema pouco conhecido de Baudelaire não deixava dúvida quanto a isso.

Difícil reconhecer Joseph Arcimboldo naquele perfil. Só o local deixava Ernest em dúvida. Sim, tratava-se da rua des Martyrs, e o poema se intitulava *Mártir*, mas por que na porta de sua casa? Coincidência ou advertência? Para provar suas palavras ele teria decapitado uma mulher, pusera-a num sofá e a cabeça num criado-mudo?

E o que mais?

A seqüência do poema era bem clara. Dirigindo-se à cabeça, o poema perguntava:

O homem violento a quem jamais pudeste em vida
Saciar, malgrado tantos beijos,
Satisfez ele, em tua carne entorpecida
A imensidão de seus desejos?

Aquele homem teria ido tão longe? Seria um louco? Ernest não sabia o que pensar. Talvez fosse melhor avisar a polícia?

A pergunta lhe parecia insolúvel, deixou-a para depois. Antes de tudo, o encontro com o editor.

Depois, avisaria.

As edições Romance ficavam na rua de Courcelles. Estava um dia bonito, a chuva parara de cair durante a noite. Certamente, depois que o homem decapitara a mulher.

Foi a pé.

Uma hora depois, estava lá.

Como sempre, ele tinha a impressão de estar pondo os pés num estúdio de televisão. Nada ali parecia ter relação com livros. Nada se se comparasse com a idéia que se fazia de livro na Condorcet. Lá, cultura e erudição estavam sempre na ordem do dia. Tradição era a base de tudo. Estava presente na pedra de cantaria, no assoalho encerado, no pé-direito, nas janelas à francesa, nas mesas de carvalho e num certo cheiro de biblioteca antiga. Para aquela casa fundada na esteira dos Goncourt, qualquer concessão aos tempos modernos seria falta de gosto. Já em Romance, dominava a modernidade. Uma modernidade sem passado, nascida de si mesma, do design e da extravagância. Era a leitora que estava no centro da questão, não a literatura. Tudo o que não podia parecer era com um covil de anciãos, responsáveis pelas coisas desinteressantes que se ensinavam na escola. Quando a leitora visitava seu editor, encontrava um universo jovem, acolhedor, dinâmico, parecido com aquele onde vicejavam as estrelas da música e da tevê. As paredes eram forradas de pôsteres bacanas: Leonardo di Caprio, Body Building, Allan Théo, Ophélie Winter, MC Solaar, todos em *hyperlove*. Quanto ao livro, sua apresentação, formato, ilustração da capa evocavam de tal forma uma fita de vídeo que se esquecia que ele era feito de palavras para serem lidas.

— Tenho encontro com Christine Etchigolan — disse Ernest à recepcionista.

Era a primeira vez que ele a via. O quadro de funcionários mudava freqüentemente, mas as recém-chegadas sabiam se adaptar rapidamente ao espírito da casa. Aquela a quem ele se dirigia tinha um lado Barbie muito em voga por ali. Morena, cabelos em cascata sobre os ombros, olhar sugerindo ternura e lábios pedindo um beijo apaixonado. Um modelo de felicidade. Essencial, pois a leitora devia, desde a recepção, sentir uma cumplicidade para continuar sendo fiel.

— Christine vai recebê-lo — respondeu a Barbie, depois de olhar a agenda.

Pouco depois, ele estava no escritório de Christine Etchigolan. Era uma mulher sedutora, mas fugia ao estilo da casa. Um pouco forte, com uma espessa cabeleira ruiva que lhe caía teimosamente sobre o nariz. A sedução vinha sobretudo da impressão de inteligência que emanava. Fazia alguns anos que trabalhava para Romance, mas via-se que havia nela outras ambições. No início, ela cometera o erro de reduzir o número de autores, preferindo se cercar de pessoas confiáveis em vez de outras instáveis e passageiras. Era ignorar que a maior parte se compunha justamente de pessoas passageiras que largavam tudo, depois de duas ou três traduções, por cansaço ou porque tinham encontrado coisa melhor em outro canto. A falta de autores que ela havia assim provocado quase lhe fora fatal. Por falta de reservas, foi obrigada a publicar em pleno verão os amores de uma professorinha e de um star de cinema que se conheciam na noite de Natal. Mas ela soube dar a volta por cima, e esse tipo de erro não aconteceu mais. Quanto ao resto, conhecia perfeitamente os mecanismos do espírito das narrativas que publicava. Nesse ponto era intransigente com os autores. Atitude que não estava livre de um cinismo que a direção apreciava na dose certa.

— Gostei muito de sua última tradução — disse ela,

quando ele se sentou à sua frente. — Temos a impressão de estar vendo uma novela de tevê. Além do mais, sua sintaxe e sua ortografia são perfeitas. Isso diminui os gastos de revisão.

Ela parou um instante, hesitou, depois puxou um maço de Chesterfield da bolsa e o colocou sobre a mesa.

— Surpreso com o que falei? O senhor não acha que faz um bom trabalho?

— Faço o que posso — respondeu ele —, se meu trabalho a satisfaz, fico muito feliz.

Ela acendeu o cigarro com um pesado isqueiro de ouro — o tipo de atitude que ela não concedia aos autores desde que Romance começou a participar da campanha antifumo — e soprou a fumaça na direção de Ernest.

— O senhor não fica de saco cheio de escrever essas idiotices? — perguntou ela bruscamente.

Naquele momento, bateram à porta e uma Barbie entrou.

— É para a capa de *Aperte-me fortemente em seus braços*, já foi usada no mês passado para *Não me esqueça*, fica chato repetir, não?

Christine examinou as capas. Mostravam o mesmo casal que se abraçava com jeito de quem posa para uma foto. Ernest já vira aquela capa uma centena de vezes. Christine propôs que pintassem os cabelos do homem de castanho, mas deixassem os olhos azuis, e em vez do terno pusessem nele uma jaqueta e uma calça jeans. Quanto à moça, seria melhor uma loura de cabelos curtos.

— Aqui — disse ela, depois que a Barbie saiu — somos os reis do copiar-colar. Você sabe mais ou menos disso, não é mesmo?

Diante do ar incomodado de Ernest, ela se pôs a rir.

— Não estou querendo tirar uma confissão sua, mas não estou certa de que o senhor ache esse trabalho genial. Mesmo que sempre se saia bem... Também, é preciso ganhar a vida, não é?

Ela esmagou o cigarro num dos inúmeros cinzeiros que abarrotavam a mesa.

— É normal que o senhor sonhe com outra coisa — continuou ela. — Não o imagino dedicando sua vida aos romances água-com-açúcar. Aqui, alguns autores produzem até três romances por mês. Três romances por mês! Já imaginou? Um trabalho de condenado. Os dedos correndo pelo teclado sem parar, sem pensar em nada. Basta ter reflexos, saber colocar corretamente os pontos de interrogação, de exclamação, as reticências, deixar que as frases costumeiras se arrumem, ficar brincando de copiar-colar. Isso se faz quase automaticamente. Não acredito que esse trabalho o atraia de verdade. No fundo, não me espantaria se o senhor me dissesse que já tentou sua sorte em outro canto, que enviou seus manuscritos a outros editores... Sem êxito, senão o senhor não estaria mais aqui.

Ela pegou um novo cigarro, hesitou, depois o repôs no maço.

— Ser recusado — continuou ela — não significa que não presta. Claro, o senhor pode ter escrito coisas sem valor, mas um editor também pode se enganar. Exemplo: Proust. Apesar de seu gênio, de suas relações, de sua riqueza (ele já estava decidido a pagar pela publicação), foi rejeitado por tudo quanto era editor. Já estava cansado. Finalmente, foi publicado por Grasset, que ainda não era tão conhecido quanto hoje, e pagando. Veja, o negócio é não desesperar...

Fez-se silêncio e ela acrescentou em tom de confidência:

— Estou saindo daqui no fim do mês.

— Saindo! Quer dizer que a...

— Não, sou eu que estou saindo. Dois anos de grande amor, basta. Eu vou para a Montpensier, o senhor deve conhecer. Há muito que eu negociava esse cargo, vou fazer um trabalho que me interessa de verdade... Se estou lhe falando isso, Ernest, é porque acredito que o senhor tem um real talento de escritor e o está desperdiçando aqui.

Ela deu para ele um cartão de visita.

— O endereço da Montpensier; se tiver alguma coisa de interessante, não hesite, não vou fazer o mesmo que a NRF fez com Proust. Enquanto isso — ela estendeu para ele um livro que estava sobre a mesa —, aqui está uma nova tradução que o senhor deverá entregar à minha substituta.

— Mas é para a coleção "Volúpia"! — exclamou Ernest, normalmente eu trabalho para "Ternura".

Ela se pôs a rir.

— É meu presente de despedida. Com "Volúpia" o senhor tem direito a três ou quatro cenas tórridas de duas páginas cada uma. É a coleção *hard*, destinada aos autores talentosos. Espero que se divirta, antes de passar para outra coisa.

Ela se levantou para acompanhá-lo até a porta.

— Quem sabe até breve na Montpensier — disse ela, apertando-lhe a mão. — Em termos financeiros, fiz o possível, o senhor será pago imediatamente.

Ernest levou algum tempo para retomar pé. Embasbacado que alguém lhe abrisse as portas de uma editora tão prestigiosa quanto a Montpensier. Olhou a capa do livro que Christine lhe havia entregado. Sob o título *I want you*, um casal se abraçava com paixão. A jovem tinha a cabeça caída para trás e os seios túrgidos. Realmente, aquilo fugia às traduções habituais.

Em seguida, se dirigiu ao departamento financeiro.

Pouco depois, ele estava com um cheque de onze mil e oitocentos e noventa e quatro francos e trinta e cinco centavos no bolso.

E, além disso, um "Volúpia" para traduzir, e Christine Etchigolan admirava seu talento.

Samuel ficaria feliz com isso.

Mas Maryse também via talento nele, o que não a impedira de arrasar com *Julgamento final*. "Essa história numa cidade ameaçada pelo apocalipse, como Sodoma na Bíblia", dissera ela, com um ar condescendente, "a princípio seduz, embora esse tipo de texto onírico já tenha sido feito umas cem vezes. Sua escrita podia ser interessante, mas a coisa pega quando, por causa da Bíblia, você se acha obrigado a recorrer à ênfase. Você gosta de frases muitas vezes bem formuladas, diga-se, mas que não levam a lugar nenhum. O mesmo para situações que você cria. Elas são admiráveis, mas para chegar aonde? Mesmo sem intriga, é preciso coerência. Por mais que você relembre uma página inteira que o apocalipse está próximo, a gente não acredita um só minuto. Esse apelo serve mais para dar unidade à sua algaravia que para criar uma atmosfera angustiante. Um romance se escreve primeiro para os outros, senão a gente passa a acreditar que está escrevendo um romance."

Dito isso, adeus e ponto final.

Uma ou duas vezes, ele tentou retomar, mas perdera o entusiasmo. Será que tinha mesmo o que contar? Ele deixou a coisa de lado e se acomodou a uma sobrevida de idiotices para Romance e trepadas com Sabine. E depois de ter renunciado à literatura, eis que alguém o faz renascer. Um golpe atrás do outro. O louco dos crimes em série e Christine Etchigolan. Será que nunca o deixariam em paz? Enfiou *I want you* no bolso do casaco. Tinha erotismo para traduzir.

Aí estava sua promoção.

Na rua, ele sentiu uma curiosa sensação.

Achou-se um pouco mais sensível por causa do ar primaveril que tomara conta de Paris durante todo o dia. Caía a noite e as ruas retomavam seu aspecto normal, sinistro e friorento, como para lembrar a existência do assassino. Será que ele atacaria de novo? Nesse caso, Sabine não iria deixar Épinay tão cedo. Parou diante de um jornaleiro. Não havia nenhuma menção a um novo crime, mas a mulher sem cabeça ocupava todos os jornais.

Um grupo de policiais atravessou a rua. Irritado com o ruído das botas, ele entrou no Café des Courcelles, o bistrô que ficava diante de Romance. Reinava a mesma atmosfera que nos outros da rua des Abbesses. Conversas no balcão, fliperamas com seus ruídos eletrônicos, e a televisão encimando o bar. Entre os que estavam no balcão, achou que havia dois autores da editora. Instalou-se na outra ponta para evitá-los, pediu um chope, depois foi ao subsolo telefonar.

Ao passar pelo lavabo, ficou impressionado com o

espetáculo de um senhor de roupa escura que arrancava os pêlos do nariz. Cada pêlo era puxado com precisão, como se escolhido em função de sua espessura e posição, depois arrancado com um golpe seco. O homem contemplava o pêlo na ponta do dedo, depois o jogava na pia, abria a torneira e deixava que a água o arrastasse. Quando acontecia arrancar vários de uma só vez, deixava escapar uma espécie de assovio que se assemelhava a um lance vitorioso. Porém, o mais surpreendente era a extrema banalidade de seus traços. Parecia não ter rosto. Somente pêlos que saíam das narinas. Quanto ao resto, era uma tela branca e vazia. Não era só Joseph que possuía aquela face anódina. Vendo-o, Ernest compreendeu por que a polícia estava penando para encontrar o assassino. Depois se dirigiu à cabine telefônica e ligou para sua secretária eletrônica. Havia duas mensagens. A primeira, de Sabine: estava com saudades dele, dizia ela, mas essa separação era uma prova que fortificaria o amor de um pelo outro. A outra era de Joseph. Lembrava o encontro marcado: seis horas da tarde no Lapin. Ernest achou que havia uma ameaça naquela voz. Voltou ao salão. Nesse ínterim, o homem dos pêlos no nariz sumira. Dele restavam no fundo da pia alguns pêlos negros que a água não levara.

No bar, Ernest bebericou seu chope olhando discretamente os colegas de editora. Eles tinham um quê de representantes comerciais fracassados, ao mesmo tempo cínico e insolente. Os autores de três traduções por mês a que Christine havia aludido. Por quanto tempo agüentariam? Não muito, pelo aspecto bilioso que apresentavam. Uma imersão prolongada nos romances açucarados levava a um desgaste prematuro. Aqueles tradutores não tinham lugar no Salão do Livro. Escolhiam os ocasionais, cujo amadorismo conservava em bom estado. O que era ainda o caso de Ernest.

Ele terminou o chope e saiu.

Não sabia o que faria com Joseph. Aquele encontro lhe oferecia a oportunidade de se livrar dele. Avisava à polícia que o assassino estava no Lapin e ponto final. A menos que ele recebesse um novo adiantamento de vinte mil francos e só depois deixasse a polícia pegar o suspeito.

Ou, então, não diria nada à polícia, aceitava a oferta de Joseph e se punha a trabalhar. Tentava alguma coisa que talvez se parecesse com um livro.

Talvez...

Por que não?

Pegou o metrô em Villiers.

Os corredores estavam vazios. Pensou em Samuel, a visita que tinha de fazer. Há quanto tempo não o visitava? Desde que rompera com Maryse. Talvez mais. Mas esse pensamento foi afastado pelo som um pouco grave e melancólico de um saxofone. Na outra ponta do corredor, um sujeito soprava seu instrumento.

Ernest lhe deu cinqüenta francos.

Tudo o que lhe restava.

Nada lhe parecia mais grandioso que alguém tocando saxofone num corredor de uma estação deserta.

Prometeu a si mesmo ir ver Samuel no hospital.

4

Samuel que esperava sua visita.

Que já estava de saco cheio do hospital e da tevê. Não paravam de falar do assassino serial. Você está falando de um assassino! Um sujeito que aterroriza a praça Clichy e seus arredores, você chama isso de assassino?

Ele quis desligar a tevê. Mas seu corpo era igual a um tabuleiro de damas, dividido meio a meio: vivia com a metade direita do rosto, e a metade esquerda do corpo. Um lado imobilizado, o outro com movimento. O olho direito para ver onde estava o controle remoto, o braço esquerdo para pegá-lo sobre o criado-mudo, posicionar na direção da tevê e clic!, desligar. Mas ele não achava o controle. Roubaram-no mais uma vez. Ali roubavam tudo. Acontecia a mesma coisa na época de Serial-Killer. Em que ano estava? Não conseguia lembrar. "O senhor esqueceu os números", lhe diziam as enfermeiras. Em contrapartida, com as palavras, ele era imbatível. Com as palavras vinham as expressões e as frases. Assim, a expressão "acidente vascular cerebral" ele não ia esquecer tão cedo.

Foi isso que o transformou num tabuleiro de damas.

Como Serial-Killer, que transformava tudo em tabuleiro de damas. Com ele não havia necessidade de lembrar os números: um-dois, um-dois! Isso bastava. Um ritmo criado depois do acidente vascular cerebral. Um e dois, um o contrário de dois. Braço esquerdo imóvel ao longo do corpo, braço direito erguido, bem estendido, a quarenta e cinco graus.

Um-dois, um-dois!

Nada a ver com o assassino da praça Clichy. Serial-Killer aterrorizava o mundo inteiro. Uma coisa impressionante. Era preciso vê-lo subir com seu passo majestoso aqueles intermináveis degraus de onde dominava uma multidão imensa. Uma multidão ansiosa à espera do instante em que ele se poria a vociferar. Um mar de gente hipnotizada que se erguia em uníssono para saudá-lo. Ah, o cara era demais!

E agora, ali, impunham-lhe a televisão e seus jornalistas quase aos prantos porque descobriram uma mulher decapitada na rua.

A raiva tomou conta de Samuel. Ernest teria desligado logo aquela tevê. Pedira para alguém telefonar para ele, mas disseram que ninguém atendia. Podia ser que ele já estivesse trabalhando. Conhecia bem seu Ernest, que, enquanto estava escrevendo, desligava o telefone para que ninguém o perturbasse. Naquele momento, ele devia estar trabalhando no projeto que lhe traria glória e dinheiro.

Talvez, mas enquanto ele não vinha, lá estava a tevê. Chamar uma enfermeira? Ele já sabia o que ela iria dizer: "Chamou só para isso? Pensa que está no Ritz?". Não, tinha de ser diplomata. Por exemplo, pedir o papagaio. Melhor assim. Quando é coisa do serviço hospitalar, atendem numa boa. Pôr para urinar faz parte desse serviço. E quando termina, com ar de quem não quer nada, você diz à enfermeira: "A senhora poderia desligar a tevê? Eu queria dormir". Ela não fará cara feia. Dormir quer dizer que você vai deixá-la em paz. Isso também é serviço hospitalar. Entende? É assim que se deve agir.

Então, vamos começar pelo papagaio.

Porque se há uma coisa que ninguém pode tirar de você, mesmo Serial-Killer, é a mão da enfermeira que põe você no urinol. Incrível como uma mão exprime personalidade! Eis aí uma coisa que seria muito interessante no livro de Ernest: a mão que o segura para você, um bom tema! A forma como a enfermeira o põe no papagaio dá para adivinhar os sentimentos que ela tem por você e, conseqüentemente, a idéia que ela faz do próprio trabalho e da vida em geral. As mãos utilitárias são execráveis. Para elas, é apenas um trabalho. Deixa eu botar você logo no papagaio, e depressa, tenho outras coisas para fazer! Como, ainda não terminou? Em contrapartida, as verdadeiras mãos não arrumam logo o seu pijama. Mesmo que você seja um espírito forte, indiferente aos problemas da fé, quando essas mãos o agarram, você sente aflorar o desejo de louvar o Senhor.

As primeiras mãos, Samuel as conheceu na mesma noite em que Serial-Killer invadia a Polônia. Subitamente, as mãos desapareceram. A quem pertenciam? A aventura era tão antiga que ele não podia dar um rosto ou um nome à sua dona. Mas guardava delas a marca de uma deliciosa promessa, enterrada nos confins de sua vida, sem dúvida definitivamente perdida se, devido ao acidente vascular, ele não recuperasse a lembrança.

Mas a enfermeira não vinha, e a tevê continuava a aborrecê-lo com a praça Clichy. Ele ia começar a vociferar contra o mundo quando de repente entendeu que ninguém viria. O hospital estava vazio. Não havia vivalma. Serial-Killer passara por ali. Como de costume, não poupara ninguém. O silêncio que o cercava era o de um túmulo. E logo seria sua vez.

Num piscar de olhos, tomou uma decisão.

Num violento esforço, moveu-se até a beira da cama. O lado esquerdo puxando o direito. Tinha de ser rápido: Serial-Killer podia chegar de um momento para outro. Mas Samuel não perdia a cabeça, já escapara dele antes. Uma vez, saltando do terceiro andar de sua casa. Os cupinchas de Serial-Killer o esperavam embaixo, no 29, rua Rodier, e ele saltara por uma janela que dava para a rua da Tour-Auvergne. O choque contra a calçada foi doloroso, mas ele se erguera e, apesar de um tornozelo machucado, saiu correndo até o metrô.

E uma vez mais ele ia dar um jeito de escapar.

A queda no chão de ladrilho foi mais forte que na calçada da rua da Tour-Auvergne, mas seu lado direito, aquele não sentia nada, amortecera o choque. Sem perder tempo, arrastou-se sobre o cotovelo e sobre o joelho sãos e conseguiu contornar a cama, reduzindo a distância que o separava da porta. Ali, tinha de se levantar, pegar o trinco e fazê-lo girar. A tarefa parecia impossível, mas Samuel, galvanizado pelo desafio, voltava a ser o homem de ação que nunca deixara de ser. Um homem para quem o perigo dava um toque à vida. Mesmo uma vida pela metade. O esforço que ele fazia era tanto que nem dava para degustar plenamente a felicidade, mas havia muito ele não experimentava nada igual. Uma vez lá fora, encontraria Ernest e então começariam a grande obra. Ele lhe diria que Serial-Killer tinha uma cara repugnante, um olhar vazio, um nariz carnudo, e que se empanturrava de tortas de creme. Sempre em direção à porta, ele gritava com sua boca semitorta, como para avisar ao mundo inteiro: "Atenção! Samuel está chegando, graças a ele, Ernest vai entrar para a literatura".

Naquele momento, a porta se abriu. Podia ser Ernest que vinha ajudá-lo. Em vez disso, o que viu foi um uniforme branco. Normalmente, ele usava um mais escuro. Mas Samuel o reconheceu logo: Serial-Killer não podia enganá-lo durante muito tempo.

Numa mão, trazia dois comprimidos de Stilnox, e na outra um copo com água.

— Com isso o senhor vai dormir — disse ele, com sua voz metálica bem conhecida.

Meteu-lhe os comprimidos na boca e o forçou a engolir a metade do copo d'água.

O terror tomou conta de Samuel.

Ele esqueceu Ernest e sua grande obra.

A praça do Tertre estava apinhada de gente. Com os primeiros dias de sol, os turistas começavam a freqüentá-la aos montes. Muitos de bermudas. Passeavam tranqüilamente entre os pintores e os retratistas. O tempo bom e a curiosidade lhes eram fatais, não escutavam as advertências de segurança apregoadas pela imprensa e pelas agências de viagem. Curiosos de Paris, esqueciam o assassino serial e multiplicavam as imprudências.

Aquela despreocupação encantava Joseph.

Ele empurrou a porta do Lapin Chasseur.

Sentado no fundo da sala, debaixo da reprodução de Toulouse-Lautrec, Ernest Ripper o esperava bebericando um Nuit au Cap — uma especialidade da casa, mistura de conhaque, Cointreau, anis e creme de leite —, evidentemente pago por seu crédito sem limites.

"Ele não perde tempo", pensou Joseph.

Para sua grande surpresa, o garçom o reconheceu. Correu a seu encontro e abriu-lhe caminho entre os clientes.

— O que o senhor deseja? — E foi logo se desculpando: — Com a chegada da primavera o movimento cresce. Algumas noites a gente não tem onde meter mais os turistas, mas no fundo da sala o senhor ficará tranqüilo para conversar com seu amigo e...

Ele não terminou a frase, mas Joseph entendeu: "e espalhar os maços de quinhentos francos sobre a mesa".

Perto do bar estava a jovem mulher da última vez. Ela usava o mesmo tailleur cinza e lia *O conde de Monte-cristo*. Não prestou atenção em Joseph quando ele passou diante de sua mesa. Ele se sentou na cadeira que lhe estendiam à frente de Ernest e pediu champanhe. O garçom logo voltou com uma garrafa de Dom Pérignon e duas taças. Primeiro, ele serviu Joseph, esperou sua aprovação, depois encheu a taça de Ernest. Desde que vira Joseph puxar os maços de quinhentos francos e Ernest recolhê-los, ele aprimorava o estilo, como para se mostrar à altura de tais clientes. Joseph achou-o parecido com Marmaduke Ruggles, interpretado por Charles Laughton no *Extravagante Senhor Ruggles*.

— À sua saúde, mestre! — disse ele, levantando a taça. — À riqueza e à glória.

— Nós ainda não concluímos nada.

— Sim, mas conto com isso, mestre. Se o senhor veio, foi porque teve uma boa razão... Estou enganado?

Ernest não respondeu. Levantou sua taça, molhou os lábios, depois voltou ao seu Nuit au Cap. "Esse aí não se entusiasma com nada", pensou Joseph, que sentiu seu bom humor se esvair.

— O que achou das anotações que lhe entreguei? — perguntou, por via das dúvidas.

— Não me interessei por nada — respondeu Ernest com rispidez. — Não servem para nada.

E acrescentou:

— Mas não é isso o que me interessa.

— O que interessa então?

— Por que matou aquela mulher bem debaixo de minha janela? Para me impressionar?

— De jeito nenhum, mestre, o senhor está enganado.

— Não foi o senhor que a assassinou?

— A pergunta não está sendo bem formulada. — Diante do ar admirado de Ripper, ele sentiu a segurança lhe voltar. — Aquela mulher procurou a morte, como todas as que sonham encontrar aquele que porá fim a seus dias. Surpreso? Isso surpreenderá muito mais o leitor. Mas é a pura verdade.

Esvaziou a taça de um só gole e continuou:

— Com um assassino serial o crime tem sempre uma dimensão personalizada, humana, se preferir. As mulheres não são insensíveis a isso. — Ele apontou a leitora de tailleur cinza. — Olhe como está mergulhada na leitura. Ela adoraria esquecer a solidão. Um assassino tocado por aquela tristeza poria um fim naquilo num minuto. E no entanto, mestre, aquela mulher está viva. Confesse que é estranho. Então, em vez de me perguntar se matei esta ou aquela mulher — ele fez um gesto amplo na direção da sala —, pergunte antes por que

81

todas as que estão aqui, e que esperam talvez a mesma coisa, ainda estão vivas.

Marmaduke, percebendo que a taça de Joseph estava vazia, apressou-se em enchê-la. Ernest aproveitou para pedir um outro Nuit au Cap.

— Em certos aspectos — retomou Joseph —, o encontro assassino se parece com o encontro amoroso. Não se pode nem provocá-lo nem impedi-lo. Mas quando o assassino e sua vítima são colocados pelas circunstâncias ou pelo acaso um diante do outro, não tem mais jeito. Eles estão à mercê das forças superiores, que só descobrem no instante supremo. Para a vítima, esse ato é totalmente excepcional, mas, para o assassino, é rotineiro. Sua vida se resume em repetir o mesmo crime, e talvez em matar a mesma mulher. É o grande fastio do assassino, um aspecto interessante para desenvolver em nossa obra. — De repente, ele se entusiasmou. — Vai ser chocante, estou lhe dizendo! O senhor mostrará o assassino sob um ângulo profundamente humano, inédito e escabroso. Já ouço a crítica: "Ripper age sobre o sistema nervoso da época!". A glória, mestre, a glória. Sua foto por toda parte, convites na França, no estrangeiro, debates na televisão, autógrafos na FNAC, na Virgin, no Salão, no Auchan, no Carrefour. Essa obra dará o que falar, garanto. Não só se descobrirá um criminoso pouco conhecido, como se terá uma magnífica lição de vida.

Mas Ernest não estava convencido. Não conseguia imaginar aquele homem atacando uma mulher, sufocando-a nos braços e lhe dando um golpe de misericórdia. Sim, ele tinha lábia. Dinheiro também, vinte mil francos aqui, crédito sem limites ali, estava pouco ligando para dinheiro. Uma grande fortuna, sem dúvida. Mas um assassino...

— O que acha? Admita que eu lhe estou dando um assunto sensacional.

— Eu vou lhe dizer — respondeu Ernest.

Respirou fundo e soltou o verbo.

— Sempre que nos pomos a escrever um livro — começou ele num tom exaltado, um tom em que se percebia o rancor —, pensamos que vai arrebentar. Nas primeiras páginas, é o entusiasmo, estamos certos de que ninguém jamais escreveu coisa melhor. Pensamos na glória, na riqueza, nos vemos nos jornais, na televisão, nas livrarias, por toda parte. Mas, ao final de alguns dias ou de algumas semanas, perdemos o fôlego, descobrimos que chafurdamos no nada, nos atrapalhamos com as palavras, que não sabemos mais como continuar. Acontece com todos os que se metem a escrever. Acreditamos, ousamos e eis que nos vemos nus no meio do deserto. Mais nada. Escrever não é fácil, é cruel. A única coisa a fazer é deixar pra lá, acredite. Virar a página, a verdadeira página, aquela que não escrevemos, encontrar ocupações sadias, ocupar-se com a mulher, as crianças, com nossos velhos pais. Ou então apostar nos cavalos, ler um bom livro (há um monte deles), escutar música, pegar uma tela, ver futebol na tevê, beber com os amigos, ir ao bordel, não é por falta de distrações...

Ernest sentia-se cada vez mais encorajado, levado por uma onda de derrotismo para a qual queria arrastar com toda força o homem de rosto insignificante. Esvaziou a taça de champanhe, completou com seu

Nuit au Cap e voltou a sua exposição sobre a catástrofe literária.

— Infelizmente — retomou ele —, nem todos têm essa lucidez. Há os teimosos que enfrentam tudo (deveríamos fuzilar os cretinos que louvam a perseverança), eles são capazes de ir muito longe, até duzentas, trezentas, quatrocentas, quinhentas páginas ou mais. Loucos! E quando não têm mais baboseiras para escrever, vão torrar a paciência dos outros. Primeiro os editores, que não agüentam mais tanto assédio. Passam a ser alvo de tudo: censuras, xingamentos, ameaças, não lhes perdoam por terem tido a ousadia de recusar os originais, de se safarem simplesmente com uma cartinha padronizada. Depois dos editores, são as pessoas próximas que sofrem. Eles as tomam como testemunhas de sua desgraça, da injustiça de que foram vítimas, das crueldades do mundo. Autores recusados são capazes de despertar várias vezes na noite suas mulheres, amantes, amásias, concubinas, só para gritar seu desespero. Depois vêm os fantasmas da vingança, tão tolos quanto infantis. Eles podem escrever à imprensa, a seus deputados, ministros, alguns ficam na porta da editora, outros começam uma greve de fome, ameaçam se imolar pelo fogo. São capazes de inventar o pior para se vingar de um editor. Felizmente (entre os menos magoados, parece), há os que terminam se cansando. Jogam a toalha e esquecem no fundo da gaveta os originais que os tornaram infelizes. Mas nem todos têm esse bom senso: muitos resolvem fazer uma edição por conta própria. Isso lhes custa os olhos da cara, mas pouco importa, vêem seu texto impresso, encadernado, cortado, com a capa que traz o título da obra e seu nome. Seu nome! Se o senhor soubesse como eles sonham com isso! O sonho se materializou, conseguiram finalmente o objeto mágico, o objeto de todos os seus amores, com o nome em letras garrafais, e com cara de livro, ou melhor, de livros que se espalham pela cozinha, sala, banheiro, corredores. Porque é preciso colocá-los em algum lugar, aqueles livros infernais. Porque não irão vender nenhum. Ou pouquíssimos. Não vender nada é pior do que não ser editado. Aí não se trata da recusa de um editor, mas de uma recusa universal. Eles pagarão para ver. Mas antes oferecerão aos parentes, aos amigos, aos vizinhos, ao porteiro do prédio (pelo prazer de autografar, depois para desocupar espaço em casa), eles os levarão às livrarias que os recebem a contragosto, tentarão então eles mesmos vender na rua, no metrô, diante do Stade de France, na festa do bairro, em qualquer lugar, às vezes na calçada, às vezes numa banquinha, até o dia em que, cansados, revoltados, chateados por não terem encontrado senão indiferença e zombaria, pensarão em meter uma bala na cabeça ou atear fogo em sua obra-prima. Se eles escolhem o autode-fé, terão uma chance de escapar, mas se não conseguem resolver por esse caminho, nem por isso é preciso acreditar que vão dar um tiro nos miolos. A facilidade não faz o gênero deles. Se bem os conheço, continuarão a azucrinar a própria vida e a de seus próximos, a repisar sua infelicidade, a chorar por não terem o talento reconhecido, por terem sido espezinhados pelos editores, pelas livrarias, pelos leitores inconseqüentes, pelo mundo inteiro, beberão a própria miséria para muito além da amargura. E isso nunca terá fim. Nunca!

Joseph escutara em silêncio, mas pensava a mesma

coisa. Aquilo era um escritor? Onde estavam o entusiasmo e a obstinação inerentes a toda empresa literária? Mesmo ele, Arcimboldo, incapaz de escrever cinco linhas corretamente, conhecera o fogo sagrado quando regalava a viúva com suas histórias do assassino. Se Ripper sentisse o décimo daquilo, já teria começado o livro. Mas o que se podia esperar daquele desiludido, cínico e mal-humorado que chafurdava na falta de inspiração? Procurar um outro? Os escritores que ele abordara no Salão tinham rido na sua cara. Ou Ripper ou ninguém. Esse era seu destino de homem sem talento: tratar com um sujeito que curtia sua amargura em romances de terceira categoria. "Que coisa!", pensou Joseph Arcimboldo, que tentava tirar do casulo um escritor fracassado, dando-lhe a oportunidade de fazer sucesso com o que mais queria.

Decidiu arriscar um lance irrecusável.

Pegou em seu porta-charutos Epicuro um Partagas 8-9-8, acendeu-o para ganhar tempo, depois pediu um *banyuls* — um vinho doce combinava melhor, segundo ele, com os aromas de um legítimo havana, mais do que uma bebida forte.

— Cinqüenta mil francos — disse ele, empilhando os maços recebidos de John Baltimore entre o balde de champanhe e o *banyuls* —, cinqüenta mil pelo primeiro capítulo, o que acha?

O silêncio tomou conta de todo o bistrô. Todos os olhares convergiram para os maços de quinhentos francos empilhados sobre a mesa. Uma vez mais, a boca de Marmaduke fez um "o" de estupefação. Quanto aos clientes, parecia que nunca tinham visto cinqüenta mil francos sobre uma mesa de bar.

— O que me diz? — repetiu Joseph.

O coração de Ernest bateu violentamente. Sua embriaguez se dissipou num segundo. A pressão dos olhares era enorme. Como se todo o café se identificasse com ele. Achou que tinha ouvido murmúrios de um lado a outro do salão: "Vai, seu idiota! Aceite! Aceite logo! Diabo! O que está esperando?". Os murmúrios se intensificavam, não lhe perdoariam se recusasse tanto dinheiro. A massa era cruel, precisava do espetáculo do sucesso. Os olhares que Marmaduke lhe lançava eram eloqüentes: ouse desdenhar dessa fortuna e nunca mais porá os pés no Lapin. Ele então cedeu. Abriu o sobretudo e enfiou os maços nos bolsos. Encheu igualmente os bolsos da calça e do blazer. Um suspiro de alívio percorreu a sala. Ouviram-se sorrisos aprovadores, depois os olhares se desviaram e as conversas continuaram.

— Ainda bem, mestre! — exclamou Joseph. — Entenda que não lhe dei nenhum presente, é um adiantamento que deduzirei de seus futuros direitos autorais. Espero que compreenda isso.

Mas Ernest nem ouviu. Estava fazendo cálculos: o cheque de onze mil oitocentos e noventa e quatro francos e trinta e cinco centavos da Romance, mais os cinqüenta mil francos limpos de Joseph, ao todo sessenta e um mil oitocentos e noventa e quatro francos e trinta e cinco centavos. Mesmo pagando as contas, cobrindo a conta do banco, pagando os oficiais de justiça, ainda sobrava um bom dinheiro. O suficiente para substituir o terno cinza de lã mesclada que Maryse fizera o favor de perder quando o pôs no olho da rua. E, já que Sabine estava na casa dos pais, por que não terminar a noite num bar dos Champs-Elysées? Uma vida de escritor.

87

Daqueles que tomam táxi sem preocupação e gastam a rodo. Sentiu-se da mesma casta de Henry Miller e Anaïs Nin, a quem um misterioso colecionador encomendara novelas eróticas a um dólar por página. Mais tarde, *Delta de Vênus* viraria um best-seller. Já ele contaria as façanhas de um assassino. Estava sendo mais bem pago e, com um pouco de sorte, viraria também um best-seller.

Encheu a taça de champanhe, esvaziou-a de um só gole, depois pediu um outro Nuit au cap, a que deu igual destino.

— Teria um ou dois pedidos que o senhor poderia satisfazer sem muita dificuldade — disse Joseph. — Primeiramente, aquele pequeno incipit tão preciso. São duas frases bem felizes, acredito. Se o senhor aceitar, será minha modesta contribuição ao texto. O incipit, eu lhe falei dele em nosso primeiro encontro, talvez o senhor se lembre: "Eu sou o filho da noite medieval e da noite nova-iorquina. Uma ponte lançada entre dois abismos". O que acha?

"Nada", pensou Ernest.

— Muito interessante — disse ele —, e os outros pedidos?

— Para o primeiro capítulo, gostaria de que evocasse, mesmo de forma alusiva, minha ascendência. Só para situar o leitor, familiarizá-lo com a crueldade de meus ancestrais. Entenda, é importante que descubram de onde venho, que saibam que tudo vem de longe entre os Arcimboldo, tudo coberto pelo pó, pelo tempo.

— Tudo bem — respondeu Ernest, eufórico sob o efeito conjugado do champanhe, dos Nuit au Cap e dos cinqüenta mil francos —, soprarei muito pó nisso tudo. O senhor vai ficar muito contente e...

Ele parou e pensou que, uma vez de volta para casa, espalharia os maços sobre a cama, meteria o cheque debaixo do travesseiro e passaria uma noite formidável contemplando seu dinheiro. A menos que, seduzido pelos descaminhos da riqueza, decidisse ir à rua de Presbourg ou de Tilsitt, a um daqueles bares requintados onde os escritores de sucesso terminam a noitada. De repente, teve vontade de saborear um havana de Joseph. Olhou para ele fazendo o gesto de levar um charuto à boca.

O outro não se fez de rogado. Puxou seu Epicuro e lhe ofereceu um Partagas 8-9-8 Lonsdale.

— Atenção — preveniu ele. — As primeiras baforadas são muito ricas, desprendem odores apimentados, quando a pessoa não tem o hábito, se assusta. Aspire lentamente, quanto for preciso, bem devagar, sem pressa. Um bom havana ajuda a relaxar.

Mas Ernest nem escutava. Naquela noite, ele nadava na grana, tomava bebidas caras, fumava charutos legítimos. Depois, perambularia pelos bares de luxo. Veio-lhe à memória uma foto de Hemingway. O escritor fixava a objetiva, um charuto nos lábios. Hesitou: Hemingway ou Freud? Ambos tinham a mesma barba. Pensando bem, era Hemingway alguns dias antes de dar um tiro na boca.

Uma morte de escritor...

No mesmo instante, Samuel deu um suspiro de alívio. Temera que Ernest não cumprisse seu destino. Agora, estava seguro, Ernest soubera ousar, ia entrar para a literatura.

Para a literatura, entende?

Entrar para a literatura...

Quando Ernest empregara essa expressão, Maryse fora impiedosa.

"OUÇA, OUÇA, MINHA GENTE"!, começara a gritar, "ERNEST RIPPER VAI ENTRAR PARA A LITERATURA! ALEGREM-SE! ESPALHEM A BOA NOVA! ALELUIA! ERNEST RIPPER VAI ENTRAR PARA A LITERATURA! JÁ ESTÁ QUASE DENTRO. VAI ESCREVER UM LIVRO E PONTO FINAL!"

Ernest lhe enfiara a mão na cara, e ela o pôs no olho da rua.

Com o rapaz que estava em seu escritório, era diferente: seus escritos não valiam nada, mas ele não posava de escritor. Além do mais, seu primeiro romance havia sido um sucesso.

Tudo começara no ano anterior. Com um manuscrito estranhamente ruim, intitulado *Divagações eletrônicas*, que aterrissara por acaso — ou por engano — em sua mesa. A partir de uma história de amor básica — o casal se ama, tudo o separa, os dois decidem pôr um ponto final e se encontram para todo o sempre no cibermundo —, ele fazia reflexões ultramodernas sobre droga, sexo, música, Deus e a cibercultura. O tipo de manuscrito que se recusa com uma cartinha padronizada. No entanto, Maryse soubera ver que dali podia sair coisa. O autor agradara. Virtuose da informática, apreciador de maconha, rapper, um quê de afetuoso, ele estava pronto para fazer tudo o que lhe pedissem para ser publicado. Ela trabalhou com ele e conseguiu costurar alguma coisa de apresentável. Jacques Condorcet deixou-se convencer, ela teve carta branca e, conseqüentemente, dinheiro. Desde antes da publicação do livro, ela organizou sessões de leitura em livrarias, encontrou os manda-chuvas da imprensa, abriu páginas de publicidade nos grandes jornais — e ser publicado pela Condorcet já era garantia de sucesso —, utilizou, visto que o tema era apropriado, todos os recursos da internet para anunciar a obra. Conseguiu de Saint-Amant, que não ficou indiferente ao jovem autor-rapper, um artigo ditirâmbico em *Littératures*. Disseram que Proximus Desaster (esse seu nome artístico) era o Lautréamont do novo milênio, seu livro foi apresentado como o acontecimento do início do ano letivo, e sua "sintaxe desordenada e furiosa" era "a expressão de uma radicalidade metafísica que celebrava a morte do Ocidente". As vendas ultrapassaram as previsões mais otimistas. E, logo que saiu, foi comprado pelo cinema.

Valendo-se desse sucesso, Maryse se permitiu uma pausa literária. Mandou traduzir e publicar *El mundo visto desde abajo*, de Tiburcio Quispe Mamani, o escritor peruano de origem indígena, célebre na América Latina por suas peças de teatro, poesias e narrativas. *El mundo visto desde abajo*, o ápice de vários anos de trabalho, traçava a decadência de uma aldeia indígena perdida nos Andes, exposta à indiferença do poder político e às incursões do Sendero Luminoso.

Ele foi saudado pela crítica, mas, em termos de vendas, ficou longe de Proximus Desaster. Maryse teve de recorrer ao autor de sucesso. "Você foi maravilhosa com o primeiro romance dele", lhe dissera Jacques Condorcet. "Agora você tem que lhe dar assistência no segundo." Ela se lançou então ao *On the web*, que pretendia ser um manifesto cibergeneration, como *On the road*, de Kerouac, o foi para a beat generation. A idéia era de Maryse, mas Proximus Desaster aderiu com entusiasmo.

E agora, o boné de beisebol sobre a mesa de Maryse, ele escutava o que ela dizia. Às vezes, ele anotava alguma coisa; ela via nele um lado colegial terno. Cabeça raspada, pequenos óculos pretos, piercings na orelha e entre as narinas, dedos cheios de anéis, era a imagem do que escrevia.

Por fim, ele começou a ficar cansado, pôs o caderninho em cima da mesa e começou a enrolar um baseado. Quando terminou, estendeu-o para que ela o acendesse.

Diante da insistência dele, ela se deixou levar. A maconha penetrou em seus pulmões com uma força e uma suavidade que a surpreenderam. Depois de algumas tragadas, ela não conseguia emitir uma idéia coerente. E Proximus Desaster ria até não poder mais por causa disso. O baseado passava de um para o outro. Entre um ataque e outro de riso, eles se deixavam embalar pelos sonhos. Maryse se perguntava se um dia ela encontraria o texto que esperava. Um texto cujo sucesso seria proveniente de suas qualidades intrínsecas, onde o autor — qualquer que fosse sua notoriedade — passaria para o segundo plano. Ela falara disso ao homem do divã, que lhe respondera com uma alusão ao ideal impossível. Depois seus pensamentos foram para Alexis. Ela devia encontrá-lo à noite. Com ele não tinha literatura nem complicações sentimentais, mas uma relação comercial, clara e limpa: ela comprava fantasias inconfessáveis, daquelas que raramente temos oportunidade de satisfazer, talvez nunca. Morrer sem conhecer a ignomínia sonhada, era essa a miséria a que estavam fadados seus semelhantes. Graças a Alexis, pelo menos disso ela escapava.

— Melhor impossível — disse ela, com ar sonhador.

Proximus Desaster caiu na risada.

— Pode ir passando! — exclamou ele. — É Acapulco Gold, a melhor erva de toda a América Latina. Não há outra melhor.

Depois se levantou, um pouco cambaleante.

— Bom, tenho que ir, devo ensaiar para um show. A gente se fala na próxima semana para continuar o papo.

Maryse não compreendeu muito bem o que ele disse, mas aquiesceu assim mesmo. Depois que ele saiu, ela viu que ele deixara o caderninho de notas sobre a mesa. Naquele ritmo, eles não cumpririam os prazos dados por Jacques. Mas ela gostava de Proximus Desaster, sua forma de trabalhar, ou de não trabalhar, melhor dizendo, uma displicência tranqüila, sem dramas.

Eram quase oito horas. Tudo estava silencioso. Com exceção de Jacques Condorcet, que fizera de seu escritório sua casa, todo mundo já tinha saído. Ela abriu a janela. A noite começava a cair, uma noite tépida quase estival. Alexis não ia demorar, iriam jantar num restaurante da rua du Dragon, ou da rua des Saints-Pères, lá onde o assassino não se aventurava.

Um outro mundo.

No andar de cima, Jacques Condorcet falava ao telefone. As paredes impediam de ouvir o que ele dizia, mas aquela voz era o bastante. Ela achava que a editora nunca dormia, que estavam sempre preparando um livro que ia mobilizar editores, capistas, jornalistas, críticos, entrar nos circuitos de distribuição, provocar comentários ou passar despercebido. Em todo caso, ia fazer a temperatura subir, fazer correr adrenalina. O mundo se mexia. Era por isso, e por outras razões mais, que ela gostava daquele trabalho.

O tempo estava demorando a passar.

Depois do restaurante, ela iria talvez para o hotel com Alexis — em princípio, o da rua Pierre-Charron, diante da Cartier —, a não ser que ele preferisse a casa dela.

Ele decidia.

Ela só tinha isso na cabeça.

E fumaça de maconha.

Já Joseph tinha fumaça de puro havana na cabeça. Deixara Ernest Ripper flutuando entre Partagas, Dom Pérignon e Nuit au Cap. Marmaduke tomaria conta dele. Uma nota de quinhentos francos estimulara seus cuidados. Se precisasse, ele o poria num táxi.

Os escritores xaroposos eram assim.

Não sabiam o que era beber nem fumar charuto.

Joseph também estava bêbado, mas podia caminhar. Atravessou a praça do Tertre e entrou na rua do Mont-Cenis, na direção da basílica. A multidão era densa, ele se chocava contra turistas que nem o percebiam. As mulheres lhe pareceram de uma despreocupação mortal.

Mas ele pensava no seu projeto com Ripper.

O escritor estava no papo. Sem dúvida começaria a empreitada de nariz torcido, mas, pouco a pouco, se deixaria levar pela história. Ela teria uma arquitetura que iria desafiar o tempo. Ele sentiu em si uma alma de criador, comparou-se àqueles visionários que constroem catedrais para mil anos. Ripper só teria de tomar muito cuidado, Joseph Arcimboldo tinha o livro na cabeça e o revólver no bolso.

A panóplia dos grandes construtores.

Desceu a rua Foyatier, sem pressa. Praça Saint-Pierre, dobrou à direita na rua Tardieu e continuou até a Joseph-de-Maistre. No caminho cruzou com uma mulher que caminhava pela rua como se esperasse sua hora. Parecia velha, cansada. "É triste dizer", pensou ele, "mas esta nenhum assassino serial iria querer."

Depois ganhou à esquerda, rua Caulaincourt, naquele trecho em que ela é um viaduto que passa por cima do cemitério, e parou para contemplar o mausoléu dos Arcimboldo, que dominava as outras sepulturas. Imponente e com brasões desenhados na pedra: cabeças de dragão monstruosas com face humana, língua e cauda eriçadas culminando em cabeça de serpente. Com a seguinte inscrição: *Lança em riste*. De fazer mocinha sonhar. De cada lado do brasão, liam-se os nomes: Jean, o Terrível, barão de Grèzes, morto em cruzada, cujos restos mortais foram trazidos de Jerusalém; Huguette d'Argenteuil (1461-1481), enterrada em lugar desconhecido antes de ser trasladada para Montmartre; Gilles de Montgallet, morto em 1517 (data de nascimento, em algarismos romanos, ilegível), inumado inicialmente no monastério de Carmes, em Nantes; mais adiante, Robert Arcimboldo (1871-1918), de apelido o Depravado, príncipe dos libertinos, executado na praça de Grève, em 1794, depois outros nomes e datas ilegíveis, assinalando alianças inesperadas, como a de Edmond Arcimboldo (1871-1918), casado com Ginette Levasseur, ex-criada, que repousava ao lado dele, depois, abaixo, um certo Norbert Arcimboldo, morto pela pátria em 1943, em Stalingrado, depois, separado por uma série de nomes, Adrien Arcimboldo, enterrado com Julien e Cécile, as duas crianças insuportáveis, todos os três mortos num acidente de avião no Quênia, enfim, a data mais recente, Célestine, nascida Nemours-Guermantes, viúva de Adrien, morta no ano passado.

Joseph ficou refletindo um longo tempo diante da sepultura. Uma noite, pouco depois que a viúva tinha sido enterrada, ele escalara a grade e entrara no cemitério. Ficara ao pé do túmulo até de manhã. Gostaria de ir até lá, mas estava cansado demais para pular a grade. E também ouvira uma patrulha que vinha da praça Clichy.

Não adiantava se demorar. A viúva, agora, sabia. O retorno dos Arcimboldo não tardaria. Um livro retumbante evocaria os feitos de sua raça maldita.

Um livro assinado por Joseph Arcimboldo.

A patrulha passou diante dele e nem o viu. Ele gostaria de ter anunciado aos policiais a boa-nova, dizer que tudo estava certo, agora era pra valer, que logo eles iriam ouvir falar do assassino serial de uma forma a que não estavam acostumados. Mas, prudente, guardou a boa notícia para si. Contentou-se em gritar silenciosamente, dentro de si mesmo, para que não o ouvissem:

OUÇAM, OUÇAM, MEUS AMIGOS!

UM LIVRO ESTÁ A CAMINHO!

II
DUO

5

Sébastien, o homem que ela amava, que lhe havia ensinado o amor, que fizera dela uma mulher, Sébastien, a quem ela havia dado tudo, amava uma outra! Quando ele a tivera em seus braços, Solange só quis ouvir os dois corações batendo juntos e estas palavras: "para sempre". Essas palavras, quantas vezes ela quisera ouvir! Acreditara com todas as suas forças na felicidade, mas ele amava outra. Ela quisera fazê-lo pagar sua traição. Mas sabia que não podia odiar Sébastien. Seu amor era mais forte.

Eu acredito na felicidade tinha encantado sua adolescência. Nele Sabine descobriria intacta a emoção que tinha então tomado conta dela. Sim, Solange amava Sébastien, amava-o com todas as forças. E ela também, como Solange, amava um homem.

Ela amava Ernest e acreditava na felicidade com ele.

O livro havia ficado ali em seu quarto, sobre a prateleira acima da cama. A capa mostrava Solange nos braços de Sébastien, as cores tinham desbotado e um canto estava rasgado. Ao lado, estava seu urso de pelúcia, tão maltratado pelos anos, com uma orelha pendendo e um olho arrancado. Ela achara que ia cair em prantos quando os reencontrasse. "A vida tem dessas surpresas", ela pensou. Se não fosse aquele louco que assassinava as mulheres, ela não teria voltado para a casa dos pais. Épinay era tão triste com suas fábricas abandonadas, seus terrenos baldios, seus casarões enfileirados em ruas sempre iguais e seu centro inacessível sem um carro. Mas aquela volta inesperada a Épinay lhe permitia pôr as coisas em ordem. Ao reencontrar o quarto, avaliava o caminho percorrido desde que partira. Ernest fizera dela uma mulher, não no sentido em que Sébastien ensinara o amor a Solange — isso ela já sabia —, mas, graças a ele, tornara-se mais mulher. Desabrochara mais, se se preferisse. Via isso quando se olhava no espelho e escutava Poetic Lover cantando "Feliz de ter o teu amor".

Quinze dias tinham se passado desde que partira da rua des Martyrs, por isso imaginava como ia ser bom rever Ernest. Mas a dermatose apareceu no instante em que pensava voltar para ele. Sim, ela deveria se preocupar com as manchas no rosto e nas coxas, mas, sem que soubesse por que, sua recaída lhe pareceu mais ligada ao pesadelo terrível da noite anterior.

Era noite, um homem de traços indefinidos a olhava. Às vezes, ela achava que era Ernest, às vezes era qualquer outro homem, um rosto que passara por ela na rua des Martyrs ou na rua des Abbesses. O homem não tirava os olhos de cima dela, seguia seus passos na rua ou então, sentado na cama do quarto de dormir, acompanhava os gestos dela diante do espelho. Na peça vizinha, Ernest trabalhava em mais um folhetim. Será que ele estava contando o que acontecia naquele instante? Será que ela só existia em seus textos? Ele escrevia que ela dançava na frente do espelho sob o olhar de um homem sem rosto, enquanto a música se confundia com o ruído que ele fazia ao digitar. Ela dançava ao som do teclado. Requebrava-se ritmada diante do espelho, com uma graça que devia ser atribuída ao talento de Ernest. O fio dental combinava com as meias cor-de-rosa, ornadas de lantejoulas douradas, sua liga brilhava a cada movimento dos quadris. Uma liga chamativamente ofuscante, pensava ela, sem saber de onde lhe vinha essa expressão. Não entendia o que o homem sem rosto fazia nessa história, mas ela confiava em Ernest. De repente, via-se na rua des Abbesses. Era noite, uma chuva fina em seu rosto, ela usava um pesado casaco de pele. O homem a seguia. Seus passos feriam o asfalto da rua produzindo o mesmo ruído que Ernest em seu teclado. Bruscas acelerações que se interrompiam de repente para retornar a um tempo mais compassado, mais suave, para logo voltar com toda a força.

Ela entrara à esquerda, na rua des Martyrs. Foi nesse momento que sentiu medo. Por que Ernest escrevia coisas assim? O ruído ficava assustador, provinha não do homem que a seguia, mas do quarto onde Ernest trabalhava. Sua janela era a única iluminada na rua. Ela parou embaixo e esperou o homem. Ele sorria. Era a primeira vez que seu rosto se animava. Quando a alcançou, ouviu-se um assobio. Um assobio agudo, tão fino como jamais se ouvira. Mal o ouvira e a rua sofreu um cataclismo, arrastando os edifícios que a margeavam e caíam fragorosamente no chão feito balões um tanto grotescos, que ressoavam dentro dela ao se chocarem contra o asfalto. Depois eles foram parando pouco a pouco de quicar até tudo ficar quieto à sua volta, diante de seus olhos apareceu uma imagem tranqüilizadora e imóvel. Mas eis que ela viu, um pouco mais adiante, o próprio corpo desmoronar na calçada enquanto uma espessa onda de sangue escapava borbulhante de cima, e então compreendeu que nada havia saído do lugar, que era somente sua cabeça que tinha rolado pela rua, alterando assim a ordem do mundo. O homem se apoderara de seu corpo sem cabeça, puxara-o pelo braço contra si e mergulhara a boca na abertura sangrenta. Parecia Ernest beijando seu sexo quando faziam amor.

E de manhã ela acordara coberta de escamas, de cascas e feridas purulentas. O médico diagnosticou dermatose psicossomática aguda. Prescreveu pomadas de cortisona para as feridas e Lexomil para a depressão, deu-lhe uma licença de dois meses e aconselhou-a a não usar roupas íntimas de tecido sintético. Podia usar seda ou algodão à vontade, mas sintético de jeito nenhum.

A cura demorou. As escamas, as crostas e as feridas resistiram aos corticóides, e o Lexomil não conseguiu parar com os pesadelos que voltavam a cada noite. De modo que o doutor acrescentou Zoloft pela manhã e Anafranil três vezes ao dia, mais Fenergan para as coceiras e Doliprane para a dor. Sabine reagiu bem ao tratamento da dermatose (como o Zoloft piorou as erupções cutâneas e as coceiras, a cortisona teve a dose aumentada), mas caiu num estado letárgico que atenuou a angústia decorrente dos sonhos. Sua licença de trabalho foi prolongada por um mês e a volta para Ernest também foi adiada. O que acabou por desesperá-la.

Quando a febre a fazia perder o contato com o mundo, ela acreditava sentir a presença de Ernest. Ele estava a seu lado. Mas, ao despertar, em vez do rosto tão esperado, ela descobria inclinado sobre sua cama o de sua mãe. Mais freqüentemente, o de seu pai. A vida lhe parecia desesperadamente vazia. Reencontrar Ernest lhe parecia o mais urgente. Todas as suas forças tenderam para esse objetivo. Assim, a ação conjugada dos corticóides e dos antidepressivos começou a dar seus resultados, as coceiras e os pesadelos sumiram, ela se levantou, pôde acompanhar o progresso da cura diante do espelho. Cada mancha ou escama que sumia a deixava mais perto do homem amado. Mas a preocupação a devorava. Não conseguia explicar o silêncio dele. Já ia fazer três meses que ela estava em Épinay e ele não ligara uma só vez. Era sempre ela quem telefonava. Com tantas coisas para dizer, e ele sempre respondendo lacônico, às vezes a linha estava ocupada, ou caía na secretária. Ela pensava então em Solange no momento em que descobriu a infidelidade de Sébastien. Quantas vezes relera aquele terrível capítulo em que, para a felicidade de Sébastien, a heroína de *Eu acredito na felicidade* não hesitava em se sacrificar. Ela fazia pela última vez o reconhecimento das coisas no apartamento de Sébastien onde fora tão feliz. Cada lugar, cada objeto era uma lembrança. Ali, Sébastien a tinha beijado pela primeira vez; acolá, ele lhe dera aquele magnífico anel de noivado; um pouco mais adiante, ouvira dele palavras ternas e ousadas, palavras que tinham encantado seu coração e inflamado seus sentidos. E ali, na peça do fundo, sobre a grande cama de baldaquino onde haviam dormido seus antepassados, ele fizera dela uma mulher. Diante dessa lembrança, Solange explodira em soluços, mas sua decisão estava tomada, ela escreveu a Adrienne para dizer que seu lugar era junto de Sébastien, ele a amava, aquele amor lhe dava dali em diante o direito de viver com ele. Para isso, enviou-lhe as chaves do apartamento (a pesada chave amarela abria a fechadura de baixo e a achatada abria o ferrolho de cima), depois botou a carta no correio e voltou para a casa dos pais.

Sabine não estava segura de ter essa coragem se descobrisse que Ernest a enganava, por exemplo, com sua antiga amante, a burguesona que trabalhava numa editora. Freqüentemente ela se perguntara se ele não tinha vontade de revê-la. Nesse caso, voltaria para Épinay? Os pais de Solange eram abertos, cúmplices, totalmente o contrário dos dela. A mãe dela vivia criticando Ernest — escritor, isso não é profissão —, o bairro onde ele morava — Pigalle, uma moça de família não põe os pés ali. Então, caso perdesse Ernest, teria que voltar para a casa de seus pais? Ela já ouvia a mãe cantando vitória, ao mesmo tempo que se lamentava do trabalho extra que sua presença ia dar. Quanto ao pai, preferia nem pensar. Ele passava os dias grudado na tevê. Nada era mais deprimente que vê-lo assim, o pijama aberto sobre o corpo triste e branco, exibindo os sinais de uma vida fracassada. E, pior ainda, vê-lo entrar em seu quarto quando ela verificava diante do espelho como estava a dermatose. A primeira vez, ela achou que ele tinha se equivocado. Mas não. Ele sempre entrava quando ela estava em trajes menores, sentava-se na beira da cama e ficava olhando-a sem dizer nada, como se estivesse diante da tevê. Essa atitude a deixava meio constrangida, lembrava-lhe a do homem de rosto comum que povoava seus sonhos. Tinha de se vestir no banheiro. O pai voltava para a sala e ela esperava que ele adormecesse diante da tevê para voltar ao quarto.

Sua mãe, em vez de defendê-la, criticava seu comportamento impudico. Mas ela não era idiota, aquelas reprovações eram iguais às que se dizem a uma rival. Sentiu uma espécie de satisfação. Apesar da cortisona que lhe inchava o rosto e o corpo, continuava apetitosa. Pelo menos, mais do que a mãe. Que homens aquela megera deformada pelos trabalhos caseiros e pelos desgostos da vida podia excitar? Quem desejaria ver o que estava debaixo daquelas saias? Nem mesmo seu marido. O fato de ele se interessar pela filha, e não pela mulher, era uma vitória para Sabine. Uma vitória que elevou sua auto-estima e apressou-lhe a cura.

Ela ousou algumas idas ao centro da cidade, mas desistiu de tatuagens autocolantes e de fios dentais incômodos, substituindo-os por outros de seda ou de algodão, menos prejudiciais à saúde. Dia após dia, ela sentia estar voltando a ser desejável. A doença havia tornado suas formas mais harmoniosas, os seios tinham ficado mais generosos, as coxas ganharam esbelteza e sensualidade, eram feitas para abraçar um homem pela cintura, seus olhos estavam mais brilhantes, talvez mais ousados, e seus gestos mais lentos, mais lascivos. Com a primavera, a crisálida transformou-se em borboleta. Assim ela se via. Seu corpo pedia para ser amado, ela pensava no olhar que Ernest pousaria sobre ela. E, por temer encontrá-lo nos braços de uma outra, sua impaciência foi crescendo cada vez mais.

Numa manhã de junho ela se levantou curada.

Fez a mala num piscar de olhos.

Pôs um minivestido verde curtíssimo, comprado no

centro comercial junto com um presente para Ernest —
gravata e pochete verde cítrico com motivos amarelos e
vermelhos, muito em moda —, e despediu-se dos pais.
A mãe reclamou por não ter sido avisada a tempo, assim
não teria preparado almoço para três, e seu pai apenas
tirou os olhos da tevê. Ela foi arrastando a mala através
do imenso descampado que ia dar no ponto do ônibus
138. Uma hora depois, chegava à porta de Clichy. Lá
pegou o metrô até Pigalle, depois subiu o bulevar de
Rochechouart, sempre arrastando a mala.

O bairro estava diferente. Havia algo de opressivo
no ar. As pessoas esgueiravam-se pelas calçadas, como
se tomadas por preocupações fortíssimas. O assassino
serial teria atacado de novo? A televisão não falara mais
nele, mas o mal-estar continuava, palpável, embora
fosse primavera e os pássaros cantassem nas árvores.
Sabine não sabia se seu coração estava apertado porque
ela reencontrava os lugares onde tinha sido feliz ou
porque deles emanava uma tensão inesperada. Seu
coração, é verdade, apertara-se durante toda a viagem
entre Épinay e Pigalle. Para ganhar coragem, relera no
metrô as últimas páginas de *Eu acredito na felicidade*.
Eram as mais belas. O terrível mal-entendido se dissi-
pava finalmente, e Solange descobria que Sébastien
amava somente a ela.

*Por que não escutara seu coração? Quando Sébastien a
tomou em seus braços, Solange sentiu o mundo girar à sua volta.
O pesadelo terminara. Sébastien amava somente a ela. Agora ela
acreditava naquela felicidade da qual às vezes duvidara. Os
lábios de Sébastien colaram-se aos seus. A pressão do corpo dele
ficou mais forte, seu abraço mais terno, mais preciso também.*

106

Então, derreando a cabeça para trás, Solange se entregou inteiramente ao abraço de Sébastien.

Claro, o final era reconfortante. Mas Sabine não estava segura. Solange tinha sido corajosa, somente que Adrienne, a mulher pela qual Sébastien a havia largado, não era senão a velha tia nos estertores — aquela que o tinha acolhido e criado como seu próprio filho depois do terrível acidente de carro que matara seus pais. Quanto a ela, aconteceria a mesma coisa? E se Ernest tivesse mesmo uma amante? E se ele tivesse reatado com a burguesona da editora? Se ela se fosse de vez, não estaria arriscando facilitar as coisas para os dois?

Ao chegar diante da porta de Ernest, ela hesitou. O coração parecia querer romper o peito tal a alegria de revê-lo. Tão grande quanto o medo de surpreendê-lo com outra.

Mas decidiu tocar a campainha.

Nesse momento, achou que sentira um cheiro de cigarro. Ernest não fumava. Quem seria então? A burguesona? Ouviu um barulho de cadeira caindo, um palavrão, depois passos que vinham em direção à porta. Pareciam passos cansados, reticentes. Vinham a contragosto.

Ela foi tomada por uma vontade louca de fugir.

Será que Ernest não estava querendo abrir-lhe a porta?

Já se haviam passado mais de dois meses.

Estaria ele ocupado com a outra?

O que ele fizera durante esse tempo?

Ele estivera com Joseph várias vezes.

Graças a ele, quitara as dívidas, cobrira a conta no banco e se livrara dos oficiais de justiça.

Eles tinham se encontrado nos cafés e restaurantes da praça Clichy. Joseph desejava manter com Ernest um clima de confiança. Fazia-lhe perguntas sobre seus gostos, sua filosofia, seus interesses culturais, sua maneira de viver. Falava igualmente dele, evocava seus antepassados assassinos, a mansão vendida a John Baltimore, o odor de passado ali reinante, misturado com o de couro, madeiras e a poeira, em especial na sala de leitura onde se encontrava a biblioteca da família que continha obras de um valor muito grande que ele deixara para o americano.

E, evidentemente, ele falava do assassino serial.

Deplorava que neste ponto ninguém o levasse a sério. Mesmo que lhe reconhecessem um certo talento à la Jack, o Estripador. Mas nunca, nunca, nenhuma obra literária, teatral ou cinematográfica lhe tinha outorgado as cartas de nobreza a que seus feitos davam direito. Por isso esperava que aquele livro reabilitasse o assassino.

Ernest aquiescia, embriagava-se com champanhe e conhaque, fumava havanas, às vezes conseguia mais um prazo para seu trabalho pago adiantado, depois voltava para casa cambaleante e não escrevia uma linha.

Os dias eram sempre assim.

De manhã, diante do computador, digitava frases que nada tinham a ver com ele. Na mesa estava *I want you*, que Christine Etchigolan lhe tinha dado para traduzir. Às vezes, o telefone tocava. A secretária gravava as mensagens. Era o hospital para lembrar que Samuel esperava sua visita, ou Sabine para dizer que ia demorar a voltar, que seus pais não a compreendiam, que ela estava ainda em estado de choque por causa de sua terrível descoberta na rua des Martyrs, que reencontrara *Eu acredito na felicidade* em seu quarto e o estava relendo com emoção.

Mas Ernest não estava para ninguém.

Ele aguardava a inspiração. Ou então se perguntava se não seria melhor denunciar Joseph à polícia, ou pegar uma cerveja na geladeira e voltar para seu computador. O tempo passava sem que ele tivesse escrito uma só linha. Depois era noite, ele ia ao encontro de Joseph. Voltava bêbado, os bolsos cheios de charutos, e deixava para o futuro sua noitada nos bares chiques.

Uma manhã ele foi tomado por uma ânsia de limpeza. Limpou a fundo o apartamento, mandou as cortinas e os lençóis para a lavanderia, arrumou tudo o que estava pelo chão, disquetes, CDs, jornais e revistas, desceu enormes sacos de lixo para o pátio do prédio; e, no fim da tarde, mesmo que o apartamento continuasse escuro e apertado, parecia enfim um lugar habitável.

Depois tomou um banho — não eram mais que nove da noite —, vestiu-se e sentou-se diante do computador. Do ponto de vista técnico, aquele computador era muito ultrapassado, mas aquela obsolescência dava-lhe o ar chique dos objetos envelhecidos pelo tempo. Daqueles que se inscreviam numa tradição literária. A musiquinha soou no ar e o bonequinho Macintosh apareceu na tela enquanto surgia a mensagem de boas-vindas.

Foi nesse instante que se deu o clique.

Joseph esperaria.

Porque Ernest sentiu que ia começar a escrever.

E começou.

O incipit de Joseph: *Eu sou o filho da noite medieval e da noite nova-iorquina. Uma ponte lançada entre dois abismos. Uma ponte lançada entre dois abismos* constituía um bom trampolim. Uma ponte entre dois abismos, por que não? Aquilo soava nietzschiano. Da mesma forma que a noite medieval permitia introduzir a linhagem Arcimboldo. Era um bom gancho para introduzir personagem tão extravagante. Ali talvez estivesse a idéia, escrever de forma distanciada e irônica. Joseph consideraria isso como coisa sua, mas ali estava um começo.

Foi mais eficaz do que ele pensara. As frases foram se escrevendo quase por si sós. Devastadoras. De seu encadeamento nascia um Joseph Arcimboldo tão pretensioso quanto ridículo, acostumado a seu papel de criado e criminoso de araque. Um ser timorato, sempre de mau humor, que não podia se aproximar de uma mulher sem sentir um pânico insuperável. À medida que avançava, Ernest se sentia mais seguro. Era assim que devia abordar a personagem, um covardão. Ali ele começava a existir, tornava-se até patético. Gostou de juntar chavões e paradoxos. Não perdoou a mediocridade e, sobretudo, mostrou como ela se escondia por trás de uma maldição elegante que remontava a tempos imemoriais.

Depois ele apararia as arestas.

A escrita, pensava ele, ignora a gratidão. Nem o

110

dinheiro nem a arrogância de Joseph a corromperiam. Esses recursos tão habituais em sua vida de criado, ele queria agora aplicá-los à literatura. À medida que invadiam a tela do computador, as palavras faziam de Joseph um mordomo refinado, que enriquecera ninguém sabia como — sem dúvida roubando seus patrões. Em todo caso, uma contrafação de aristocrata e assassino serial.

Contrafação, a idéia era boa.

Ele escreveu até tarde da noite. Várias vezes o telefone tocou sem que ele atendesse. Ocupado demais para atender. Ocupado demais em perseguir as palavras aos borbotões. Mal surgia uma idéia e já vinha outra tomando o lugar da precedente, mal tinha tempo de escrevê-la e já vinha mais outra, sempre mais cruel para com aquele que encomendara o livro. Assim, ele se sentia capaz de enfrentar o mundo. Ele o tinha na ponta dos dedos, ele o enfrentava num ritmo louco.

Depois as letras se puseram a dançar no teclado. Ele compôs palavras estranhas, frases cujo sentido lhe escapavam. Suas mãos pesavam toneladas. Jogou então a toalha. O tempo de salvar, e dormiu ao lado do computador.

Sonhou que o texto corria diante dele num passo vertiginoso. Corria com todas as forças para pegá-lo, pois, segundo um velho adágio, um texto só se dará por terminado no momento em que nós o ultrapassamos.

Ele corria, mas o texto corria ainda mais depressa.

Por volta do meio-dia, o telefone pôs fim àquela perseguição.

Era Joseph Arcimboldo.

— Esperei o senhor a noite toda — disse ele —, telefonei várias vezes, mas ninguém atendia. O que houve?

— Eu estava trabalhando no primeiro capítulo, o senhor deveria estar contente, não?

— Sim, sim, claro — respondeu Joseph num tom conciliador. — Queria apenas ter notícias suas. É bom sinal o senhor ter começado. E... está indo bem?

— Está. Me ligue na próxima semana, poderei lhe dar mais detalhes, mas, me desculpe, não dormi à noite.

E desligou.

Quase imediatamente, o telefone tocou de novo, agora, ele não respondeu. "Que se dane! Seja ele ou seja lá quem for."

Tirou o telefone do gancho e voltou a dormir.

Só foi acordar por volta das seis da tarde.

Tomou um banho, desceu para tomar um café. Ia voltar para casa quando, ao passar diante de uma vitrine, ficou com vergonha de seu casaco puído, da calça de veludo toda esfrangalhada, da capa em trapos. Era com aquela roupa que ele pensava freqüentar a rua Tilsitt? Pensou em Samuel. Que diria ele ao vê-lo assim, ele sempre nos trinques? Seus bolsos estavam cheios de notas de quinhentos francos. Mandou parar um táxi e pediu para ir a uma loja de prêt-à-porter na praça Clichy. Lá, comprou um terno Yves Saint-Laurent, um outro Hugo Boss, camisas, meias e cuecas de seda, várias gravatas e dois pares de sapatos ingleses, um preto e um marrom. Enquanto faziam retoques, foi até o Wepler. Mas, arrependido, voltou à alfaiataria, comprou mais um terno de verão Armani e, por que não, mocassins bordô variados. Depois voltou ao Wepler,

112

onde esperou um copioso café enquanto arrumavam sua roupa.

De volta a casa, olhou-se longamente no espelho, passando do Hugo Boss para o Saint-Laurent e depois para o Armani, mudando também de camisa, de gravata e de sapato. Estava se achando elegante, até bem-apanhado se não levasse em conta os pneuzinhos devidos à bebida. Não era um escritor do calibre de Gregory Peck em *As neves do Kilimanjaro*, mas estava num bom caminho. Compreendeu o prazer de Sabine em se olhar no espelho. Quando ela voltasse de Épinay, ele lhe compraria duas ou três roupas Lagerfeld, de preferência bem caras e que a deixassem bem sexy.

Depois passou ao texto.

Algumas correções aqui, ali, mas o todo funcionava. As frases se encadeavam harmoniosamente, sem excessos nem asperezas. Já estava com oito páginas e meia. Balzac escrevia uma dezena por dia. Mas à mão. Oito páginas e meia, times new roman, corpo 14, correspondiam mais ou menos às dez páginas manuscritas de Balzac. Isso o satisfez. Escrever no mesmo ritmo de um grande escritor.

A noite começou a cair, mas o tempo estava tão agradável quanto no dia anterior. Ele fez um Nescafé e se pôs a trabalhar. A janela escancarada.

Por volta de duas da manhã, sentiu que estava morto de fome. A Pizza Pignatta embaixo ainda estava aberta, foi lá e comeu uma quatro-estações e uma salada. Quando subiu para trabalhar não teve coragem de continuar.

Deitou-se e, nos minutos que seguiram, sonhou com frases que corriam à sua frente.

Os dias seguintes se passaram da mesma maneira. Entre computador e Pizza Pignatta.

Escrever lhe dava asas. Acreditava em suas frases. Não sabia aonde elas o conduziriam, mas e daí? Elas ficavam tão belas num texto formatado. Justificadas à esquerda, justificadas à direita, parágrafos impecavelmente perfeitos, constituindo uma arquitetura cujo mestre de obras era ele. Revia a época em que escrevia nos cadernos de capa preta — de ar bem literário — que Samuel comprava para ele. Nada podia detê-lo. Ele se lançava às páginas com o ímpeto de um conquistador e as cobria de frases com tinta violeta. Frases que traçavam a aventura de seu tio às voltas com seu inimigo jurado, Serial-Killer. Espécie de gênio do mal, inspirado em Rastapopoulos das aventuras de Tintim. Suas histórias se intitulavam: *Aventuras, feitos, gestas e façanhas comuns e extraordinárias que opuseram o abominável Serial-Killer a meu mestre-pensador Samuel Ripper, antigamente chamado Samuel Rappoport.*

Aqueles textos eram o orgulho de Samuel. Para estimular sua criatividade, o tio comprara uma televisão para ele. Entre os moradores do prédio, eles foram os primeiros a ter uma. Em preto-e-branco, de madeira envernizada. Sem controle remoto, regulava-se a imagem dando umas pancadas.

Eles passavam horas vendo televisão juntos. Assim que a desligavam, Ernest corria para anotar em seus cadernos o que tinha visto. Daí nascera sua vocação de escritor. Aquele estilo visual chocante. "Senhor Ripper, seu sobrinho vai longe", dizia a zeladora a Samuel, ela que lia os cadernos de Ernest.

Tão longe que se viu em Aim'-sur-Meuse, num colégio asqueroso. Depois na editora Romance, a rabiscar umas tolices. Era assim que ele cumpria as promessas da infância. Seria por isso, perguntava-se ele, que sentia uma alegria indefinível de espinafrar Joseph?

Espinafrar, ele se dedicava a isso com todas as suas forças. Para produzir um efeito de contraste, descreveu o medo provocado pelo assassino. As ruas desertas, as patrulhas percorrendo a cidade. Paris transida de medo rendeu páginas que o encantaram. Para os crimes, ele pesquisou nas páginas da imprensa que Joseph tinha lhe passado, achou útil acrescentar aquilo para o clima de tensão. A descoberta de um corpo, a agitação da polícia, os faroletes giratórios lançando clarões sinistros, a consternação das testemunhas lhe proporcionaram momentos deliciosos ao escrevê-los. Deliciou-se em mostrar a resignação assustada da população, seu silêncio, e aquele jeito tão fatalista de nada fazer diante dos acontecimentos. A fuga desenfreada de Sabine para Épinay era um bom exemplo. Descrito esse pano de fundo, ele pôs Arcimboldo em cena, *cavalheiro de hábitos antigos*, escreveu, *que trilhava os caminhos da morte com jeito de abutre*. De crime em crime, o personagem foi ganhando contornos precisos. Em termos de verossimilhança, ele foi além de seu modelo (relendo-se, Ernest descobriu que tinha sido influenciado pelo homem dos pêlos no nariz no café diante de sua editora). Para concluir o retrato do sócio, conferiu-lhe uma timidez doentia e deixou entender que as grosserias de que ele era perpetuamente alvo só lhe deixavam espaço para exterminar as mulheres que caíam em suas mãos.

Seu texto não o abandonou mais. Onde quer que

estivesse, anotava num caderninho as idéias e as frases que lhe ocorriam.

O mundo não existia. Não ligou mais a tevê nem o rádio, não leu mais os jornais. Os massacres que se perpetravam de um lado a outro do mundo, o assassino que fazia novas vítimas, nada lhe importava. O que lhe importava era o crime formatado em texto.

Saía depois do trabalho, na maior parte das vezes, ao fim da noite. Quando os cabarés já estavam fechando. Cruzava com turistas que se dirigiam alegres aos ônibus estacionados no bulevar. As mulheres eram belas, capazes de fazer as delícias do assassino. Ernest mal prestava atenção nelas. Comida a pizza, voltava para seu computador, relia, corrigia, recomeçava frases e parágrafos. Com uma certeza que o encantava, uma história estava sendo construída. Nada parecia poder detê-lo, mas ele continuava atento. Um ponto de partida fulgurante não era garantia de nada. Ele tinha um pouco consciência disso. Um livro, pensava ele, se ganha no espaço a percorrer, é uma corrida de longa distância.

Chegou o dia em que terminou o primeiro capítulo. Era um início de tarde. Fazia calor. Diante dele, umas quarentas páginas, escritas com apuro de ourives.

Estava satisfeito.

Especialmente com a passagem em que contava a queda de Joseph pela empregada pau-pra-toda-obra dos Arcimboldo. Um borralheira chamada Albertine: *Bode expiatório de uma família que não lhe dava um segundo de descanso, verdadeiro protótipo da infelicidade e da desgraça. Uma mulher sem nada de desejável. Nem o rosto grosseiro e sem expressão, nem os olhos vermelhos de cansaço, nem o corpo, nem as pernas, generosas e fortes, mais afeitas aos trabalhos pesados que ao amor*. Como gostava dessas frases! Ele imaginou que ela desdenhava de Joseph por não acreditar em sua origem aristocrática (mesmo que, entre os Arcimboldo, os senhores fizessem fronteira com a criadagem) ou então por ele ser um empregado igual a ela. Quando muito, permitia que ele a olhasse. Sentia até mesmo prazer quando, abaixada para pegar o lixo com sua vassourinha ou no alto de uma escada para alcançar uma prateleira, sentia o olhar daquele homem a quem desprezava pousado nela. Era uma das poucas vezes em que seu rosto se animava, *exprimindo uma indiferença zombeteira*, acrescentava perfidamente Ernest.

Aquela paixão doméstica durou até o dia em que, sem poder mais suportá-la, Joseph resolveu matar Albertine. *Descobrindo assim mais felicidade em assassinar uma mulher do que em saciar seus desejos amorosos*. Dali nascia o assassino serial, cujas façanhas iriam encher os jornais.

O capítulo concluía com esse crime fundador.

O seu sócio não era ali alvo de nenhum elogio.

Ernest ficou preocupado com isso. E se, chateado, Joseph pusesse fim à sociedade, o que ele faria? Voltaria para seus folhetins? Para traduzir *I want you*? Talvez não. O melhor seria continuar. Mas sem o dinheiro de Joseph, e principalmente sem a inspiração que ele lhe trazia, temia não ir muito longe.

Achou mais prudente dar uma aliviada em seu perfil.

Mas antes merecia uma ida à rua Tilsitt. Não era todos os dias que se terminava um primeiro capítulo. Vestiria seu terno Hugo Boss (o Giorgio Armani precisava de uma visita à tinturaria, usara-o durante todo o capítulo) e iria de táxi a um bar chique, cheio de garotas de alta classe. Enfiou dez mil francos no bolso da calça, com isso as teria à sua volta. Depois, avistando os charutos de Joseph, deu vontade de fumar um antes de sair.

Tinha tempo de sobra.

Ninguém ia à rua Tilsitt às duas da tarde. Circunspecto, acendeu um Hoyo do Príncipe, deu curtas baforadas saboreando a fumaça antes de soltá-la em forma de círculos.

E ele estava ali, saboreando seu legítimo havana pensando na noite que o esperava, certamente deliciosa, quando de repente alguém tocou a campainha.

Surpreso, derrubou a poltrona.

E quase deixou cair seu havana.

Mas Joseph Arcimboldo não ficou surpreso.

Ele já pressentia que aquilo ia acontecer.

De onde estava, nada lhe escapava. Panorâmica sobre o bairro e a vista privilegiada sobre o apartamento de Ripper, que podia ele querer mais? Era, aliás, a única utilidade daquela quitinete alugada graças ao dinheiro de John Baltimore. Situada do outro lado da rua des Martyrs, diante da casa de Ripper, mas um pouco acima. Pagava oito mil francos por mês por aquilo, vinte metros quadrados, com cozinha equipada e banheira antiga. Mas teria pagado o dobro ou o triplo sem reclamar por aquela intromissão no universo do escritor.

Pois, instalado numa poltrona de couro (levemente afastado da janela, para não ser visto pelos vizinhos), tal como L. B. Jeffries em *Janela indiscreta*, ele passava os

118

dias com um binóculo — Canon 15 × 45 mm Stabil, aumento 15 ×, ultra-aproximativos — a observar Ripper em grande plano diante do notebook. A observá-lo trabalhando para ele. Quando Ripper fechava a janela — o que era raro —, ou deixava o computador para ir comer ou estirar as pernas, ele aproveitava para tirar uma soneca, ler nos jornais as façanhas do assassino serial, ou ainda visitar o túmulo da viúva em Montmartre, e informá-la do andamento de seu projeto. Mas a maior parte do tempo ele ficava grudado à janela com seus binóculos de marinheiro. Tinha a impressão de estar a alguns centímetros de Ripper.

Nada lhe escapava das piruetas e das caretas do escritor. Ele o via rir, o via chorar. Via suas exaltações, suas tristezas. Que tomavam um rumo imprevisto, mas identificável de tanto observar. Quando Ripper estava exaltado, sua alegria explodia despudoradamente, ele ria, falava sozinho, se levantava, caminhava para lá e para cá, discursava para um público invisível, mas, apaixonado por suas palavras, aplaudia a si mesmo, esboçava um passo de dança — ah, meu reino por uma frase bemfeita! —, depois ia respirar à janela, como se, sufocado pelas palavras, sentisse necessidade urgente de respirar. Alguns minutos depois, voltava a digitar feito um louco. Em contrapartida, quando depressivo, ficava catatônico, diante de seu Mac, imóvel, o rosto impassível, às vezes os dedos arriscavam digitar algumas palavras, uma frase em que claramente não acreditava. Ficava horas a contemplá-la; bruscamente, dava um grande golpe no teclado (com a ajuda da extrema precisão de seus binóculos, Joseph terminou por descobrir que ele batia na tecla Delete), depois se levantava, punha-se a caminhar de um lado para outro, voltava ao micro, tentava tímidas aproximações, relia o que escrevera, arriscava-se a modificar um pouco e, vendo que nada lhe ocorria, entrava de novo em desespero. Várias vezes, Joseph o ouviu gritar "filho-da-puta", sem que ele soubesse se o xingamento se dirigia ao notebook ou ao texto. Ele viu Ernest desligar o computador com um gesto de raiva — parecia que a qualquer momento iria arremessá-lo pela janela —, enfiar o casaco e deixar o apartamento batendo a porta. Será que ele achava que o computador ia chamá-lo de volta? Porque depois de descer um ou dois andares, ele parava no corredor, manifestando sinais de grande reflexão, depois voltava correndo, abria a porta, jogava o casaco em qualquer canto, ligava o computador de novo e se punha a digitar, arrebatado pela inspiração reencontrada.

Joseph nunca teria imaginado aquelas gesticulações num escritor. Graças a seus 15 x 45 mm Stabil, podia se imaginar no cinema, identificava-se plenamente com Ripper, vivia suas exaltações e seu desalento. Teria dado qualquer coisa para ler o que ele estava escrevendo, mas a posição do micro não permitia. Tudo o que podia fazer eram suposições. Aquela agitação parecia de bom augúrio. Anunciava um texto altamente literário. Daquelas páginas que tanto gostaria de escrever, nasceria certamente um fascinante retrato do assassino serial. Um assassino cuja excelência de linhagem reclamaria para si a atrocidade dos crimes. Ele se segurava para não telefonar a Ripper, mas se consolava ao lhe dirigir silenciosamente palavras de estímulo. Quando Ripper se lançava ao teclado, ele murmurava com todas as suas forças: "Vamos lá!", e rezava para que nada lhe tirasse o ímpeto.

Foi ao ver a cara feliz do escritor depois de ter relido o que escrevera e, sobretudo, ao vê-lo acender um havana, que compreendeu: o primeiro capítulo estava terminado.

"Logo saberei", pensou.

Seus binóculos vasculharam então a rua, e ele descobriu aquela que ia surpreender o escritor em plena felicidade.

Ela arrastava uma pesada mala.

Ele a percebera no momento em que ela surgira na rua. O minivestido verde, os cabelos louros de boneca Barbie, aquela maneira de caminhar rebolando, de incendiar os homens como quem não quer nada, tudo isso dava a ela um ar de garota estúpida, típica leitora da série Romance.

Ele tinha certeza de que Ripper não a esperava.

Diante do apartamento do escritor, ela hesitou, remexeu a bolsa para pegar a chave, mas, mudando de idéia, esperou um pouco e, finalmente, com ar decidido resolveu tocar a campainha.

Foi nesse momento que Ripper derrubou a poltrona.

Depois ele se dirigiu à porta, devagarzinho para não ser ouvido. Joseph os viu, um e outro, orelhas coladas à fina parede que os separava, para ver se descobriam o que estava acontecendo do outro lado.

Ela tocou mais uma vez e de novo Ripper se assustou. Parecia se perguntar o que fazer. Ela também. Ela temia surpreendê-lo com outra?

Em todo caso, ele não vai fugir da raia, pensou Joseph.

Realmente, depois de ter tergiversado várias vezes, Ernest se decidiu por abrir a porta.

121

* * *

Maryse começava a ficar impaciente.

Deitada no sofá, ela esperava que Alexis viesse ficar com ela. Mas ele, sentado numa poltrona no terraço, estava absorvido pela leitura. *Christina Lamparo lançou um olhar sem vida à fileira de postes metálicos ao longo da calçada de Pleasant Avenue.* Ele gostava mesmo de *Spanish Harlem.* Começara havia três meses, por isso retomava-o do princípio para tomar pé na história. Enquanto isso, Maryse esperava. Mas isso fazia parte do prazer que ele lhe vendia.

Ela corrigia o manuscrito do rapper. Era menos assustador do que pensara. Proximus Desaster tinha o senso da frase. Seu texto era conduzido por uma musicalidade soluçada, como se ele escrevesse rap. Apesar de um pensamento freqüentemente obscuro com casos de hipertextualidade como "ascensão da origem" ou de cibersexo como "explosão do virtual", havia ali uma trama romanesca: eles se amavam, se entupiam de ecstasy, navegavam na rede. Não muito diferente do primeiro, mas aquilo divertiria os críticos. Em todo caso, isso lhes simplificaria o trabalho. Apesar de simpatizar com Proximus Desaster, Maryse começava a se cansar de sua prosa. Foi o que ela dissera a Alexis, uma forma, sobretudo, de fazê-lo lembrar-se de que ela estava ali.

Mas ele não levantou os olhos do livro.

Só o livro o interessava? E o trabalho dela na Condorcet, e seu passado frustrante com Ernest, e sua análise? Francamente, nada disso o interessava. Seria isso o que ela procurava? O desprezo dele? Porque Alexis não fazia nada de graça. Sua arte consistia em explorar recônditos inconfessáveis de lubricidade de suas clientes e tirar delas prazeres profundos. Ele sabia que com Maryse o aviltamento produzia orgasmos supremos, por isso tratava-a com uma tal desinibição que a colocava fora de si e favorecia a explosão extrema da volúpia. Um dia ele se fora deixando-a na mão. Furibunda, ela o pegou na escada, exigindo que ele honrasse o dinheiro recebido. Usando então dessa brutalidade de que ela era tão ávida, ele cumpriu a tarefa ali mesmo. Indiferentes aos vizinhos que poderiam surpreendê-los, embolaram-se escada abaixo sem que o furor fosse afetado.

Era uma de suas melhores lembranças de Alexis.

E no momento em que, cansada do texto do rapper, ela lembrava esse episódio, ele abandonou Gérard de Villiers e Christina Lamparo e se aproximou do sofá.

Iam enfim passar às coisas sérias.

Diante dele, estava Sabine.

— Vo... você não me convida a entrar? — gaguejou.

À beira do pranto, acrescentou:

— Todo... todo esse tempo, sem... me telefonar. Se você ama outra, me diga... Quero que tudo fique claro entre nós... Eu serei forte, você sabe.

Ernest não compreendeu nada do que ela estava dizendo, exceto que sua ida ao bar chique tinha ido para o espaço. "Não podia ter esperado um pouco mais?", perguntou-se ele, contrariado.

— Posso ir embora — disse ela com esforço —, não serei eu o empecilho para você viver um grande amor.

Ele conhecia aquela fórmula, utilizava-a em quase

todos os seus folhetins. Por isso não compreendia o que ela estava falando. Será que algum dia ele compreendeu o que Sabine dizia?

Mas, ao ver que seu vestido não escondia praticamente nada, ele esqueceu o bar chique e a empurrou para o sofá da sala.

Soluçando, ela deixou-o fazer o que bem quisesse.

Sob o vestido, usava um fio dental minúsculo verdelimão. Mais sóbrio e mais discreto que os habituais.

Com sua maestria habitual, Alexis fez voar o manuscrito de Proximus Desaster sobre o carpete e agora ele girava incansável em torno da presa.

Maryse tinha a impressão de que a mão de seu dispendioso amante traçava sinais no interior de suas coxas, ora se aproximando do objetivo, ora se afastando. Isso a fez lembrar-se das palavras de Le Clézio: *O homem que escreve segue uma estrada desconhecida, seguindo um movimento sem controle.*

Alexis conhecia a estrada e dominava o movimento. Por isso que jamais seria escritor.

Bruscamente, a lingerie La Perla voou pela sala.

No mesmo instante, o fio dental de Sabine aterrissava sobre o notebook de Ernest.

6

No dia seguinte, eles se encontraram no Wepler.

Tomaram juntos várias taças de Dom Pérignon para festejar o primeiro capítulo, depois Ernest entregou os originais a Joseph.

Enquanto esperava que ele terminasse, foi dar uma volta pelo bulevar des Batignolles, um pouco preocupado com as reações do outro. Não teria ele forçado um pouco demais a caricatura? Como seria recebido ao voltar ao Wepler? Eram esses os pensamentos que o agitavam enquanto perambulava.

E agora havia Sabine.

A volta dela o surpreendera. Sua cena de ciúme ainda mais. Ela terminara lhe revelando a razão: como Solange, em *Eu acredito na felicidade* (que, parece, ele teria escrito), ela acreditara em sua infidelidade. "Você não telefonava", explicou ela. "Eu fiquei preocupada." Mas depois de ter admitido que deveria ter escutado o coração, ela se abandonara em seus braços. Ernest tivera a impressão de estar escrevendo o fim de um folhetim e sentira um desejo irrefreável de fugir.

Ou melhor, de ficar sozinho em Paris.

Só com seu livro em andamento.

A expressão o fez sonhar.

Ele a repetiu inúmeras vezes, mas ninguém o ouviu.

Apesar da doçura primaveril, o bulevar estava deserto. O sol brilhava inutilmente sobre uma cidade friorenta. Obra do assassino, imaginou ele, do homem que havia declarado guerra ao sol. Anotou a frase no caderninho. Havia um *France-Soir* abandonado num banco e ele o pegou. A primeira página estampava as fotos de quatro jovens mulheres desaparecidas. Atribuíam os desaparecimentos ao assassino serial e pedia-se prudência àquelas que, seduzidas pelo céu azul e pelas árvores floridas, abandonavam qualquer desconfiança. Nas páginas de dentro havia uma série de retratos falados do assassino. Rostos sem alma, sem consistência, às vezes de óculos, às vezes sem, que se anulavam uns aos outros pela banalidade dos traços. Deles emanava apenas uma impressão de platitude ameaçadora. Ernest pensou que aquele homem transformava a cidade à sua imagem. Teria ele razão de apresentá-lo como fizera?

Andou mais um pouco e decidiu voltar ao Wepler.

Joseph estava pálido.

— Está querendo gozar com a minha cara! — exclamou ele. — Um assassino serial é um personagem que inspira medo. Eu insisti nisso, não? E o senhor, ao contrário, me apresenta como um tipo ridículo, com medo das mulheres, menosprezado por todo mundo. Acha que vão me levar a sério com um retrato assim?

Ernest notou que o rosto daquele homem às vezes exprimia sentimentos.

— Precisava saber — respondeu ele —, o senhor lamenta que a imprensa conta o que quer, e quando eu falo do assassino de outro jeito, o senhor não gosta. "O senhor falará de suas frustrações, de sua vida simples, escreverá páginas brilhantes sobre o contraste entre a vida cotidiana dele e a vida de assassino onde cresce o que há de mais ignóbil na humanidade." São suas próprias palavras, o senhor esqueceu?

— De forma alguma, mas eu lhe falei igualmente da excelência de minhas origens, das tradições criminosas de minha família. E o senhor coloca tudo isso entre parênteses, me faz passar por vaidoso, atrás de qualidades que não tenho. O que lhe adiantei não foi suficiente para me dar um pouco de valor?

— Eu tinha carta branca, tinha ou não tinha? Foi o interesse superior do texto que me guiou. Eu queria construir algo sólido, contar a verdade, não as façanhas do superassassino. Se isso não lhe agrada, deixo pra lá.

Ernest lamentou essas palavras. Mas, para sua grande surpresa, Joseph mudou de tom.

Desculpou-se: as palavras o tinham atropelado.

— Mas quem não ficaria chateado no meu lugar? Com que pareço? Pensou nisso?

— Reconheço ter sido às vezes duro — disse Ernest, amenizando o tom. — Honestamente, não fiz isso para prejudicá-lo. Uma personagem que inspira medo, tal como o descrevem na imprensa ou na tevê, não despertaria nenhum interesse. O que importa é surpreender o leitor. É assim que vão nos julgar. Claro, com um tema assim é certo que vamos vender. Mas, se, além disso, fizermos uma obra literária, é sucesso na certa. Partir de uma imagem tradicional de assassino serial, pertencente a uma grande família aristocrática, mas pervertido por uma infância infeliz, uma maldição secular, uma sexualidade complicada, uma lembrança de criança humilhada, o todo temperado pela angústia de viver, isso seria cair nos lugares-comuns da Romance ou dramalhão de tevê. Histórias assim eu lhe escrevo uma por dia. O senhor quer algo melhor, não é verdade?

— É.

— Esse primeiro capítulo está destinado a causar surpresa. Onde se espera encontrar um assassino cínico, mostraremos um pobre coitado... Um pobre coitado que aterroriza uma cidade inteira, que suga sua substância, o senhor acha isso banal? Dê uma volta por Paris, o que vê? Uma população aterrorizada, e por quem? Por um sujeito comum — e mostrou os retratos falados no *France-Soir* que ele tinha encontrado na rua. — Esses rostos têm originalidade, por acaso? Esse sujeito é ninguém e todo mundo. Sua força é sua insignificância. É aí que eu quero amarrar minha história. Porque o senhor compreende bem, é um falso pobre coitado. Um gênio da mediocridade. Os grandes homens têm freqüentemente uma aparência comum. Pegue Einstein, corte os cabelos, tire o bigode, esqueça que ele descobriu a relatividade, o que sobra? Ele se parece com qualquer pessoa, com o senhor, comigo, com todo mundo.

— Sim, mas minha linhagem, o senhor podia ter dito alguma coisa.

— Eu não quis queimar nossos cartuchos logo no começo. Mas fique certo, tenho o controle da situação. Primeiramente, eu crio a dúvida, faço entender que essa linhagem poderia ser uma gabolice. O leitor não sabe mais em que pé está, é o efeito procurado. A seqüência vai progressivamente esclarecê-lo. Mas, atenção, por toques sutis! No fim, o leitor, sem saber muito bem por que, terá a certeza de que o senhor descende de criminosos ignóbeis. Terá então o sentimento de ter compreendido alguma coisa dessa história. Bem pensado, não?

— Sim, claro, mas minha ascendência criminosa é bastante complicada. É preciso explicar bem ao leitor como as coisas se passaram.

— Nós lhe explicaremos, espere a continuação.

— E minha cinefilia?

— Vou falar disso. Como também dos charutos e de sua ascendência. À medida que o livro avançar, descobrirão que monstro se esconde sob sua mediocridade. A referência à sua origem maldita se imporá por si só. Tanto que ela havia sido anunciada em seu incipit, que conservei, o senhor pode notar. "O filho da noite medieval e da noite nova-iorquina, a ponte lançada entre dois abismos", tudo está aí. Esse começo genial anuncia o que vem, por menos que o leitor dê prova de perspicácia.

Joseph enrubesceu de prazer ao ouvir que seu incipit era genial.

— Mas há uma coisa que me encuca — disse ele. — Albertine, a criada...

— E daí?

— Que o senhor tenha inventado essa mulher, tudo bem. Mas fazer dela uma mocréia que recusa meus galanteios, não é muito lisonjeiro. Quero parecer alguém bem insípido, mas não é preciso exagerar. Foi isso que me deixou irado. Evidentemente, é uma boa idéia essa de apresentar seu crime como o crime fundador, aquele que é a origem de todos os outros. Mas se o senhor puder arrumar um pouco as coisas. Tornar Albertine sedutora, cultivar a ambigüidade, deixar entender que ela e eu talvez... O senhor entende o que quero dizer. Isso não prejudicaria o tom geral da narrativa.

— O senhor tem razão — respondeu Ernest. — Levando tudo isso em conta, é preciso deixar margem para a dúvida. Vou me dedicar a isso a partir desta noite. Algumas retificações — ele pensava no copiar-colar — e eu lhe darei um assassino que não o envergonhará.

Joseph pareceu aliviado. Pegou a Dom Pérignon no balde de gelo, encheu a taça de Ernest, depois a própria, e brindaram como velhos amigos felizes por terem dissipado um mal-entendido. Propôs um havana a Ernest, que aceitou de bom grado.

— Não demore a passar aos crimes — disse Joseph. — Se comprarem esse livro, é também por isso. As anotações que lhe dei não são sempre claras — ele puxou um grande envelope de papel kraft da pasta —, aqui tem outras. Elas tratam de diferentes aspectos de minha personalidade. Juntei algumas fotos de vítimas depois de mortas. Podem inspirar também o senhor na construção de Albertine. Esta daqui cairia muito bem.

Ele estendeu a Ernest uma fotografia recortada do *Le Figaro*. Mostrava uma jovem mulher, de uns trinta anos, respirando distinção e naturalidade. "Não vai ser fácil transformá-la em criada suja", pensou Ernest.

— Fique tranqüilo — disse ele —, ela virará uma criada e ficará subentendido que o senhor não ficou indiferente a ela.

— Perfeito — respondeu Joseph. — Mas não esqueça, mesmo que possamos fantasiar, nosso objetivo é dar veracidade ao criminoso, não fazer dele objeto de escárnio. Nessas anotações o senhor encontrará, estou certo disso, matéria para seu trabalho. Eu lhe telefono na próxima semana. Enquanto isso, o senhor mexerá nesse capítulo como combinamos.

Nisso, ele chamou o garçom, pagou a conta e partiu. Ernest examinou as fotos no envelope e foi tocado pela semelhança com as publicadas no *France-Soir*. Todas mostravam mulheres de bom nível social. Como a decapitada da rua des Martyrs. Desse ponto de vista, Joseph tinha razão, o assassino serial repetia incansavelmente o mesmo crime e, embora ele não tivesse consciência disso, matava sempre a mesma mulher.

Indefinidamente.

Que vida!

Além das folhas cobertas de rabiscos, o envelope de papel kraft continha dois outros, cheios de maços de notas de quinhentos francos, mais um cartão no nome de Joseph Arcimboldo, encimado por brasões que representavam um dragão cuja língua e cauda terminavam em cabeças de serpente.

Caro Mestre,
Para suas futuras páginas, este modesto adiantamento.
Esperando que ele proverá suas necessidades.
Seu Joseph Arcimboldo

Ele fez um rápido cálculo. Em algumas semanas, ganhara por esse livro, do qual escrevera apenas um capítulo, mais do que um ano de Romance.

Aquela riqueza o desconcertou.

Podia comprar o que quisesse. Por exemplo: oferecer a Sabine um vestido caríssimo e levá-la para jantar num restaurante de preços astronômicos, do tipo Maxim's ou Ledoyen.

Com essa decisão na cabeça, deixou o Wepler.

Joseph, por sua vez, foi ao cemitério.

Gostava daquele silêncio e do mausoléu Arcimboldo, que dominava os túmulos. Ali, sob a lápide fria, jazia toda a tribo.

Célestine Arcimboldo, que lhe oferecera um lugar entre aqueles mortos. Ele mandara restaurar o mausoléu de todos eles. Um bloco de mármore negro novinho substituía agora a pedra corroída pelo tempo. O brasão da família, fundo vermelho com dragão prateado, tinha reencontrado seu brilho, e a divisa *Cauda em riste* estava escrita em ouro fino. Um livro-testamento honraria aqueles mortos, cantaria em páginas efervescentes suas crueldades, que se perpetraram de uma geração a outra até a do anódino personagem que fazia tremer Paris, de quem Joseph, que nunca levantara a mão para ninguém, que empalidecia diante de uma gota de sangue, usurpava os feitos e a terrível reputação. Mas graças a Ernest Ripper, o especialista do dramalhão, ele faria valer o nome dos Arcimboldo, apropriando-se do cobiçado título de assassino serial.

Ora se a viúva não ia ficar contente com isso.

E quando essa história enfim tivesse terminado, ele viria repousar a seu lado.

Caixão contra caixão.

Ele se perguntou se o da viúva ainda estava fedendo. O duplo estofo não conseguira reter o terrível cheiro que ela levara para a morte. O padre e o funcionário

132

da funerária — os únicos presentes juntos com ele no enterro — mantiveram-se à distância. A exalação era tão forte que nem o incenso da igreja a suplantara.

O mau cheiro era tão forte que pensaste
que ias desmaiar no jardim.

Quando entrava no quarto da viúva, ele achava que ia desmaiar. As emanações de urina misturadas com o cheiro de velhice e medicamentos o sufocavam. Aproximava-se devagarzinho da cama de onde escapavam os temidos eflúvios. A viúva o acompanhava com os olhos. Cabelos brancos e rosto pálido. A imobilidade lhe conferia um ar cadavérico.

Um cadáver que não gostava de ser contrariado.

Por isso, ele fazia todas as suas vontades.

Ele se metia na cama de onde brotavam terríveis odores, abria caminho entre as escaras e as frieiras e proporcionava a ela prazeres como se fossem os últimos sacramentos. Deixava o nojo de lado, sentia-se bem dando prazer à velha. Gostava de ver o olhar brilhante em seu rosto imóvel, ele compreendia que ela partilhava de sua ternura.

Ao lado do leito, sobre a grossa cômoda de carvalho, empilhavam-se todas as espécies de velharias, conchas e estatuetas exóticas trazidas por Adrien de suas inúmeras viagens, um jarro numa bacia de louça de Gien, e fotos. Algumas mostravam Célestine posando com Adrien e os filhos asquerosos, Julien e Cécile, pouco antes do acidente de avião.

Era sob o olhar deles que ia ter com Célestine.

Para selar sua ligação com a tribo, via alcova — fiel

133

nisso à tradição Arcimboldo —, talvez via incesto de um distante parentesco.

Tão distante que ele não se lembrava de ter sido chamado por outro nome que não fosse Arcimboldo.

Um nome também conquistado numa cama.

Ele ficou um bom tempo a meditar diante do mausoléu. Perguntando-se se contaria a Ripper seus laços com a viúva. Bastava o episódio com Albertine, ia pensar nisso.

A noite começava a cair, um guarda veio avisá-lo de que o cemitério ia fechar.

Deixou a contragosto o túmulo da viúva.

Eflúvios de banheiro imundo lhe faziam arder a garganta.

Ernest tinha ligado o computador, mas estava sem coragem de escrever.

Se Joseph não gostasse da emenda, poria um fim na sociedade? Iria querer ser reembolsado? Normalmente, quando um editor recusa um texto, arca com o prejuízo.

Mas Joseph Arcimboldo não era editor.

Ernest se perguntou se, ao fim das contas, não seria melhor voltar para seus folhetins.

O início de *I want you* prometia.

Aquele abraço era tudo o que importava para Sara. Ela desejava apenas que as mãos de Nick buscassem as partes mais recônditas de seu corpo. Grudada nele, sentia na própria coxa o desejo do rapaz, túrgido. Aquele toque duro e fogoso era suficiente para aguçar-lhe os sentidos até as raias da paixão.

Na página seguinte vinham as carícias ardentes. Uma verdadeira promoção. Dois anos de idiotices lhe abriam as portas da luxúria. Em outra época, a novidade o teria excitado, mas agora pensava em seu primeiro capítulo, o já escrito e o que tinha de refazer para Joseph.

O que estava pronto, ele não sabia aonde iria dar. Seria assim que se começava um livro? Pela incerteza e pelo sonho? Excetuando Joseph, ninguém lhe pedira nada. Christine Etchigolan havia deixado claro que ela o examinaria com interesse. Nenhum contrato, portanto, nenhuma data para entregar os originais. Só um texto que ganhava corpo na sombra, desenvolvido por dois loucos.

Dois loucos entre os quais circulavam vagas promessas e dinheiro real.

Dois loucos que sonhavam com um livro diferente.

Que nada levava a um acordo.

Podia-se imaginar começo mais promissor?

Nesse instante, Sabine entrou.

— Está trabalhando num folhetim? — perguntou.

Ele deu a entender que sim e que... mas a expressão de Sabine o fez parar. Ela parecia tão desamparada que ele foi pego de surpresa e teve medo de que ela voltasse àquela velha história, que deveria ter escutado seu coração.

Ela se jogou em seus braços.

— Estou com medo — disse ela, a voz entrecortada de soluços. — Estou com medo de que nada mais seja como antes, que você se canse de mim e eu tenha de voltar para Épinay. Lá é horrível. Só há terrenos baldios, tirando o centro comercial, aonde só se pode ir de carro. E também meus pais, é muito difícil viver com eles. Minha mãe tem inveja de nossa felicidade, ela diz horrores de você. Meu pai o dia todo de pijama. E aqui, esse monstro que mata as mulheres... Uma noite, em Épinay, tive um sonho que me deixou doente. Fiquei com o corpo todo coberto de feridas, não tive coragem de lhe dizer. Há tantas coisas que não tenho coragem de lhe dizer. Por que a vida é tão difícil? Por que a gente não pode amar tranqüilamente? Oh meu amor, meu amor! — exclamou ela, num acesso irresistível de paixão. — Se soubesse como te amo!

Ela chorou durante muito tempo, abandonada contra o ombro dele, sem coragem de dizer que tinha sido despedida do supermercado. O chefe de serviço foi direto. "Três meses sem dar sinal! Não dá para sumir assim! Problemas de saúde ou não, rua! Cada um aqui tem sua função. Se achar que estamos errados, procure seus direitos!" Pagaram-lhe a indenização e ela ficara para cima e para baixo no bulevar entre Clichy e Barbès até a hora em que, normalmente, terminava seu expediente. Não queria que Ernest soubesse que estava desempregada. Enquanto perambulava pelo bulevar, foi abordada por todo tipo de homem. Sua tristeza era tamanha que ela preferia, em último caso, cair sob as garras do assassino serial e acabar com aquela vida de uma vez por todas.

Ao entrar em casa, desabara.

Ela não queria ser um fardo para Ernest. O que recebera como indenização daria para se manter durante algum tempo, mas, depois, a perspectiva de procurar um emprego ou de voltar para Épinay a fazia mergulhar numa angústia assustadora. Ela abraçava Ernest com força e ele sem entender nada. Ela precisa me deixar por algum tempo, pensava ele, senão vai transformar minha vida num pesadelo açucarado..

Ela soluçava em seus braços. O decote do vestido deixava uma ponta do seio à mostra. Ele terminou por acariciá-lo. Esse gesto a acalmou.

Ela soluçava em seus braços. Ele achou então que jantar no Maxim's ou no Ledoyen não era a melhor idéia.

— Esta noite iremos jantar num barco do Sena — disse ele para consolá-la. — Você será a mais bela.

E mostrou o vestido cinza, supercurto, de Lagerfeld, que comprara ao sair do Wepler.

A noite foi o máximo.

O barco esperara a noite para partir da ponte Bir-Hakeim. Ia até a ilha Saint-Louis e voltava no outro sentido, o que permitia admirar uma segunda vez os monumentos que o alto-falante na proa do barco ia comentando.

Sabine estava no sétimo céu.

Esquecida de que estava desempregada, nessa noite jantava num lugar chique, mesas cobertas com pesadas toalhas brancas sobre as quais haviam sido dispostos talheres e louça. Às margens do Sena, curiosos os olhavam passar, o maître vinha perguntar se tudo estava bem, os garçons se perdiam em amabilidades e enchiam suas taças assim que as viam vazias. Em torno deles jantava uma clientela muito chique. Sabine se sentia o máximo, ela era também uma pessoa de classe, graças ao vestido que Ernest lhe dera. Um vestido tão leve que lhe dava a sensação de estar nua. Sentia arrepios como se Ernest a estivesse acariciando. Eles se olhavam em silêncio para não perturbar a magia do instante. Ernest pensava em Maryse, em sua reação se ele publicasse pela Montpensier. Ficaria louca de raiva; esse pensamento o deixou feliz, ele propôs a Sabine viajar para Djerba, para um clube de férias — ou outro lugar, se ela preferisse —, prometendo-lhe encontrá-la o mais breve possível — o tempo de adiantar seu folhetim, um folhetim excepcional que seria em grande parte dedicado a ela. Ele não podia adiantar mais nada. Lisonjeada, ela aceitou na hora. Seu trabalho não a retinha mais em Paris, e Ernest iria reencontrá-la. Viu-se deitada com ele numa praia dourada, vivendo um grande amor sob um sol ardente.

A orquestra tocava músicas latinas, muito langorosas e um pouco fora de época. Ela esperava o momento em que dançariam bem juntinhos e murmuraria no ouvido dele: "Eu te amo".

E a lua, imenso disco de reflexos opalinos, seria a testemunha complacente daquele amor.

Ernest trabalha demais, pensava Samuel, ele precisa deixar disso, então virá me ver. Quando ele era pequeno e já estava cansado de tanto escrever em seu caderno, eles iam olhar os barcos no Sena.

A partir de Poissonnière, o metrô ia direto até Pont-Neuf. Eles se sentavam nos degraus de *La Belle Jardinière* (na época, se dizia a "BJ") para apreciar melhor. À noite, as luzes dos barcos projetavam sombras imensas sobre as fachadas dos prédios. Uma clientela elegante jantava ali e dançava ao som de uma orquestra argentina. Ernest olhava lambendo um sorvete de framboesa e dizia: "Um dia andarei nesses barcos". Samuel nem tinha dúvida, pois o garoto venceria, seria um grande escritor e faria um sucesso estrondoso. Mais ainda que ele, mas isso estava previsto. Não havia maior satisfação que ver o sucesso dos filhos suplantar o próprio.

Enquanto esperavam, ficavam admirando os barcos. Os mais belos partiam, todo iluminados, da ponte Bir-Hakeim. Davam a volta pela ilha de Saint-Louis e voltavam pelo outro lado. Quando passavam diante da BJ, Samuel e Ernest saudavam demoradamente os passageiros.

Muitas vezes eles perdiam o último metrô e voltavam a pé, Samuel com Ernest nos ombros. As pessoas ficavam chocadas: é assim que se educa uma criança? Mas Samuel nem ligava. Uma criança feliz era necessariamente uma criança mal-educada. Durma quando quiser, meu garoto, coma quando quiser, com os cotovelos na mesa, o dedo no nariz, lendo quadrinhos, vá à escola quando quiser, se atrase se achar bom, e falte se preferir. A mesma coisa com os deveres e as lições. O essencial era ceder. Ceda às crianças! Repetia ele, mas ensine-as a se expressar claramente. Que elas conheçam as palavras e as regras de sintaxe. Quanto a isso, ele era irredutível, Ernest tinha de encadeá-las corretamente, não só para ser um grande escritor, mas para exprimir claramente suas vontades. Como ceder a uma criança que não sabe se exprimir? Isso cria problemas infindáveis, gritos, choros, bate-pés, murros de raiva, que sinalizam uma vida infeliz. Uma infelicidade que a gente cala com um safanão. Mas Ernest sabia se fazer entender. Resultado, nem gritos, nem lágrimas, nem finca-pés: assim que era expresso, o capricho era atendido.

Essas rendições diante de um tirano mirim estavam entre os momentos mais felizes de sua vida. Como aqueles em que ele lhe falava de Serial Killer a fim de que, um dia, ele escrevesse sua grande obra. Que ele contasse isso, não seguindo a realidade dos fatos ou a cronologia. O ficcionista desprezava a verdade. Essa era uma invenção de filósofos ou de juízes. O ficcionista tinha por missão levar as pessoas de barco, levá-las numa viagem de roteiro desconhecido — muitas vezes para ele também. Uma vez o leitor embarcado, não podia abandonar o navio. Se preciso, convocaria tempestades e ciclones para impedi-lo de descer, deixava subentendido que ainda havia coisas a contar, que o pior ainda estava por vir. O pior! Nada melhor para segurar o leitor. Entendeu, Ernest? Se por acaso o que você conta é verdade, azar, conte assim mesmo. Olhe o Serial Killer: verdade ou mentira, pouco importava para ele. Era o segredo de seu sucesso. E se eu lhe dissesse que instalavam alto-falantes por toda parte para melhor ouvirem suas imprecações, para terem mais medo ainda dele? As pessoas se aglomeravam sob os alto-falantes da praça da Ópera, não compreendiam nada do que ele dizia, mas sua voz era suficiente para aterrorizá-las. Uma voz que cuspia as piores ignomínias. A quem a lama e o lixo davam tons de virilidade implacável. Era algo metálico que penetrava as entranhas dos ouvintes. Só para ouvi-lo, tomavam o metrô, gastavam meia hora, quando não quarenta e cinco minutos, com as baldeações, e chegavam à Ópera. Não para escutar Verdi ou Mozart.

Mas Serial-Killer.

Porque isso de contar histórias era com ele.

Ele escrevera um livro que vendera muito bem, mas que foi pouco lido. Em contrapartida, como contador de histórias não tinha pra ninguém. Você o colocava num palco, e pronto. Sua presença logo se impunha. Era preciso vê-lo urrando, segurando a cabeça com as mãos — gestos de uma tal intensidade que ele podia dizer o que quisesse que todo mundo acreditava. O público ficava extasiado quando ele fechava os olhos, jogava a cabeça para trás apertando os punhos, que brandia para o alto como para alcançar os céus, depois os trazia ao peito e se socava, dobrando-se em dois e urrando, urrando, urrando com todas as suas forças. A platéia o acompanhava nessas horas, e urrava, urrava, urrava com ele, como para ajudá-lo. Era uma identificação total. Serial Killer podia encarnar qualquer personagem, todo mundo acreditava. Antes mesmo de ele falar, já se sabia que vinha coisa. Era essa sua força: ele fazia você esperar o pior e, quando isso acontecia, você tomava um choque. Por que acontecia isso? Talvez devido à maneira como ele passeava o olhar em volta, com o qual denunciava o que lhe ia por dentro. Os silêncios podem ser de uma intensidade extraordinária. Guarde isso, meu querido, a arte de contar está nos silêncios. Serial Killer podia contar uma história interminável sem dizer uma palavra. Os grandes escritores também sabem tirar proveito dos silêncios. Eles sabem estabelecer o contato. A gente sente desde as primeiras linhas. Para eles, o começo de um romance é como as preliminares do amor. Toda a arte do contador de histórias está aí. Não esqueça isso, meu garoto, o importante é agarrar o leitor. E de tal maneira que ele queira mais.

Ernest escutava.

Ele lambia seu sorvete, não sabia se um dia viria a ser um escritor, nem se queria sê-lo.

Mas se sentia bem com Samuel. Dava-lhe a mão, tudo parecia simples. A BJ iluminava-se sob os holofotes dos barcos. Ele não era obrigado a dormir cedo. Não era obrigado a nada. Salvo escutar as aventuras de Serial Killer. Os olhos de seus colegas se arregalavam de inveja. Ele lhes contava as histórias ouvidas na véspera sobre Serial Killer, ordenando-as à sua maneira — mas seu criador era o tio.

E agora, ele contava tudo isso num livro magnífico. Por isso, tinha mais o que fazer que ir ver um acidente vascular cerebral. Merecia aquele "cruzeiro" pelo Sena. Dançaria a noite inteira com as mais belas mulheres de Paris.

Samuel vibraria com isso. Aquilo lhe lembrava a juventude, quando as damas brigavam para dançar com ele a valsa suingada de Mistinguett. Ele as apertava contra o peito, se afastava, trazia-as de volta, afastava-as de novo. Tudo isso num ritmo alucinante.

Uma verdadeira festa.

E depois, como com Ernest, elas lhe cochichavam no ouvido palavras cheias de promessas...

Das quais nascia o desejo.

Era, sem dúvida, o que Maryse fora buscar ali em Alma, palavras que tirassem Alexis de sua cabeça. Alexis que a havia abandonado. Chegara o tempo da migração. Dali em diante as coisas para ele se passariam em Balbec. Lá, nenhum assassino serial iria atrapalhar seus passos. Em Paris sua vida ficara impraticável.

Ela teria de tomar uma atitude: ou esperar a volta dele ou substituí-lo.

Depois que ele partira, ela fora passear em Alma. Havia um mundo de gente. Talvez ali houvesse homens que vendiam prazer ou que matavam mulheres. Os terraços estavam lotados. Ela ficou andando pela beira do cais. Nos bateaux-mouches, as pessoas jantavam ao som de uma orquestra.

Terminou encontrando um banco onde se sentou e pegou na bolsa um maço de cigarros.

Um isqueiro iluminou seu rosto.

— Por favor.

O homem que tinha pronunciado essas palavras estava sentado a seu lado. Sua presença a surpreendeu. Ela não saberia dizer se ele já estava ali quando ela se sentou ou se veio ao seu encontro.

A escuridão não permitia ver direito seus traços, mas ele lhe pareceu sedutor. Podia ser a voz, um pouco grave, com entonações muito baixas que criavam logo uma sensação de intimidade.

Ela aceitou o isqueiro que ele lhe estendeu.

E como ele não se sentia constrangido em lhe dizer a que sonhos o conduzia sua solidão, ela o escutou. Pouquíssimos homens sabiam falar assim a uma mulher. Usar sem subterfúgios uma linguagem que ia ao essencial. Como Alexis, quando ela o encontrara no Mac-Mahon, a cervejaria embaixo do apartamento dela. Foi pouco depois do rompimento com Ernest. Alexis bebericava um martíni numa mesa. Bastou uma troca de olhares. Ela compreendeu logo que ia acontecer naquela noite e que pagaria. Precisava dessa humilhação para o prazer ser completo. Sentou-se diante dele. Não tinham trocado ainda três palavras e Alexis já se pusera a acariciá-la sob a saia. Deixou que ele fosse em frente. Como em *O vermelho e o negro*, em que a senhora de Rénal deixava Julien pegar em sua mão sob a mesa. Alexis foi ainda mais audacioso. Na mesa vizinha, um homem falava com a esposa de seus negócios. Estava possesso com os encargos que estavam arruinando sua empresa e os sindicatos que envenenavam sua vida. A mulher estava com cara de tédio, só tinha olhos para o que Alexis estava fazendo. Sem dúvida ela gostaria de estar no lugar de Maryse. Porque Alexis agia com uma tal perícia que esta teria dado o que fosse para que ele não parasse, mesmo sob o risco de pagar por cada centímetro quadrado de pele explorado.

Quando chegaram à casa dela, mal fechou a porta, ele já a agarrava.

Foi uma noite sem trégua.

Ouvindo o homem sentado no banco, ela teve a impressão de que a mesma coisa a esperava. Olhou um barco passar. Dirigia-se à ilha Saint-Louis. No convés, casais dançavam, estreitamente abraçados.

— E aí? — perguntou ele.

Esperar Alexis ou substituí-lo, pensou mais uma vez. Quando ele voltaria? Não tinha a menor idéia. A Normandia talvez o ocupasse durante muito tempo. Para que ele não a esquecesse, deu-lhe *Eu e ele*, de Moravia. No final do romance, Rico reencontrava a mulher, Fausta, que ele abandonara para satisfazer as inesgotáveis exigências de seu sexo. Um jeito de dizer a

Alexis que ela desejava sua volta. Mas ela não se iludia, ele não leria uma linha. Ela passaria meses sem ter notícias dele e, de repente, ele reapareceria.

Ela começava a se acostumar com isso.

— E aí? — repetiu o homem.

— Vamos até minha casa, meu carro está logo ali.

Ele se levantou para acompanhá-la. Nesse instante, uma luz incidiu sobre o rosto do homem. Ela sentiu um certo mal-estar ao vê-lo. Não que ele fosse feio ou repulsivo. Seus traços eram regulares. Mas de uma tal regularidade que nada chamava a atenção. A sensação dela era a de estar vendo um protótipo de rosto. Um rosto que podia ser de qualquer um e, ao mesmo tempo, de ninguém. Tão perfeitamente sem face que era impossível encontrar nele o menor sinal de arrebatamento ligado ao amor, de fazer surgir nele uma expressão de desejo ou de excitação a partilhar com uma mulher.

Um rosto vazio.

Quanto mais o olhava, mais sentia o mal-estar se apossar dela.

Desejou que Alexis voltasse o mais rápido possível.

7

Mas Alexis não pensava nela.

Ele estava em Balbec havia uns quinze dias, e os negócios iam bem.

Lá, ele acariciava como um expert o ombro de Raymonde.

Ajudara-a a se secar depois de sair da água, agora lhe dizia palavras cuja audácia a fazia rir às gargalhadas e que, ele o sabia, logo os levaria ao seu quarto do Grande Hotel. Lá, ele a faria ver estrelas.

Volúpia em estado bruto, era essa sua especialidade.

Nem especialmente bela, nem especialmente loura, mas tingida, o rosto e o corpo remodelados, os seios siliconados, Raymonde era a cliente típica de Balbec. Como profissional esperto que era, Alexis ganhava tempo. Nunca se precipitar diante de um corpo recauchutado, proceder por excitações progressivas, observando uma pausa entre cada uma das etapas que levavam à cama. Nada de pressa. Ele se sentia bem nessa praia. O sol brilhava num céu perfeito. O silêncio era quase total, tinham a impressão de estarem sós não fosse uma ou outra bola de algum jogador incauto que vinha aterrissar sobre eles. Alexis torcia para que esse tipo de acidente não arrefecesse o desejo que ele estava acendendo e nem o obrigasse a retomar do zero. Mas, apesar das recauchutagens, Raymonde reagia corretamente às solicitações.

Ele a conhecera na véspera, no restaurante Marcel Proust do Grande Hotel. Ela jantava na mesa vizinha com o marido, os três filhos e a governanta dos meninos. Logo se via que eram novos-ricos. Alexis tinha sobre o sucesso financeiro uma idéia bem pessoal. Para a maior parte de seus confrades, o sucesso financeiro podia ser um obstáculo ao amor. Nada, segundo eles, afastava mais da cama do que, de repente, a pessoa ficar cheia da grana, sobretudo se tinha como alvo a projeção social. Era preciso se dedicar à aprendizagem de códigos, rituais e costumes que a pessoa não conhecia bem. A angústia de não estar à altura levava a se contentar com gestos estudados pouco compatíveis com o prazer, os quais sempre dão margem a uma gafe, em que imperava o excesso em detrimento do ar refinado que se queria exibir. Por isso os profissionais do orgasmo se voltavam para as velhas fortunas, as que davam às mulheres uma idéia suficientemente elevada de si mesmas para não temer as vulgaridades do amor. Ao contrário de seus confrades, Alexis não desdenhava a fortuna súbita. Ele sabia que, passadas as primeiras vertigens do dinheiro, a necessidade de volúpia cobraria seu tributo, e isso com muito mais voracidade do que se esperava. Se os homens prestassem, então, serviços discretos e bem-feitos, as mulheres, por sua vez, lamentariam quando eles se fossem. Por isso todo ano ele ia ao Grande Hotel. Lá encontrava uma clientela que pagava seus serviços até o último centavo. A proximidade de Paris permitia aos maridos retidos por seus negócios só

147

virem no fim de semana, de modo que os demais dias ficavam para ele.

Com Raymonde, pareceu uma brincadeira de criança.

Reinava um enorme tédio à mesa. O marido mal lhe dirigia a palavra, a governanta ralhava em voz baixa com as crianças, que brigavam. Uma troca de olhares fora suficiente para estabelecer que se veriam depois que o marido se fosse, no outro dia, uma vez que os filhos iam para o clube do Mickey.

Bandeira dois pela discrição de Alexis.

Eles se encontraram então na praia. Depois de uma hora de preparação, ele achou que Raymonde estava pronta para ir para a cama. Ela o acompanhou até seu quarto, e lá, por toques de exímia habilidade, ele fez o corpo dela palpitar, sempre levando em consideração o que tinha sido recauchutado. Ela se deixou estimular um pouco mais para que, submetido ao duro exercício do amor carnal, o prazer explodisse em ondas violentas e prolongadas. Era o que esperava a esposa da fortuna súbita. Sonhara com isso a noite toda, enquanto o marido verificava a agenda do dia seguinte. Com Alexis, ela recebia pelo que havia pagado. Porque, como fino conhecedor da mulher e da mãe de família, ele sabia inflamar-lhe as entranhas sem esquecer que o tempo estava correndo, e que o orgasmo devia ocorrer antes de fecharem o clube do Mickey. Por isso que, sem mais demora, ele deixou que a onda de prazer se deflagrasse sobre sua cliente.

Depois ela vestiu a saída de praia, deixou várias notas sobre a cama e saiu rapidamente.

Da janela, Alexis a viu atravessar a praia às pressas,

148

sentar-se onde estava quando ele a abordou e se estender sobre a toalha, como quem não fez nada. Minutos depois, a governanta apareceu com as crianças.

Um timing perfeito, um belo trabalho.

À noite, ele foi ao cassino.

A multidão se aglomerava em torno da roleta. Um bando de mulheres desocupadas matava o tempo a golpe de fichas reluzentes e coloridas lançadas no pano verde. Mal entrou, Alexis atraiu alguns olhares interessantes, em especial o de uma mulher de tailleur branco e cabelos platinados que lhe caíam em cachos sobre os ombros. Ela perdia com uma indiferença principesca. De repente, ergueu os olhos para ele; Alexis achou ter visto desenhar-se um sorriso em seu rosto impassível e compreendeu que o homem ao lado dela, marido ou amante, não era empecilho. Ele estava muito ocupado fazendo péssimas apostas. No vermelho, no preto, em número isolado, em *split*, na quina, na vertical, na dozena, todo o dinheiro jogado ali. Seu braço só se estendia para jogar as fichas, e seus olhos só se moviam para acompanhar a corrida da bolinha na roleta. Alexis ficou espantado com a palidez do homem ao lado da mulher dos cabelos platinados, eles formavam um casal de gestos sem vida. De novo, ela o olhou. Ela hesitava entre vários números. Alexis esperou que o crupiê recolhesse as apostas perdidas e pagasse as outras, depois, sem tirar os olhos, jogou uma ficha no vinte e dois, um jeito de lhe dizer vinte e duas horas do dia seguinte, ali mesmo. A resposta não demorou, três mil francos sobre o mesmo número: *Tudo bem, e nenhuma preocupação com os gastos.* O crupiê anunciou que o jogo estava fechado.

Alexis percebeu que o marido colocara seis mil francos em *split*, no vinte e no vinte e um. Sem dúvida para avisar que seu trem partia às nove e meia da noite.

Ele deixou o cassino tranqüilamente.

A temporada prometia.

O bar do Grande Hotel estava fechado. Ele subiu diretamente para o quarto, tomou um banho, deitou na cama e ligou a tevê. Logo se cansou. Pegou o livro que Maryse lhe dera. *Eu e ele*, na capa um bule com as cores da Itália. A tampa tinha a forma de um rosto que olhava de um jeito raivoso o bico, erguido como a lembrar uma ereção. Maryse lhe dissera que aquilo podia ter algo a ver com ele, porque era a história de um homem que discutia com seu sexo. A idéia lhe pareceu original, mas antes ele tinha de terminar *Maratona em Spanish Harlem*.

Christina Lamparo lançou um olhar sem vida à fileira de postes metálicos ao longo da calçada de Pleasant Avenue.

Interessante, se o autor não se demorasse tanto numa longa digressão que desencoraja o leitor comum.

Cada um dos postes trazia acoplado um parquímetro. Desde um bom tempo os malandros do bairro...

Mas ele não ia saber o que os malandros do bairro tinham feito. Encostou o livro.

Já lera o bastante aquela noite.

No dia seguinte sua agenda estava carregada: à tarde, Raymonde; à noite, a loura platinada do cassino.

A literatura ficava para depois.

Nisso, dormiu.

* * *

Ernest se perguntava quando Sabine iria para Djerba. Agora ela punha empecilhos. Queria ir com ele. Ou isso ou nada. A idéia de que ele queria se livrar dela para ficar com uma outra voltou a persegui-la.

Para convencê-la, ele jurou que a encontraria dentro de duas semanas no máximo, que ficariam juntinhos sobre a areia dourada, os corpos untados com bronzeadores com cheiro de baunilha, de óleo de coco, de banana ou de tangerina, que se banhariam num mar transparente e azul. E, sobretudo, que seriam felizes.

Finalmente, ela partiu.

Ele se encontrou só em uma Paris esmagada pelo sol. Prédios vazios, apartamentos silenciosos, só um ou outro carro nas ruas, tudo isso criava um vazio em que a escrita iria desabrochar, se instalar de vez, sem que nada, nenhuma vida, nenhum apelo exterior, viesse contrariá-la.

A sós, enfim, com seu livro em andamento.

Haveria quantos como ele — algumas dezenas? algumas centenas? — capazes de largar tudo, trabalho, amigos, mulheres, filhos, maridos, amantes, para se dedicar à página em branco? Os outros partiam em longas filas pelas auto-estradas, a meteorologia anunciava temperaturas acima da média da estação, mas eles, os anti-sociais, os escravos do teclado, eles ficavam, estavam pouco ligando para o tempo, para o céu azul, para o sol, tinham encontro marcado com as palavras. Passariam o dia com elas, sob o calor de agosto, que nem sentiriam. Será que sairiam depois? Mais tarde, quando os turistas já estivessem repousando? Alguns iriam se perder em noites áridas, outros percorreriam as ruas desertas pensando nas frases a escrever. Eles seriam pessoas marcadas pela graça, porque, quando o assassino serial cruzasse com eles, fossem homens ou mulheres, ele nem os veria. Iria saciar sua sede de sangue mais adiante. Nunca se ouviu dizer que ele gostasse de escritores.

Eram seres intocáveis.

Ele queria ser um deles.

Ter um lugar entre eles.

Não era por outra razão que ele escrevia.

Antes de começar, salvou uma cópia do primeiro capítulo que arrumou numa pasta batizada de "Tentativas", depois "Tentações" — mais pertinente, pareceu-lhe —, e pôs-se a trabalhar no original. Primeiramente, Albertine. A empregada consumida pelos trabalhos domésticos deu lugar a uma mulher elegante de mãos cuidadas e porte distinto. Depois foi a vez de Joseph. Nada do homenzinho ridículo, com ares de importante. Em nenhum momento foi posta em questão sua ascendência ilustre. Ele se tornava menos convincente, perdia as asperezas e a fotogenia, mas ia ter aquilo por que pagara. Ele queria que Albertine fosse sensível a seus avanços? Nenhum problema. Ela teve uma queda por ele, não se mostrou insensível nem à sua origem nem, principalmente, à sua personalidade, que ela adivinhava por trás de uma aparência insossa. Para melhor enganar os que estavam à volta, evidentemente. Tal como Noel-Noël em *O pai tranqüilo*, que enganava a Gestapo fazendo-se passar por um pacato jogador de cartas. Quantas vezes Samuel o levara para ver esse filme! "Era de pessoas assim que se precisava para enfrentar o Serial-Killer", dizia ele ao sair do cinema.

152

Feitas essas correções, Ernest não achou necessário dizer que Albertine cedia aos avanços de Joseph. Ele nada sabia a respeito disso, e um pouco de ambigüidade não fazia mal à história.

Esse trabalho apresentou menos dificuldades do que ele imaginara. A qualidade caiu um pouco, mas aquilo devia bastar a Joseph. Com Christine Etchigolan seria uma outra história. Ele preferiu deixar essa questão para depois. Primeiro, a encomenda.

Feito isso, passou ao segundo capítulo.

Visual, assim Joseph pedira. Ficaria satisfeito. Suas frases pareciam planos-seqüência. Dava para ver as personagens. Dava quase para ouvir os passos delas na rua. Como queria Joseph, a errância do assassino pelas ruas adquiriu um valor emblemático. Seus sapatos Church varriam quilômetros e quilômetros de calçada. Church, conforto e tradição. Suas mãos com luvas Old England, bege-claro, se fechavam em torno do pescoço de Albertine. E apertavam. A referência ao crime fundador se situava entre o flash-back e a repetição à Marguerite Duras. Muito chique. Aí, ele envelheceu os sapatos, deu uma pátina no couro, depois carcomeu o solado e, de envelhecimento em envelhecimento, ali estava um personagem de idade respeitável, com problemas de saúde, como o sugeriam seus intermináveis acessos de tosse. Um assassino serial ofegante, que descansava nos bancos públicos, aproveitava para dar milho aos pombos ou matar a sede com uma garrafinha de água mineral que sempre levava na pasta, era algo insólito.

E gratificante.

Ao fim de algumas páginas, ele se deu conta de que

estava ainda mais venenoso que no primeiro capítulo, aquele que colocara na pasta "Tentações".

Deixou tudo como estava.

Depois veria.

Durante as duas semanas seguintes, escreveu mais dois capítulos.

Em instante algum pensou em seu patrão. Em instante algum se espantou por não ter notícias dele.

Mas, a postos em sua janela, este não perdia um só lance. E o que via não o deixava tranqüilo.

Se estava feliz com a partida de Sabine (ele os seguira até o aeroporto e dera um suspiro de alívio ao vê-la a caminho de Djerba; "Ele vai poder trabalhar a sério", pensara), a agitação de Ripper o deixava preocupado.

O frenesi dos dedos, o olhar que brilhava, o sorriso que se alargava a cada frase (com seu binóculo que aumentava quinze vezes, nenhuma das expressões de Ripper lhe escapava), nada disso o animava. Ele se lembrava bem das exaltações do primeiro capítulo, ele tinha a sensação de assistir a uma farsa em que o idiota era ele.

Às vezes, cedendo à exasperação, ele apontava sua Parabellum 9 mm na direção do escritor.

"Se zombar de mim, vai pagar caro", pensava Joseph. "Vamos tirar a limpo."

Esperou uns quinze dias e, achando que Ripper tinha adiantado o suficiente, telefonou para marcar um encontro no Lapin.

Ripper pareceu contente em vê-lo.

— Seu primeiro capítulo — disse ele —, estendendo-lhe um volume de folhas um pouco menor que o anterior. Desta vez, o senhor ficará contente. Talvez tenha um detalhe aqui, outro ali, para rever, bobagens. Depois, o senhor lerá os outros dois.

Joseph pegou as folhas com certa hesitação e, diante da insistência de Ripper, começou a ler.

Diferentemente do que tinha ocorrido no Wepler, Ripper esperou ali mesmo. Às vezes acendendo um charuto, às vezes pedindo um Nuit au Cap, às vezes indo dar um giro pela praça do Tertre para estirar as pernas. Mas sempre pronto para escutar as críticas ou dar uma informação.

Quando terminou, Joseph estampava um rosto radiante.

Mesmo que Ripper fosse mais para o cáustico em seu talento, tinha se saído muito bem. Sim, ele tinha forçado um pouco para dar uma imagem conveniente de Albertine e dele mesmo, mas era uma boa idéia deixar subentendido que os dois... *Como um clarão de felicidade nos olhos de Albertine*... Só isso. Um bom texto deixava sempre planar uma ambigüidade. Em contrapartida, quando falava de aristocracia, às vezes carecia de convicção; o erro, sem dúvida, decorria de um excesso de sobriedade. Ripper contava os fatos sob a forma da evidência, sem acrescentar nada. Isso dava um tom um pouco frio, mas preferível a uma demonstração fundamentada demais que teria suscitado a incredulidade do leitor. Feita essa ressalva, Joseph estava plenamente satisfeito. Não imaginava ver sua história contada assim, com palavras em que ele não teria pensado. Para descrevê-lo, Ripper se inspirara nos retratos falados publicados na imprensa. Não era lá muito lisonjeiro, mas a história ganhava em credibilidade. O leitor ficaria mais convencido quanto mais pensasse no rosto que a imprensa divulgava. E mesmo essa banalidade não era senão aparente. Excelente ter pensado em Noel-Noël, em *O pai tranqüilo*! Ele mesmo vira o filme várias vezes. Atrás do pai de família se escondia uma personalidade astuta. Ademais, Ripper o apresentava como um eminente cinéfilo e fino conhecedor de charutos. Capaz, isso se descobriria mais adiante, de estrangular uma mulher elogiando as qualidades de um Partagas. Esse retrato o envaidecia. A viúva, lá onde estivesse, estaria contente. Esse livro prestaria aos Arcimboldo a homenagem que mereciam. E Ripper tinha talento para isso. Suas frases eram bem estruturadas, nem muito longas, nem muito curtas. Talvez lhes faltasse aquele sopro que caracteriza uma obra pessoal, mas elas se encadeavam naturalmente, sem maçar o leitor. A um texto de encomenda, não se podia pedir o impossível. No essencial, o contrato estava sendo respeitado.

— E aí?

— Perfeito!

— Que foi que eu disse? — triunfou Ernest. — Percebeu o apelo visual? É um filme o que estou escrevendo. O senhor não está mais diante de um livro, mas diante de uma tela. A sala vai ficar escura, a página vai se iluminar, as palavras vão se mexer, o filme vai começar. A primeira versão era apenas um treino, mas agora foi dada a largada. O senhor verá nos capítulos seguintes.

Marmaduke lhes trouxe um outro balde de champanhe com a habitual garrafa Dom Pérignon.

— Saúde — disse Joseph, erguendo a taça.

Ernest fez o mesmo.

— Tenho apenas um pequeno reparo a fazer — retomou Joseph. — Às vezes o senhor dá a impressão de que não está convencido de minha ascendência aristocrática. Asseguro-lhe que ela é autêntica. Insista nesse ponto, essa ascendência maldita jogará uma luz inédita sobre o assassino. Compreenderão de onde ele vem, aonde vai, o que o leva a cometer tais crimes. Crimes que se inscrevem numa tradição de brutalidade. A que foi durante séculos o sinal distintivo de uma elite. E que, para muita gente, continua a ser.

— Não se preocupe — disse Ernest, trabalharei nisso. — Vamos por pequenas doses, soltando essas referências ao longo dos capítulos. Falarei de sua origem por flash-backs que remontarão até a Idade Média. Não existe nada mais cansativo que esses autores que querem explicar tudo ao leitor. Mantendo algumas sutilezas, a gente dá a ele os elementos para formar uma opinião. O senhor me entende?

— Mas claro, caro mestre! Será tão mais interessante que, graças a seu maravilhoso estilo visual, o senhor saberá nos restituir magnificamente a atmosfera da Idade Média.

Depois se calou, temendo estar falando demais. Durante alguns minutos, ficaram bebendo champanhe e fumando seus charutos. Era quase meia-noite, o Lapin estava superlotado. Um monte de turistas cuja diversidade de línguas dava ao café ares de Babel. Alguns pareciam cansados. Um grupo que falava ruidosamente inglês visitara no mesmo dia a torre Eiffel, o Chaillot, os Champs-Elysées, a praça de la Concorde e, depois de uma volta pelo Louvre e um espetáculo no Moulin Rouge, viera a Montmartre. Joseph percebeu, sozinha numa mesa, a mulher das vezes precedentes. De tailleur cinza, como sempre, mergulhada em *Ana Karenina*. No entanto, pareceu-lhe que não estava inteiramente voltada para sua leitura. Parecia estar deslocada entre as pessoas que falavam línguas tão diferentes. Seu ar desamparado acentuava-lhe a solidão.

— Seria bom — disse Joseph — que o senhor me acompanhasse em minhas incursões, isso o faria mergulhar no fato, ajudaria a apreender uma atmosfera que minhas anotações não conseguem passar.

Ernest arregalou os olhos.

— De que incursões o senhor está falando?

Joseph mostrou o jornal colocado à sua frente. Lá estavam cinco novas fotos de mulheres.

— Talvez o senhor ache que eu viva sem fazer nada, não? Se me acompanhar, verá que qualidades essas incursões exigem, o tanto de astúcia e de habilidade que se precisa ter, verá em que consiste esse instinto de caçador que permite reconhecer entre mil a vítima certa, aquela a que devo dar fim.

Ele deu uma olhada no relógio.

— Tenho que ir embora, a gente se vê amanhã ou depois. É do seu interesse, estou certo disso. Enquanto não nos vemos, saiba que gostei muito de seu trabalho. Se continuar assim, vamos nos entender de verdade.

E estendeu um envelope para Ernest.

— Não recuse. O senhor merece. Não é grande coisa, um adicional que deduziremos das vendas do nosso best-seller. Agora estou com pressa, mas amanhã lhe telefono para marcar um encontro.

158

Sem dúvida uma mulher para matar.

Ernest não conseguia levá-lo a sério. Por isso tinha refeito tão facilmente os capítulos, sem economizar nos elogios e no horror dos crimes em série. Ele o observou dirigindo-se à saída. Silhueta obscura abrindo caminho entre as mesas, misturando-se às inúmeras pessoas que ali estavam, insignificante. Ernest não conseguiu ver o instante em que ele abriu a porta e sumiu na multidão da praça do Tertre, pois ele *já* havia desaparecido. Deixara o café *antes* de ter saído.

Como se *nunca* tivesse estado ali.

Mas o envelope estava sobre a mesa. Grosso e bege. Devia conter pelo menos trinta mil francos, sentia-se pelo toque, e talvez também um ou dois Partagas 8-9-8, ou Lonsdale.

Os charutos do louco.

Ernest ia abrir o envelope quando viu o olhar de Marmaduke em cima dele, brilhando de excitação. Pegou depressa o envelope e saiu.

Lá fora, o calor estava sufocante, uma tempestade se formava. O envelope fazia uma protuberância no bolso de dentro do paletó. Depois de todos aqueles Partagas, daqueles Nuit au Cap e do champanhe, ele não estava se sentindo bem. Uma ária de Nougaro, que nem sabia quando escutara, lhe veio à cabeça.

Uma menininha chorando
Numa cidade chovendo

Isso lhe veio junto com as primeiras gotas de chuva. Mas que importa. Uma vez em casa, tomado banho, roupa trocada — Yves Saint-Laurent, e não Giorgio Armani —, um táxi e pronto! Direto para o bar chique.

Dessa vez iria.

Sabine estava em Djerba.

Agora ou nunca.

Ele se viu em plena noite na praça de la Concorde, com Nougaro, que não lhe saía da cabeça:

E eu que corro atrás
No meio da noite
Mas o que lhe fiz?

Ela não estava bem em Djerba?

Voltar logo agora que ele estava pronto para se divertir?

Mas ele devia esperar isso. Ao voltar do Lapin, ele a encontrara em casa, a mala aos pés. Aquilo dava a ela um ar de refugiada vindo de Roissy. Uma refugiada de minivestido e bronzeada. Por que voltou? Ela, em Djerba, tinha tudo, a praia, a areia fina, o mar azul, os encontros. Não era o bastante? Numa mão ela trazia *Eu creio na felicidade*, ou coisa parecida. Estava escuro, mas *felicidade* estava em letras douradas. Impossível não ver.

Achou que ela ia dar uma bofetada nele, mas, em vez disso, foi para cima dele dando-lhe socos no peito e exclamando:

— Você ama outra! Você ama outra! Foi por isso que me mandou para Djerba? É da casa dela que você está voltando? Acha que não sei?

Surpreso, ele não soube o que dizer. Estava empan-

160

turrado de muito Nuit au Cap, charutos, Dom Pérignon, de assassinatos e de ascendência maldita para estar com bons reflexos.

Ela acrescentara entre dois soluços:

— Só queria tirar tudo a limpo. Fique tranqüilo, saberei desaparecer.

Dito isso, largando o livro, ela se precipitou em direção às escadas.

Apesar de bêbado, ele correra atrás.

A cada passada, ele punha os bofes pela boca. Nas ruas, nem um gato, os turistas tinham ido dormir. Que horas seriam? Seu Kelton estava parado. Com todo o dinheiro recebido adiantado, podia ter comprado um outro. Um modelo à altura de seu destino literário.

Mas antes precisava alcançar Sabine.

Ele corria já fazia uma eternidade. Do bulevar de Clichy até a praça Clichy, depois rua Amsterdam, sempre correndo, feito um louco, com uma dor de lado. Eles tinham passado diante da gare Saint-Lazare sem parar, e ele corria, arfava, gemia, sem parar de se perguntar por que, mas por que ela havia voltado para acabar com sua noite? Que diabos ele havia feito, meu Deus? Assim, eles tinham corrido pela rua do Havre, atravessado o bulevar Haussmann, alcançado a rua Tronchet em direção à Madeleine, e lá, já nas últimas, ele parou para recuperar o fôlego.

Nesse momento, veio a tempestade. "Pra que lado está o Sena?", ele se perguntou.

Embebida dos folhetins como estava, nada a teria feito parar. Sem saber para onde ir, ele pegou a direção de la Concorde.

A praça estava deserta.

De repente, ele a viu a uns cem metros, trepada no parapeito da ponte, a silhueta bem delineada sobre o Sena, a cabeça levemente inclinada em direção às águas, o corpo curvado. Ele gostou dessa atitude de mulher bela e dilacerada, pronta para se jogar no vazio. Quando ela fazia isso da janela do quarto andar, ele a agarrava pela cintura e caíam um sobre o outro no sofá da sala. E ali, em pé, naquele parapeito, ela esperava sem dúvida que ele fizesse o mesmo. Ela ergueu os braços, prestes a se jogar, e esse movimento levantou o vestido até a cintura. Seu fio dental apareceu, de uma brancura luminosa dentro da noite.

Ele se lembrou então que estavam no oitavo distrito. Foi tomado pela angústia, pois ele acabara de perceber o assassino serial se aproximando.

Incrível.

Tal como ele o deixara no Lapin Chasseur.

Era ele, sem dúvida. Aquele porco os tinha seguido. A mesma silhueta de criado obscuro, de assassino eivado de cultura criminosa. Triste de quem se aventurasse em seu território.

Ele se aproximou bem silencioso.

Sub-repticiamente, como assassino aguerrido. Ernest admirou como ele se deslocava com facilidade. Sabine não desconfiava de nada. Na mão, o assassino carregava um objeto que Ernest não conseguiu identificar. Estava longe demais, e a chuva dobrara de intensidade.

Tenho os olhos cheios de chuva.

Praguejou ele em cima de uma canção de Nougaro.

Joseph aproximava-se suavemente de sua vítima. Cheio de savoir-faire. Ernest se lembrou das palavras dele no Lapin: "O senhor descobrirá o tanto de astúcia e de habilidade que se precisa ter". E ele estava vendo agora. "E não é que ele mata mesmo mulheres!", pensou. Apenas dois ou três metros separavam o assassino da jovem em prantos na cidade tomada pela chuva. E ele sem poder fazer nada. Ainda estava longe demais. "Jesus!", pensava ele. "Ela voltou de Djerba para morrer nas mãos desse louco!"

Ela derreou a cabeça para trás, achando que era Ernest que se aproximava, como quando ela se preparava para saltar da janela. Mas as coisas se passaram de outro jeito. Com um gesto de grande precisão, Joseph cravou o objeto entre as omoplatas dela. Ela deu um grito lancinante e caiu no vazio.

Ernest se precipitou, mas quando chegou ao local onde ela estava e se inclinou sobre o parapeito, só ouviu um baque surdo.

E só restou a sombra convulsa daquela forma obscura que sumiu nas águas.

Lembrou-se dessa frase, que se seguia à morte de Javert em *Os miseráveis*.

Quinta parte, livro quatro.

Foi essa frase que o despertou no momento em que ele agarrava Joseph pelo colarinho, gritando:

— NOJENTO! ASSASSINO! FILHO-DA-PUTA!

Mas isso já não tinha mais sentido. Sabine estava em

Djerba, e ele, estendido no sofá da sala com seu Saint-Laurent completamente amassado. Mal se vestira, caíra na poltrona, vítima do champanhe, dos Nuit au Cap, dos Partagas, de Joseph e sua ascendência aristocrática.

Seu Kelton marcava quatro da manhã.

Sobre a mesa estava o envelope de Joseph. Ele ainda não o tinha aberto.

Cansaço.

Ou hábito.

Mas terminou abrindo-o: maços de quinhentos francos caíram sobre a mesa. Era mesmo mão aberta aquele seu sócio! O bastante para farrear e arrebentar a rua Tilsitt.

Bocejou e voltou a cair no sono.

No dia seguinte, pegou o avião para Djerba.

Em classe executiva, para se consolar da noite frustrada. Durante todo o trajeto, pensou no sonho, em Joseph e no fio dental, tão luminosamente branco na noite. Antes de partir, comprara um igual para Sabine na sex shop da rua Fromentin.

Cuidou de não esquecer de levar o notebook.

8

— Em Aim'-sur-Meuse, a umidade era bem especial, ela vinha de dentro da gente... Ir embora para um lugar quente constituía uma higiene elementar.

O homem da poltrona não dizia nada. Será que dormia? Havia uma história assim num romance ou num filme, Maryse não se lembrava muito bem. Um psicanalista dormia na sessão, quando acordava a paciente estava estrangulada no divã. Isso não tinha nada de divertido, mas ela não teve coragem de se virar para ver se ele estava dormindo.

— Nós íamos a praias onde o sol ardia — ela prosseguiu. — Enquanto eu tomava banho de mar, Ernest escrevia. Ele gostava dos movimentos de um texto, a musicalidade, o ritmo, tudo o que o fazia viver. Uma frase inicial o deixava em estado de graça. Seus começos eram fulgurantes. E vinte páginas adiante empacava. Ele me dizia que eu lhe inspirava poemas eróticos, de uma audácia inusitada. Eu era sua musa com cheiro de porra. Eu adorava essa expressão. Só me pergunto se ele escreveu mesmo aqueles poemas. Isso não o impedia de posar de escritor. Eu me enchi daquilo, arrumei amantes para a vida ficar mais suportável.

Ela esperou uma pergunta que não veio, e continuou:

— Os homens são de um tédio! Há pouco mais de um

mês, eu perambulava pela ponte de l'Alma, um sujeito me abordou. Já era noite, a escuridão escondia seu rosto, mas ele tinha o ar sedutor. Alto, bem vestido, uma voz muito bonita, estava gostando da conversa dele. Mas quando vi seu rosto em plena luz, tive medo. Era de uma insipidez tão grande que pensei estar diante do assassino serial. Fugi, mas ele me alcançou. Acabava de ser abandonado pela mulher, me suplicou para não deixá-lo sozinho, mesmo que não fôssemos para a cama, isso não era problema, ele queria estar com alguém. Achei tão abjeto que preferia ter caído nas mãos do assassino. Com Alexis é diferente, ele se contenta em vender prazer. Pelo menos deixa claro... Não acha?

O homem do divã não respondeu.

De novo, ela achou que ele estava dormindo. Vai ver ele achava que estava sendo pago para ficar em silêncio.

— Ernest era o contrário de tudo isso. Com ele tudo era complicado. Eu tinha de incentivá-lo, dizer que ele era o melhor, que tinha talento. Um monte de idiotices. Quando fui para a Condorcet, ele não me largou mais. Para ele eu ascendera ao Olimpo, eu escolhia os eleitos que, trêmulos, me confiavam suas obras. Ele me mostrou *O julgamento final*. Impublicável. Sim, havia belas passagens, mas não chegavam a nada. Eu disse a ele, mas ele não quis saber. Pôs-se desesperadamente a escrever. De dia, garatujava seus folhetins, à noite, a sua grande obra. Loucura total. Se me surpreendesse com outro homem na cama, seu primeiro reflexo seria me mostrar o que tinha escrito. Coisa mais sem futuro...

Ela esperou em vão uma reação do homem do divã. Decepcionada, voltou-se para *O 24º dia*. O silêncio continuou mais um pouco.

166

— É preciso entender que uma editora não é uma sociedade filantrópica. Publicamos um livro porque acreditamos nele. Ou porque temos compromisso com alguém bastante conhecido para saber que o livro vai vender. Mas Ernest, o senhor não...

— Bem, senhora.

Ele a interrompeu tão bruscamente que ela se assustou. Quando se levantou, ele aguardava com as mãos nos bolsos.

Ela colocou quinhentos francos sobre a mesa, apertou-lhe a mão e saiu. Lá fora, fazia calor. A avenida Trudaine estava quase vazia. Ela não voltaria ali antes do início das aulas, ia na semana seguinte à Grécia para umas férias sem atrativo algum.

Seu carro estava estacionado em frente ao liceu Jacques-Decour. Ligou-o pensando em Alexis, de quem não tinha a menor notícia.

Ele nem tinha tempo de dar notícias.

Depois de Raymonde, a platinada da roleta.

Ao chegar ao cassino às vinte e duas horas em ponto, ele se plantara diante dela, do outro lado da mesa, mas ela não levantara a cabeça. Parecia que não arredara o pé dali desde a noite anterior. No mesmo lugar, com o mesmo tailleur branco e os cabelos platinados caindo sobre os ombros do mesmo jeito, perdendo com o mesmo entusiasmo. Tirando o fato de que ela estava de óculos escuros e sozinha, nada mudara. Alexis apostou dois mil francos no zero. Fazia muito tempo que esse número não saía, ninguém arriscava nele. Estava pouco ligando, jogara por intuição, guiado pelo instinto de grande profissional, ele sabia que, para ganhar tudo, tinha de arriscar também tudo. A situação do zero não lhe era indiferente. Isolado em relação aos outros, dominava todas as combinações possíveis, sem ter relação com nenhuma. Só ele ocupava o espaço de três números, tal como uma imensa cama com espaço suficiente para mais gente. Alexis não ficou sozinho por muito tempo. A platinada levantou o rosto na direção dele, hesitou, depois lançou dois mil francos no zero. O crupiê anunciou: "Jogo feito", um silêncio absoluto tomou conta da mesa. A bola ricocheteou várias vezes de encontro à madeira até que, após o cilindro perder progressivamente a velocidade, foi se alojar no zero e terminar ali sua corrida. A platinada tirou os óculos — eles escondiam olhos vermelhos de cansaço — e lhe dirigiu um olhar vitorioso. Ela acabava de reconhecê-lo.

Ele sorriu também.

O crupiê pagou a cada um setenta mil francos. Alexis jogou uma ficha de mil francos como gorjeta e deixou seus dois mil francos sobre o zero, mas não esperou o resultado, pegou o que ganhara e se dirigiu ao caixa, sabendo que ela o acompanharia.

Ela foi encontrá-lo lá fora.

— Meu nome é Jackie — disse ela.

Depois levou aos lábios uma enorme piteira, ele estendeu-lhe o isqueiro e foram para o quarto dele no Grande Hotel.

Passaram a noite lá.

Dessa vez, ele não cobrou nada.

Sabine o esperava no desembarque.

Assim que o viu, precipitou-se em seus braços, e se beijaram longamente ouvindo gracinhas dos guardas aduaneiros e dos funcionários do aeroporto, e depois do motorista do táxi que os levou até o resort.

Depois de terem feito amor no bangalô, foram tomar banho de mar. Ela estava num bronze total. Ele se lamentou por ter cedido a um sonho estúpido e por ter ido encontrá-la, quando, pelo que via, ela passaria muito bem sem ele. Ali, a diferença de idade era mais do que visível. Seu corpo branco, inchado de cerveja, era um desastre ao lado daqueles corpos harmoniosos, de Sabine ou dos rapazes musculosos, bronzeados e tão perfeitos, todos mais jovens que ele.

Uma semana depois, contudo, ele já estava com uma boa cor para se perceber que, apesar de bronzeados, os outros quarentões e cinqüentões do hotel não diferiam muito dele, com suas adiposidades mantidas à base de muita bebida, muita comida e nenhuma ginástica. Muitos pareciam bem amigos de Sabine. Ela era assim, não conseguia ficar longe das anatomias protetoras. Ernest viu ali uma oportunidade de travar amizade com eles. Eles lhe lembravam seus amigos do Balto, rua des Abbesses. Costumava passar horas com eles, gostava de seus gestos inseguros e das palavras sem sentido que se perdiam nos vapores do álcool. Abancada num bar, a humanidade exibia seu melhor retrato. Aquelas pessoas de rostos afogueados eram seus verdadeiros representantes. Samuel achava que Serial-Killer devia a eles sua extraordinária ascensão. Ele exortava Ernest a lhes dedicar páginas fulgurantes.

Agora em Djerba, a coisa não era muito diferente: só que em vez de se reunirem em torno de um balcão de bar, as pessoas se encontravam na praia, sem roupa. Todos aproveitavam desse convívio típico dos que exibem sua intimidade sabendo que aquilo é coisa passageira. Guardariam fotos, durante algumas semanas lembrariam as risadas, o gingado de uma bunda, o volume de uma outra, a generosidade de uns peitos ou o corte de um cabelo. Mais tarde, quando, depois de romper com Joseph, fosse enfim escrever para si, Ernest os redescobriria com uma clareza surpreendente. Ele faria reviver a inflexão de uma voz, a incongruência de uma brincadeira, a fragilidade de um sorriso, exumando daquela alegria um pouco forçada a angústia de envelhecer ou o fracasso de uma existência. *Como no Balto*, iria ele anotar, *ninguém estava ligando para a infelicidade em comum. A diferença era que em Djerba, o corpo estava nu e ria-se com mais intensidade.*

Ele foi à praia, participou de torneios de bocha, brincou, bebeu, saiu correndo para o mar inteiramente nu. À Sabine, que estava louca para dizer que ele escrevia para Romance, impôs a discrição. Ele não queria ficar recitando títulos como: *Nada vai nos separar*, *Tome-me em seus braços*, *Êxtase em Jacarta*. Mesmo assim, correu a história de que era escritor. Com medo de serem pegos em flagrante delito de ignorância, ninguém lhe perguntou nada sobre o que já havia escrito, e ele também ficou na dele. Essa reserva foi tomada como modéstia, sinal indispensável do talento. Todo mundo ficou lisonjeado de estar com alguém certamente muito conhecido, mesmo que ninguém houvesse escutado falar dele. Quanto a Ernest, essa notoriedade, por mais limitada que fosse, lhe deu um gostinho antecipado daquela glória literária a que tanto aspirava.

Foi sua melhor lembrança de Djerba.

Ele foi visto nas noites de karaokê, nos bailes, batendo palmas junto com os outros no compasso da orquestra — para um escritor, ele era um sujeito muito simples. Quando não havia orquestra, o disc-jóquei tocava as músicas que faziam Sabine sonhar. Os casais dançavam coladinhos quando Céline Dion cantava *Titanic*. Ernest gostava dos corpos das mulheres contra o dele. O contato era caloroso. Mas por causa de Sabine, ele não ousava. No entanto, os abraços na praia, os corpos deitados na areia, as carícias, os acordes do violão um pouco mais adiante, o barulho das ondas, o desejo e a volta ao bangalô, tudo isso o encantara. Ele começou a escrever no seu notebook. No quarto capítulo, ele pôs em cena a ascendência de Joseph. Remontou a Jean, o Terrível, e à Terceira Cruzada, lançou a idéia de que este, em vez de libertar o túmulo de Cristo, se convertia ao islã e ficava em Saint-Jean-d'Acre para levar uma vida lasciva de príncipe oriental. Mas Deus o punia. Entre os castigos que lhe infligiu, a ele e sua descendência, o mais terrível foi o nascimento, a cada duas ou três gerações, de um criminoso cujos feitos sinistros iriam definitivamente desonrar a família Arcimboldo. Ernest não se perguntava se isso correspondia às expectativas de Joseph, soltava a imaginação. Sabine dormia nua a seu lado, quando ele terminasse, trocariam carinhos e depois iriam dar um mergulho. Às vezes, ele pensava em Maryse. Nas férias que passaram na Grécia. Ele escrevia enquanto ela ia à praia, à noite davam uma volta, depois faziam amor no quarto do hotel. Estaria ela por lá agora com um de seus gigolôs? Só não estaria se estivesse preparando algum livro para o reinício dos lançamentos literários após o verão. Na época, ela se desdobrava em telefonemas intermináveis para todos aqueles cuja opinião era valiosa. Atacava por todos os lados. Era obstinada. Ernest dizia para si mesmo que um dia seus escritos fariam parte daquela onda, e digitava com mais fúria ainda no seu Mac.

E o trabalho avançava.

Página após página, a ascendência assassina de Joseph Arcimboldo. Permeada de folclore medieval, extorsões e feitos de armas. Estava satisfeito com o texto, mesmo que lhe parecesse um pouco sem nexo, escrito sob o impulso do momento. Mas sentia nele a força, via se delinearem as grandes linhas do que podia ser um livro bem realizado. Ele contaria seu ingresso na literatura a partir de um contrato com o homem do rosto inexpressivo. "É isso que devo fazer", pensava ele, "contar essa aventura, como se fosse um diário." O encontro no Lapin Chasseur, o clima de angústia que tomava conta de Paris, ele escreveria sobre isso. Contaria as fantasias de Joseph inspiradas nas suas, nos seus devaneios de criança, nos sonhos alimentados pelo tio Samuel. A linhagem extravagante de Joseph estaria do lado oposto à linhagem familiar com que o tio lhe enchia a cabeça continuamente. Uma ascendência erudita, de poetas, matemáticos e médicos, cujo saber os mais célebres haviam espalhado por toda a Europa. "Uma família rica de talentos dos quais você é o herdeiro", dizia-lhe ele, "pelo menos até chegar em Serial-Killer."

Teria ele acreditado nisso? Em todo caso, escrevia sobre eles com prazer, freqüentemente com emoção, e usava Joseph para colocá-los em cena. O trabalho ganhava forma, ele estava feliz. Quando voltasse, faria uma visi-

172

ta a Samuel. Sempre que achava ter escrito para valer, prometia-se visitá-lo, o olhar do doente vascular deixava de incomodá-lo. Acreditava ver ali sinal de aprovação e de cumplicidade. "Dessa vez vou vê-lo, sem dúvida." E se entregava a Jean, o Terrível, à Idade Média, às idiossincrasias de Joseph Arcimboldo e às suas.

Quando achava ter avançado bastante, ia se encontrar com Sabine na praia. Os dois caíam na água, se bronzeavam amorosamente, abraçadinhos sobre a toalha. Ele passava no corpo dela creme solar que cheirava a óleo de coco. E à noite, ele depositava entre as coxas dela uma parte de sua felicidade de escrever.

A volta a Paris lhe pareceu sinistra.

A cidade ressudava mau humor, o retrato falado do assassino estava por toda a parte. Joseph enchera sua secretária com mensagens ansiosas. E, apesar do corpo bronzeado, Sabine parecia muito deprimida. Ernest não conseguia arrancar-lhe uma palavra, sempre que perguntava o que estava acontecendo, ela se fechava num mutismo obstinado. Ela não relaxava nem quando fazia amor ou via tevê.

Mas isso não impediu Ernest de terminar seu quarto capítulo e de passar ao seguinte.

À medida que progredia, acentuava o caráter atormentado de Joseph; suas boas maneiras, seu lado mordomo lúgubre, seu dinheiro — os maços de quinhentos francos que ele lhe dava sem que isso parecesse lhe custar nada —, tudo isso contribuiu para fazer dele *um personagem da noite, funcionário da tentação, que tinha alguma espécie de pacto com a morte.* Esse tom o agradou. Ele tomou coragem para falar de si, evocar sua infância, sua adolescência, sua maturidade, seus sonhos e seus fracassos. Contou seus amores com Maryse em Aim'-sur-Meuse, o retorno a Paris, sua humilhação quando ela recusou *Julgamento final* e sua amargura quando ela rompeu com ele. Falou também de Sabine, de sua queda por fio dental, pelas estrelas do showbiz e pela literatura água-com-açúcar. Ele abarrotava seu notebook de palavras e mais palavras, sem saber muito bem aonde ia dar, mas não parava de escrever, era isso o que importava.

E, continuamente, ele voltava o pensamento para Samuel, à ternura que ele lhe dedicara, à doença que o pregara a um leito de hospital, e às discussões que entabulavam.

Inúmeras discussões.

Elas começaram quando Samuel quis apresentar Serial-Killer a seus colegas de escola. Precisavam sentir o terror que era escutar aquela voz, ele dizia, vinda diretamente de um pesadelo. Sempre que passava um programa de tevê sobre Serial, ele organizava "sessões descoberta" pensando nos meninos, escrevia aos pais deles para explicar o motivo do convite, propondo-lhes vir se achassem o tema interessante. "Pois", explicava ele, "no dia em que Serial-Killer não meter mais medo em ninguém, estaremos verdadeiramente mortos."

Ninguém aparecia, mas esses convites faziam Ernest ser alvo de todo tipo de gozação. SERIAL-KILLER! SERIAL-KILLER!, gritavam os colegas assim que o viam. Brigas estouravam, e nem sempre era Ernest quem vencia. Sobretudo contra Geoffroy, um engraçadinho mais alto que ele e pelo qual sentia uma viva admiração. Eles rolavam no chão aos socos. Os adultos os separavam. Por ironia, era Ernest quem levava a pior. Um dia, para intimidá-lo, um policial o ameaçou de prisão. Quando ele lhe perguntou o nome, os colegas se puseram a gritar: SERIAL-KILLER! SERIAL-KILLER! O policial, achando que estavam zombando dele, quase o levara, para grande alegria de seus algozes.

Por isso, Ernest suplicava ao tio que parasse com aquela história de Serial-Killer. "Parar!", indignava-se o tio. "Mas este seria o melhor serviço que eu poderia prestar a ele! No dia em que ele voltar, precisa ser logo reconhecido, senão todos estarão fritos. Serial-Killer só pensa em seu *come-back*. E você quer parar?" Para Ernest eram histórias para boi dormir. Por que Serial-Killer voltaria? "Porque", respondia Samuel, "o assassino sempre volta ao lugar do crime." Ernest não se convencia. Bastava olhar à sua volta. Sim, havia catástrofes aqui e ali, avalanches, uma inundação, um tremor de terra, mas no conjunto as coisas até que iam bem, a volta de Serial-Killer não era para amanhã. O mundo estava tranqüilo, em ordem, as pessoas envolvidas em seus negócios, iam ao bistrô ou ao cinema, beijavam-se na boca. A normalidade triunfava por toda parte. Era nesse mundo que ele queria viver.

Ao chegar a esse ponto da narrativa, Ernest não saberia dizer se ela correspondia mais à realidade. Mas Samuel lhe havia repetido bastante que o narrador sempre despreza a verdade. Então, deixando de lado essa questão, ele deixava os dedos deslizarem pelo teclado de seu notebook.

Ele imaginou que, uma noite, Samuel, aproveitando do fato de ele ainda não ter chegado da escola, olhava os cadernos de seu sobrinho. Os de capa flexível e preta, de ar tão literário. Ele descobriu uma série de textos esparsos, quase sempre inacabados, que davam a sensação de busca ensandecida da escrita. Eram linhas lançadas ao acaso, rabiscadas a toda velocidade, talvez poemas, ou insultos, ou apelos à insurreição. E também caligramas à Apollinaire, que se liam em qualquer direção. Aqui e ali havia versos de Rimbaud, poemas de Edgar Poe em inglês, desenhos obscenos com legendas, e mais outros poemas, cujo sentido lhe escapava. Aquela desordem desconcertou Samuel. Ele não esperava tamanha explosão de raiva num garoto tão sensato, cujos primeiros cadernos, os dedicados a Serial-Killer, estavam tomados por uma serenidade e uma coerência que ele não via ali.

Ele procurou aquele com o título encantador: *Aventuras, feitos, gestas e fatos comuns e extraordinários que opuseram Serial-Killer a meu orientador Samuel Ripper, antes chamado Samuel Rappoport*, abriu-o e, para sua grande surpresa, descobriu que Ernest o substituíra por um outro título: *Memórias de um velho imbecil*. Repôs o caderno no lugar de onde tinha tirado. Depois preparou o jantar, como se não tivesse acontecido nada.

Mas Ernest estava demorando a voltar.

Samuel o esperou durante um bom tempo.

Ficou esperando por ele na escada. A porta do apartamento entreaberta, no caso de ele telefonar. Enfim, o telefone tocou.

O que aconteceu depois, ele não conseguiria lembrar.

Pois foi derrubado pelo acidente vascular cerebral.

Mas na ambulância que abria caminho com a sirene

e o farol giratório, Samuel não se desesperava. Enquanto uma metade dele se apagava lentamente, a outra foi tomada por uma súbita iluminação. Ernest não fugiria a seu destino, ele seria um grande escritor. O que havia lido nos cadernos, mesmo sem entender tudo, o convencera disso.

A tristeza tomou conta de Ernest enquanto ele relatava esses acontecimentos. Felizmente, a versão para Joseph o distraía. Ali, ele não precisava economizar no que tangia aos falsos elogios, nem à sua origem aristocrática, nem à metafísica do crime, nem à grandeza e servidão do assassino. Tudo lavrado naquela linguagem cinematográfica destinada a encantar seu sócio.

Que estava demorando a dar sinais de vida.

Mas como ele poderia adivinhar que, do outro lado da rua, Joseph não o largava um só instante com seu binóculo?

Ele se deleitou com esse espetáculo um mês inteiro, depois, finalmente, decidiu telefonar.

No entanto, não deixou de fazer cena ao reencontrá-lo no Lapin.

— O senhor podia ter me avisado que ia viajar! Era o mínimo que eu podia esperar. Chamava, chamava e ninguém atendia!

Sua irritação era um pouco forçada. Ele estava chateado com Ernest sobretudo porque, enquanto este se divertia, ele o procurava por tudo o que era canto. No Lapin, em todos os bistrôs da rua des Abbesses, fora até o supermercado onde Sabine trabalhava, e soube que ela havia sido despedida. Certo de que seus projetos tinham ido água abaixo, odiara Ripper com todas as suas forças, até que, numa bela manhã, o vira diante do computador, com aquele ar de intensa concentração que ele bem conhecia.

— E como eu poderia ter lhe avisado? Não tenho seu número de telefone. Seu nome não está na lista, não havia como lhe telefonar em caso de viagem repentina.

— Tudo bem — arrefeceu Joseph —, o senhor não tinha mesmo meu número. Esqueça isso. Imagino que durante todo esse tempo o senhor não ficou parado. Deve ser a seqüência do trabalho o que o senhor traz aí.

Ernest lhe estendeu uma pasta de cartolina, de uma espessura que anunciava uma boa centena de páginas. Prova de que, apesar de tudo, o projeto avançava.

Marmaduke trouxe para eles um Dom Pérignon. Aquelas semanas de agosto às voltas com turistas não haviam prejudicado a qualidade de seus serviços. Enquanto abria a garrafa, disse algumas palavras amáveis a Ernest, observou que ele estava com uma cara ótima, perguntou de onde estava vindo. Djerba? Uma excelente escolha, ele mesmo já tinha ido lá, vinte anos atrás, e guardava as melhores lembranças. Depois encheu as taças, perguntou se desejavam mais alguma coisa, e se retirou discretamente. Se ele continuar assim, vai terminar no Drouant, pensou Ernest, e vai se tornar o confidente de François Nourissier.

Joseph puxou sua charuteira, pegou um "puro", ofereceu outro a Ernest e mergulhou nos originais que ele lhe havia passado.

Setembro já estava no fim, mas havia ainda alguns turistas em volta das mesas. Pareciam menos cansados que os de agosto, como se a chegada do outono desse um ar tranqüilo a suas férias. Na mesa vizinha estava a mulher que lia. Ela estava com seu eterno tailleur cinza, agora enfeitado com um foulard azul. Ernest achou que as duas cores não combinavam. Ele se perguntou se ela teria passado todas as férias no café.

E ele teve a real sensação de estar de volta.

Duas horas depois, Joseph pousou as folhas sobre a mesa com um sinal de cabeça aprovador.

— Perfeito — disse ele. — Sobretudo em relação à genealogia. Estava com medo de que o senhor seguisse a ordem cronológica, evocando os assassinos que marcaram minha família. Mas o senhor evitou esse caminho. No entanto, no começo, o senhor me preocupou com Jean, o Terrível, ao fazê-lo desistir de libertar o túmulo de Cristo, sacrificando sua fé e seu prepúcio em nome das delícias do harém. Isso não está em minhas anotações, mas a idéia não é ruim.

— Precisava de algo forte para justificar a maldição que caiu sobre o senhor e os seus.

— É verdade, matar sarracenos durante uma cruzada não leva necessariamente a uma maldição divina, mas renegar Cristo, blasfemar e se converter é muito mais grave.

— Não é? Tanto que Jean, o Terrível, é punido por onde pecou: uma sífilis contraída com suas concubinas. Estou bem contente com minha idéia.

— E o senhor tem razão. Sobretudo quando sugere igualmente que ele poderia ter sido envenenado por uma amante ciumenta. Aí o senhor envereda pela maldição: os Arcimboldo que não param de pagar tributo à adversidade, que, por mais que façam peregrinações e doem presentes reais ao papado, são ignorados por Deus. Tudo isso é excelente. Adorei sua fórmula: *Prova de que Deus, quando punia, não economizava*. O senhor fez um magnífico retrato de Philippe d'Argenteuil, bisneto de Jean, o Terrível, ele também vítima dessa maldição, e que leva uma vida deplorável entre sua cozinheira caolha e seu valete corcunda. Parabéns pela descrição de seu sofrimento! O filho mais velho morto num torneio e o filho caçula em Azincourt. A esposa levada por febres malignas foi uma boa solução! E suas terras abandonadas no Poitou, e o castelo em ruínas, e os homens de guarda que o abandonam, e os servos que fogem, e o bispo que o excomunga. É um sem-fim de desgraças! É pura arte, acredite, mestre!

— O que me interessava — disse Ernest todo cheio de si — era ver Philippe, que não tinha nada com as traições de seu avô, pagar a conta.

— E o senhor acertou, claro! Essa história precisa de crueldades! É chocante quando, cansado de todas essas desgraças, Philippe renega, por sua vez, Deus e se lança aos assassinatos seriais.

— O senhor observou que ele começa por sua cozinheira caolha? Como o senhor com Albertine. O senhor aprende praticando com a gente miúda, e depois vêm os feitos que semeiam o terror.

— Uma tradição, entre os Arcimboldo — aprovou Joseph. — Sempre envolvemos a criadagem em nossos crimes. Por isso gostei muito daquelas passagens em que Philippe percorre as terras com seu criado corcunda que lhe serve de batedor.

— Achei melhor o corcunda não falar. Ele geme, e isso basta para atrair as vítimas que saem da missa. Certas de que é para uma boa ação, elas o seguem sem saber o que as espera.

— Aí, a dama de companhia também cai no jogo. Philippe não consegue poupar suas vítimas. Nada de testemunhas! Assim começa nossa linhagem de assassinos. Gosto muito da forma como o senhor passa do assassino serial medieval ao assassino serial contemporâneo. As perambulações do assassino moderno pelas cidades se sobrepõem, como duas imagens que se fundem, às do assassino do passado. Com Philippe d'Argenteuil, o senhor cria uma atmosfera medieval fabulosa. As cenas em que ele percorre as vastas terras a cavalo, acompanhado de seu valete corcunda claudicante! Parecem até personagens de Cervantes.

Em seguida, com um gesto que já se tornara habitual, tirou cinqüenta mil francos da pasta e os depositou sobre a mesa.

— Não esperava que o senhor tivesse escrito tanto — desculpou-se —, senão teria trazido mais.

Como sempre, um silêncio religioso reinou no café. Marmaduke, já habituado àquela cena, ficou vermelho. Não despregou os olhos da mesa até que o último maço desaparecesse nos bolsos de Ernest.

— No entanto, apesar de todo seu talento — retomou Joseph —, vemos que o senhor está sofrendo para descrever o assassino moderno vagando pelas ruas. É porque o senhor não tem nenhuma idéia do que é isso, o desejo de matar que o leva a percorrer quilômetros e quilômetros pela cidade. Por isso volto a fazer minha proposta.

— Qual?

— De me acompanhar numa expedição. Não se

lembra? Eu comentei com o senhor no nosso primeiro encontro. Disse que isso o ajudaria a captar a atmosfera especial em que vive um assassino. Atmosfera, reconheça, que o senhor não pintou de forma completamente satisfatória. Por isso essa expedição me parece absolutamente indispensável.

Ernest não soube o que responder. A perspectiva de reencontrar Joseph em plena noite — ele não podia imaginar que aquilo acontecesse de dia — e vê-lo assassinar uma mulher não era coisa que passasse por sua cabeça.

— Está certo disso?

— E como! Senão o senhor não poderá dar conta de meus crimes. Seu texto tem vida, cresce quando fala de meus ancestrais, mas se arrasta quando aborda o presente. Lembre-se de meu incipit: *Eu sou o filho da noite medieval e da noite nova-iorquina*. Quanto ao medieval, tudo bem, mas para o nova-iorquino ainda tem muito o que aprender. Se me acompanhar, só vai lucrar. Não só terá idéias precisas, mas também outras novas para os próximos capítulos. Acredite. O senhor tem de assistir ao processo que leva ao encontro da vítima a ser eliminada. Se não for assim, terá enormes dificuldades em continuar. Cairá em lugares-comuns, em procedimentos que ficarão evidentes em poucas páginas.

— O senhor não pensa esquartejar uma mulher na minha frente! — exclamou Ernest, pálido.

— A intenção de um assassino que pratica o crime em grande escala é concluir seu trabalho. Não é passear pela cidade. Não se trata de um caçador de fim de semana que parte com seu cão, o fuzil e a sacola e volta de mãos abanando mas contente por ter aproveitado o dia

182

ao ar livre. O assassino serial, quando volta sem nada, se sente um fracassado. É verdade, não posso garantir o sucesso de nossa expedição. Talvez não encontremos ninguém, talvez eu esquarteje uma mulher, como o senhor diz, talvez com sua ajuda, talvez sem, talvez tenha de seqüestrá-la e terminar o serviço depois. A gente nunca sabe como as coisas vão se passar. Em todo caso, o senhor não perderá seu tempo. Quando me vir seguir uma mulher sem tirar o olho da presa até o momento final, terá aprendido muito sobre o assassino. Muito mais que nos noticiários ou em minhas anotações.

Joseph gostou de ver como o escritor estava perturbado. Ele se retorcia na cadeira sem saber como sair dessa. Joseph saboreou esse mal-estar: isso o vingava das semanas que passou sozinho em Paris. Partir numa expedição criminosa com Ernest, mesmo não sabendo ainda até onde ele seria capaz de ir. Será que suas teorias sobre o assassinato em série se mostrariam válidas? Será que cometeria enfim o ato tão ansiosamente sonhado e que lhe abriria todas as grandes portas do mausoléu dos Arcimboldo? Todas as grandes portas, que felicidade! A presença de Ripper lhe seria preciosa, o ajudaria a dar com mais facilidade o passo decisivo.

— Então, o senhor me acompanha?

— Quando espera organizar essa expedição? — perguntou Ernest com uma voz embargada.

Joseph fez cara de quem está pensando e disse:

— Esta noite. Quanto mais cedo melhor.

9

Eles se encontraram no Wepler às dez da noite.

Joseph esperava Ernest diante de uma bandeja de frutos do mar. Ostras, mariscos, ouriços, camarões, lagostins e caranguejos sobre uma camada de algas e gelo moído.

— Isso contém iodo e todo tipo de vitamina — disse ele. — Sirva-se, é para dois.

Ernest sentou-se diante dele. Enquanto se servia, lamentou ter ido na conversa de Joseph. Parecia difícil agora voltar atrás, mas estava decidido a intervir se aquele louco tentasse maltratar alguém.

— Um traminer? — indagou Joseph. — Dizem sempre que é um vinho frutado demais para acompanhar crustáceos, mas a mim não desagrada misturar doce com sabores marinhos. Se o senhor não gostar, claro, a gente pede outra coisa.

Ernest respondeu que tudo bem, depois pegou com a ponta dos dedos uma ostra.

— Coma, coma — dizia Joseph, num tom que lhe lembrou Samuel quando o levava ao restaurante. (Com a diferença de que Joseph não dizia: "Viu o preço? Coma tudo", seu convite exprimia, antes, a alegria de jantar com um amigo.) — É preciso ficar forte — aconselhava Joseph —, uma árdua noite nos espera. Assassinar uma mulher requer quilômetros de asfalto, a não ser que tenhamos um raríssimo golpe de sorte. O senhor vai precisar de bons sapatos, acredite. Há noites em que a caminhada parece não ter fim.

— E, no entanto, o senhor não percorre mais do que quatro distritos em torno da praça Clichy.

— Mas é muita coisa! Um assassino serial age dentro de um determinado território. Philippe d'Argenteuil não saiu de suas terras de Poitou. Já eu, sou um assassino urbano, meu Poitou é a praça Clichy e adjacências. Foi por isso que eu quis que nos encontrássemos no Wepler, no coração do meu território. Esta noite, caro mestre, o senhor vai descobrir os caminhos e a extensão da coisa, vai ver o criminoso de dentro para fora, e escreverá sobre seu ser interior e fulgurantes páginas que lhe assegurarão a glória. Enquanto isso, coma, beba. Fique forte!

Mas Ernest estava sem apetite. Desistiu na segunda ostra, ao passo que Joseph devorava os frutos do mar com bons goles de gewuztraminer, pedia ao garçom para trazer mais ostras, depois doces, para terminar com um café e dois digestivos; pediu a conta e deixaram o Wepler.

Os dois se dirigiram ao bulevar des Batignolles.

Eram quase onze horas.

Caminharam durante mais de uma hora.

Seguiram pelo bulevar des Batignolles até a praça Prospère-Gaubaux, depois pegaram o bulevar de Courcelles, costearam o parque Monceau, passaram diante do prédio da editora Romance e tomaram a direção da praça des Ternes. Isso fez Ernest se lembrar da época em que, junto com Geoffroy — eles deviam estar no último ano colegial —, atravessavam trechos inteiros da cidade abordando todas as garotas que encontravam. Geoffroy era um paquerador nato, enquanto ele não tinha a menor vocação para isso. Mas, naquela noite, as ruas estavam quase desertas. De vez em quando, cruzavam com uma patrulha ou com guardas-volantes que mal os viam, e também com solitários da noite. Havia também casais. As mulheres lhes lançavam olhares assustados, agarrando-se ao braço de seus companheiros.

— Elas sabem o que estamos procurando — explicou Joseph. — Se estivessem sozinhas, teriam nos seguido. Algumas, pelo menos. Com a experiência, a gente percebe isso no primeiro olhar.

— Por que estão acompanhadas se têm realmente vontade de ser assassinadas?

— É o que todas querem, mas um marido, filhos, a família, um pai doente, sei lá mais o que, as impedem. Na vida, nem sempre a gente faz o que quer. O senhor sabe bem disso. Além do mais, esse tipo de encontro é imprevisível. É no último momento, quando ela se vê diante de seu assassino, quando descobre o terrível clarão que ilumina seu olhar, que uma mulher sente a irresistível vontade de lhe confiar seus últimos instantes. Julieta não via a hora de encontrar Romeu. A paixão à primeira vista foi uma forma de ela se prevenir contra o que podia nutrir em relação ao inimigo da família. O mesmo acontece com o assassino. Quando descobre o sinistro poder que ele possui, à vítima, se está predisposta a isso, só resta entregar-se.

Enquanto o ouvia, Ernest lhe fazia intermináveis censuras. "Eu queria desancar esse sujeito, ruminava, ao mesmo tempo que gostaria de saber se ele ia *mesmo* cometer um assassinato. Se ia *mesmo* matar o desejo de uma mulher... Trocadilho infame!"

Na praça des Ternes, fizeram uma parada. Joseph pareceu ter dúvida se entrava ou não na avenida de Wagram. As portas das lojas e dos cafés estavam fechadas. Ao longe, via-se o Arco do Triunfo iluminado.

— Nos Champs-Elysées é melhor — disse Joseph. — Se quiser, pegamos o metrô.

— Por que não um táxi?

— O chofer poderia se lembrar de nós. Eu passaria despercebido, mas o senhor corre o risco de ser notado.

Eles chegaram ao metrô no momento em que um trem partia. O seguinte chegou vinte minutos depois. Uma jovem mulher com uma capa de cores desbotadas subiu ao mesmo tempo que eles. Depois de rápido olhar para eles, sentou-se num banquinho bem perto e ficou fixando o chão.

Joseph cutucou Ernest.

— Acho que encontramos nossa vítima — murmurou ele no ouvido do outro.

Ele a observou longamente.

— É extraordinário! — exclamou. — Parece que ela saiu de um quadro de Toulouse-Lautrec, o mesmo do Lapin Chasseur.

A excitação deixava sua voz trêmula.

Ernest não respondeu, estava gelado.

Em Étoile, ela se dirigiu à plataforma de Vincennes. Eles atrás.

— Não adianta correr — disse Joseph —, ela já nos notou, não tentará se livrar de nós.

O corredor da baldeação estava deserto. Às vezes, vinha alguém correndo para não perder aquele trem. A mulher não tinha pressa. De vez em quando, virava-se para se certificar de que os dois a seguiam.

— Já matou muita gente? — perguntou Ernest. — O senhor age com muita tranqüilidade. Mas não deve ser muito fácil matar alguém.

— Que nada, mestre — respondeu Joseph, depois de pensar um pouco —, matar é a coisa mais simples do mundo. Só a primeira vez é que é difícil. Mas com ante-passados como os meus, criminosos que remontam às cruzadas, a coisa fica fácil.

Quando chegaram à plataforma, uma voz avisou pelo alto-falante que o serviço tinha se encerrado nas outras linhas. A mulher se dirigiu até à cabeceira da estação, seguida pelos dois homens, que se colocaram atrás dela, pois Joseph gostaria de que ela ouvisse o que eles conversavam.

— Mas o senhor tem razão — disse ele quando viu que ela os escutava —, matar é uma coisa esquisita. Sempre que ataco uma mulher, tenho uma sensação estranha. Vejo um corpo inanimado a meus pés e no entanto tenho a sensação de não ter realmente acabado com a vida dela. Como se algo dela continuasse vivo... algo que não está mais em seu corpo. Mas no ar, em torno de mim. É muito estranho.

O metrô chegou. A mulher sentou-se perto deles, de forma a não perder o que dizia Joseph. Ernest a obser-vou atentamente. Ela parecia mais jovem que de início. Quase da idade de Sabine, mas de uma espécie diferen-te, de uma outra época. Enquanto Sabine fazia o tipo sexy e apaixonadíssima, nada nessa denunciava vontade de seduzir. Os cabelos castanhos, puxados para trás sob o boné, deixavam à mostra uma testa larga, e as maçãs salientes davam a seus traços uma espécie de dignidade distante e antiga. Ela lhe lembrou a jovem mulher que lia romances no Lapin Chasseur, e ele teve certeza de que nada poderia fazer dali em diante.

— O senhor fala da alma? — perguntou ele a Joseph.

— Alguma coisa assim. A alma fica perto do corpo durante alguns instantes. Ela invade o lugar em que você matou. Se for na rua, parece que sua presença ecoa pela rua inteira. É como se a alma, surpreendida, levasse algum tempo para se acostumar com a nova situação, sem conseguir afastar-se daquele corpo ao qual estava acostumada. Pode ser que, em sua aflição, ela se volte para a única pessoa presente, isto é, o assassino, como para lhe pedir explicações. Muito impressionante, alguém berrando de desespero, e você não ouvir nada, claro, pois a rua continua inexoravelmente silenciosa, com o corpo caído no meio-fio. E, no entanto, aquilo berra, acredite, como o grito de terror ou de angústia que você não deu tempo à pessoa de botar para fora. Sentimos sua presença como se ela quisesse nos agarrar. O senhor sabe que as mulheres cortam quase sempre as unhas em ponta. Pois então, sentimos essas unhas cravadas em nós, penetrando nossa pele. Mas, no momento em que temos essa sensação, não vemos nada nem ninguém à nossa volta. Esperamos ver nossa pele lanhada, olhamos, e nenhum sinal, mas a gente sente até arder. Durante esse tempo, a voz continua a gritar. É patético e aterrador. Dá para entender por que os assassinos fogem desenfreadamente. Não é tanto o medo de ser apanhado que os assusta, mas a presença da vítima. Quanto a mim, eu me forço a ficar; foi assim que me dei conta de que a alma ficava por ali uns dois minutos, às vezes até mais. Depois, vai embora voando. Literalmente. Ela some voando e a rua recobra a calma. Não fique assim com essa cara de cético, estou falando a mais pura verdade. O senhor escreverá páginas brilhantes sobre isso. É uma sensação toda especial, às vezes difícil de suportar. Mas é o que todo assassino sente.

Ernest se voltou para a jovem mulher. Ela escutava com ar de aprovação. Ele ficou estupefato. Aquela noite tomava um rumo que ele não esperava. A mulher e Joseph. A vítima e o carrasco, ambos malucos. Unidos por uma conivência que ele não conseguia entender. Talvez mais forte que os laços tecidos pela vida, pelo desejo ou o amor. Entre os dois, Ernest se sentia sobrando. Tudo o que ele havia escrito até agora, que havia inflado seu ego de escritor postulante, aquelas frases que se juntavam em seu micro, aquela enxurrada de idéias, tudo isso lhe pareceu nada diante daquela única evidência: um imbecil estava prestes a aniquilar uma louca, ele sentiria a alma dela voar em torno de si e, em alguns dias, em algumas semanas ou em alguns meses, quando descobrissem o corpo em decomposição, reduzido às necessidades de uma macabra encenação, a imprensa daria grandes manchetes, com foto da vítima e mais um retrato falado do monstro.

E ele, Ripper, pago para isso, era obrigado a contar o fato.

E com o objetivo de fazer um best-seller.

Um escritor então era isso?

Pôr as desordens do mundo num caderno ou num micro, e esperar os aplausos?

Passaram pela estação Georges-V.

Depois Franklin D. Roosevelt.

Desceram em Champs-Elysées-Clemenceau. A mulher atravessou a rua na altura do Grand Palais e subiu um pouco a avenida. Caminhava rápido, sem que fosse possível dizer se era para se livrar deles ou para levá-los o mais depressa ao local onde desejava morrer.

Eles seguiram seus passos.

Ernest não tirava os olhos de Joseph. Estava fazendo o que gostava, como no sonho da praça de la Concorde, tendo como fundo uma música de Nougaro. Seu passo ficava mais firme, ficava mais rápido a cada passada. O calcanhar tocava o asfalto com uma força que ele não imaginava num ser tão insignificante. Nascia um caçador. Nada escapava a seu instinto. Num dado momento, o ruído, embora distante, de uma patrulha o levou a adotar um passo mais normal, como o de um transeunte que aproveita a doçura do outono para perambular pelos Champs-Elysées. Seja visual, repetia Joseph, descreva o assassino por uma atitude, um gesto, uma maneira de andar, de parar, de voltar a andar. Um assassino é um errante febril. Ele tinha razão. Quem escrevesse sobre um assassino não podia oferecer senão uma representação inteiramente fragmentada. Escrever sobre um assassino era escolher a parte pelo todo, focar as mãos que estrangulam, a faca que esquarteja, o clarão que ilumina o olhar, as pernas que percorrem a cidade. Estava pouco ligando se tudo isso era clichê, deixava de ser se o escritor soubesse insuflar-lhe vida. Diante da extraordinária transformação que se operava em Joseph Arcimboldo, Ernest compreendeu que era por meio dessa transformação que convinha fazer o assassino vir à luz. Era uma transformação bem semelhante à que lhe descrevera Samuel a propósito de Serial-Killer, tímido e reservado quanto à vida privada. Como um dobermann obeso, largado sobre o tapete, que de repente se ergue e aterroriza os presentes com seus latidos ferozes.

A jovem mulher parou diante do Marignan. Olhou a placa, depois entrou no café, acompanhada pelo assassino e pelo escritor. O bar ainda estava bem cheio. Ela foi até o bar, acendeu um cigarro, pediu um licor, bebeu de um só gole e desceu ao subsolo.

— Vou ver o que ela está fazendo — disse Joseph. — Nunca se sabe, mesmo as mais determinadas podem recuar no último instante.

Ele puxou mil francos da carteira.

— Não demoro. Pague sua consumação e peça o que quiser, mas não deixe de me esperar: é essencial que o senhor anote minhas ações em tempo real.

Sem lhe dar tempo de resposta, ele se perdeu em meio à multidão do café. Ernest hesitou um instante, depois foi correndo ver o que se passava no subsolo. Nem Joseph nem a mulher estavam lá. Correu para fora, voltou na direção de l'Étoile, e não os viu; dobrou na rua Marboeuf, depois voltou, atravessou os Champs-Elysées, pegou a direção da praça de la Concorde, nada. Em desespero de causa, voltou ao Marignan, sentou-se a uma mesa, pediu um licor, bebeu de um só gole, depois uma genciana, e mais outro licor que acompanhou com um Davidoff número quatro, o último que lhe restava.

E assim se passou uma hora.

Entre licores e genciana.

Com Geoffroy ele esperava tomando café. Geoffroy partia com a garota que eles haviam abordado juntos. Ele não ousava protestar. A garota sempre preferia o amigo. Então ele ficava esperando num bar. Quando voltava, Geoffroy se vangloriava de façanhas inspiradas nas revistas pornôs com que eles se excitavam antes. Será que com Joseph não ocorria o mesmo? Será que fora dar uma volta pelo bairro, dando um prazo razoável antes de voltar ao Marignan com uma história para boi dormir?

Mas ele estava demorando muito.

Ernest não sabia mais quantos licores e gencianas havia tomado — se embebedar de licor num café dos Champs-Elysées lhe parecia de uma total incongruência. A cabeça começava a rodar, e do outro nem notícia.

O tempo passava, as mesas se esvaziavam. Sobravam uns caras sozinhos, sem dúvida com a noite já perdida. Às três da manhã, perdeu a paciência. Chamou o garçom, pagou a conta e saiu cambaleando.

Lá fora, fez sinal para um táxi e voltou para a rua des Martyrs.

Ao chegar em casa, era como se estivesse voltando de uma noitada com amigos. Deitou-se aos trancos, exalando digestivo açucarado e licor amargo.

Sabine estava acordada.

— Trabalhou muito? — perguntou.

— Demais — respondeu ele, pego de surpresa.

— Estava no Lapin?

— Não, no Wepler. Estava superlotado, tive um monte de idéias.

— Lá, nesse café, eles fornecem micros?

Ernest arregalou os olhos.

— O que você quer dizer?

— Nada, só que você esqueceu o seu em cima da mesa, bem ao lado do bilhete que deixou para mim.

E virou de costas para Ernest sem dizer mais nada.

Nos dias seguintes, ela mal lhe dirigiu a palavra. Do salão à cozinha, ela exibia seu ar de heroína humilhada. Ernest não sabia o que dizer. Como explicar que não tinha passado a noite com uma mulher, mas com um assassino? Um especialista em mortes violentas — ou pretendente a —, que talvez tivesse matado uma mulher, ou talvez não.

Vários dias se passaram sem que ele tivesse a menor notícia daquela expedição. Nem por Joseph nem pela imprensa. Não se ouviu falar da mulher do metrô. Ninguém mencionava também um desaparecimento ou uma encenação macabra capaz de aterrorizar o perímetro maldito em torno da praça Clichy.

Mas ele não estava tranqüilo. Muitas vezes chamava por aquela mulher em seu sono. De manhã, Sabine o olhava com um ar que oscilava entre a tristeza e a hostilidade. Quinze dias se passaram sem que Joseph desse o menor sinal de vida. Fracassara em seu golpe? A menos que não tivesse tentado. Ou que nunca tivesse tentado.

Mas todas aquelas histórias e aqueles maços de quinhentos francos para nada? Para escrever tolices?

Com quem ele estava tratando?

Nem mesmo sabia como encontrá-lo. Joseph Arcimboldo, desconhecido no Minitel. Um louco — ou um assassino — sem existência conhecida.

Que fazer senão esperar tentando arrancar novas páginas de seu computador? Ele contou as peças que a vida continuava lhe pregando. Tanto com Geoffroy quanto com Joseph, ele era o patinho feio da história. Era sempre o outro que preferiam. Maryse se deu bem ao ir parar numa editora de prestígio, e ele foi para uma editora de segunda, na prateleira água-com-açúcar. Se fosse ele e um outro que apresentassem originais, o editor escolheria o outro. Ele e um outro postulando um cargo, o contratado seria o outro. Ele e um outro paquerando uma mulher, ela escolheria o outro. Incrível que aquela do metrô tivesse ido com Joseph. Será que Maryse o tinha escolhido porque não havia um outro homem em Aim'-sur-Meuse? E Sabine porque ele ficara sozinho dando autógrafos no Salão do Livro?

Ele contava tudo isso por meio de personagens que se afastavam progressivamente dos modelos que usava. Joseph se apagava por trás de seu duplo de papel. Ernest começava a gostar de maltratá-lo, igual a uma criança que desmonta aos chutes suas construções feitas de cubos. Ele procurava instalar uma bomba-relógio no edifício do texto aparentemente muito sólido, queria preparar o desastre futuro. Para ele a emoção estava na explosão que levaria tudo pelos ares. Alexandre Dumas tinha chorado quando Portos morreu. Porque gostava dele, claro, mas sobretudo porque soubera matá-lo bem. Essa morte vinha de longe, desde quando o titã passou a se queixar de dores nas pernas. Só um louco para poupá-lo, para privá-lo de uma tão magnífica sepultura de pedra desabando-lhe sobre a cabeça.

Alexandre Dumas chorara de felicidade.

Era essa a felicidade a que Ernest Ripper aspirava.

Depois daquela noite, a felicidade parecia cada vez mais distante. Era como se Joseph lhe tivesse roubado a inspiração. Ele passava dias e dias numa mesma página, quando não num parágrafo. Em vez de uma palavra puxar outra, elas formavam um conjunto sem vida que ele compunha e recompunha inutilmente. Muitas vezes elas pareciam se digladiar. Uma palavra se opunha a outra, que desaguava numa idéia talvez até sedutora, mas incompatível com as outras. Desde *Julgamento final*, ele não conseguia terminar nada. Depois de vinte páginas, perdia-se na narrativa, embaraçava-se e terminava deixando pra lá. O texto o abandonava. Agora ele conseguira quase duzentas páginas, mas chegara ao mesmo impasse.

I want you continuava em cima da mesa, ele releu o começo.

Bastava que ele a abraçasse, e ela esquecia de tudo...

E, de repente, a coisa voltou.

Talvez ele estivesse diante de um novo impulso. Tudo bem que não tivesse verdadeira ligação com o que já fizera, mas agora ele tinha talvez com que ir adiante. Os poemas para Maryse, a musa com perfume de porra de Aim'-sur-Meuse. Ele não pôde mostrar a ela porque os havia escrito depois de ter conhecido Sabine.

Era ela a musa inspiradora.

Pouco depois de terem se encontrado, ele mantivera

um diário de seus encontros com ela. Em referência a Bukowski, chamara-o: *Memórias de um velho safado*. Nada a ver, entretanto, com o desespero do poeta californiano, nenhuma suruba regada a cerveja em seus escritos. Ele evitara a linguagem crua que teria enfraquecido seu propósito. Fiel à sua estratégia dinamitadora, ele lançava a grosseria onde ninguém esperava. Não era a palavra, segundo ele, que criava o choque, mas o lugar onde aparecia. Por isso seus textos precisavam atingir um alto grau de refinamento para melhor dar asas à loucura. Evocar uma noite de amor era antes de tudo evocar numa linguagem preciosa — mallarmeara — o cheiro dos lençóis, a faina do amor, a tepidez dos corpos, os esforços, os movimentos febris, por vezes cansativos, o desencorajamento também, e enfim o momento de graça, reproduzido com uma obscenidade bem caprichada. Ele gostava disso. Esse trabalho compensava o outro das traduções. O copiar-colar deixava de ser um método de escrita, a frase se tornava objeto de reflexão, de pesquisa, ele precisava procurar o equilíbrio, a melodia secreta, para não cair na obscenidade destrutiva. Escrever assim o fazia dono da situação, dava-lhe a sensação de estar produzindo uma obra de escritor.

Ele chegou a ler trechos para Sabine. De início, ela ouvia com um brilho de excitação nos olhos, mas logo se desencantou. Não por pudicícia, dissera, ela conseguia ver um pornô na tevê sem a menor cerimônia. Mas aquelas palavras a incomodavam. Criavam uma certa instabilidade. Falavam de sexo, mas sem incluir a felicidade. Olhar nos olhos sorrindo com cumplicidade, se fosse assim, tudo bem. Mas Ernest não dava bola para isso. Ele evocava o amor de uma forma que assustava, falando de loucura, morte, trevas, dilacerações. Ela não gostava, havia coisas que não entendia, outras pareciam abjetas, sem que soubesse verdadeiramente por quê. Na realidade, ela ficava com a impressão de que aquelas páginas se dirigiam mais à burguesona com quem ele tivera um caso antes. Aquela que trabalhava na editora, dona de uma sexualidade esquisita, que pagava uns caras para saciar seus desejos. Quanto a ela, preferia o que ele escrevia para Romance. Era mais bonito, tinha mais emoção, mais sinceridade. E, além do mais, dirigia-se de verdade a ela.

Aquela reação decepcionou Ernest.

Ele precisava de público, mas Sabine o privava disso. Seus escritos se tornaram pesados, repetitivos, às vezes abertamente obscenos. Sem saber que forma narrativa ou editorial lhes dar — eles eram bem desiguais para constituir uma coletânea de poemas ou de novelas —, ele ficou tentado a jogá-los no lixo. Mas não teve coragem, deixou-os mofar nos labirintos do computador e terminou por esquecê-los.

Essa história já tinha bem dois anos, mas exumando esses textos de seu disco rígido, ficou surpreso ao descobrir que muitos haviam resistido ao tempo. Alguns faziam pensar em Bataille. Ele ali evocava Sabine como águas geladas que nos arrastam em seu turbilhão.

Infeliz de quem mergulhasse nelas.

Será que poderia utilizar isso para colocar a máquina novamente para funcionar? Associar as vítimas do assassino ao desejo e à morte? Seria possível se ele conseguisse integrar isso à sua narrativa.

O que o levou a reler o que escrevera inteiramente.

Enquanto isso, Sabine girava à sua volta.

Sempre em seus minúsculos triângulos de algodão e com sua transparente camisola de náilon. Parecia sua vestimenta de trabalho. Quando ela voltaria... Não dava para entender. Quando ela voltaria ao seu supermercado? Antes, saía de manhã, voltava à noite. Agora não saía antes de três ou quatro da tarde e voltava quase sempre bem depois de meia-noite. Plantão noturno, ela dizia. Ainda havia cliente àquela hora da noite no supermercado? Ele até pensava em ir até lá verificar, mas, francamente, não tinha tempo para isso. Também não tinha tempo, ou melhor, vontade de ir ao Lapin. Parecia-lhe que aquele lugar servia apenas para seus encontros com Joseph e para traduzir seus folhetins. Nem um só minuto cogitou se deslocar até lá com seu notebook.

Por isso, ele suportava Sabine, aquela cara de sofrimento e os olhos cheios de tristeza. Quando ela se aproximava do computador, ele dava um jeito de ela não ler. Mas ela não era boba. A fúria com que Ernest batia no teclado, seguida de longos minutos de perplexidade, não correspondia à felicidade tranqüila de seus dedos quando digitavam um livro para Romance. Ela observara os dedos de Ernest, eles se arrastavam sobre o teclado, demoravam-se nas letras como se ele tivesse dificuldade de tirá-los dali, como se, entregando-se à doçura do amor, tentassem ficar o maior tempo possível no mesmo lugar, como uma daquelas heroínas favoritas que gostaria de que sua felicidade fosse eterna. Quando Ernest escrevia assim, ela se sentia unida a ele. Seus dedos tocavam uma música que nada tinha a ver com o toque irregular que eles produziam naquele momento.

Normalmente, eles acariciavam. Agora, eles feriam.

E essa fúria não lhe dizia nada de bom.

Ernest estava a mil léguas dessas preocupações.

Ele teve extrema dificuldade em inserir seus trechos eróticos. Mas isso era pouco diante do mal-estar que sentia ao relê-los. Nada mais enganador que a inspiração. Sim, era difícil resistir à embriaguez das frases que se sucediam inopinadamente. Mas ao reler, impôs-se a idéia, a princípio de forma disfarçada, depois com mais certeza, de que, se o barulhinho do teclado era uma música embriagadora — tão embriagadora como a de uma metralhadora detonando tudo à sua passagem —, a rapidez da inspiração, e portanto da escrita, não significava nada, não tinha nenhuma importância.

A quantidade de frases também não.

Ele continuava insatisfeito por mais que achasse que elas se encadeavam naturalmente, que estivessem funcionando muito bem as idas e vindas entre o presente e o passado, a associação de temas tais como a solidão do escritor e a do assassino, a paixão de Samuel por Serial-Killer e o ridículo do Joseph, seus desenganos amorosos com Maryse e seus embates sexuais com Sabine.

Algumas passagens não faziam sentido. Por exemplo, ele resolvera recuperar aquelas da versão destinada a Joseph. Tomadas isoladamente, até que tinham algum valor, mas embaralhavam seu objetivo sem conseguir se encaixar. Vinha-lhe à cabeça o que dizia Maryse a respeito de *Julgamento final*: "Suas frases não levam a nada, você pensou que estivesse escrevendo um romance".

Perdera tudo? Cento e noventa e três páginas para nada?

Teria de recomeçar do zero?

Ele foi tomado por uma angústia insuportável. A angústia de um homem que não acreditava mais em seu texto.

Era meia-noite. Sabine ainda estava no seu plantão.

Foi quando o telefone tocou.

Ele não atendeu.

A voz de Joseph soou na secretária.

"Quinze dias!", pensou Ernest, "Esperou quinze dias para ligar!"

— Por que não ficou no Marignan? — vociferou Joseph. — Eu precisava lhe contar o que aconteceu com aquela mulher, era de suma importância. Precisava lhe contar tudo logo depois. Teria sido como se o senhor estivesse me vendo em ação. Em vez disso, preferiu voltar para casa. Eu o vi chamar um táxi. O senhor tinha em mãos um tema magnífico, e foi dormir. Isso é comportamento de escritor? Fiquei tão decepcionado que demorei a lhe telefonar.

Ernest ia pegar o telefone para dizer que ele deixasse de conversa fiada, quando uma frase o deixou imóvel: "Não adianta se fingir de morto, sei que o senhor está aí!".

Não foi o conteúdo da frase que tocou Ernest, mas o tom. Um tom de certeza. Joseph *sabia* que ele estava em casa. Parecia até que ele estava *ali* com ele. Sua voz o acompanhava, o tom subia quando ele se dirigia para o fundo da sala, depois baixava quando voltava para a janela. Até parecia que era dali que Joseph falava. Em certo momento, Ernest foi para o corredor, a voz percebeu, o jeito de falar se acelerou como para tentar retê-lo, e disse: "Espere, ainda não terminei".

Ernest se precipitou até a janela e o viu.

Ele estava bem perto, a alguns metros, somente. Na janela em frente, do outro lado da rua. Numa mão, ele tinha o binóculo, na outra o celular. Ele acompanhava tudo de camarote.

Joseph também o viu. Fez um gesto de surpresa, correu para dentro e fechou a janela. Calou-se quando dizia: "... e eu lhe asseguro que...". O que ele podia assegurar? Que o espreitava havia meses? Que ele aterrissava do nada em sua vida, instalava-se diante de seu apartamento e ali ficava, de tocaia. Foi essa expressão que lhe veio à cabeça. De tocaia. Divertindo-se à sua custa. Não para olhar o desfile de Sabine com suas minúsculas calcinhas nem para ver os dois na cama, mas para surpreendê-lo ao computador. Para espreitá-lo num ato de extrema intimidade. Comparado com aquilo, o espetáculo de uma nudez não era nada — os stripteases perfeitamente ordenados de Pigalle não mostravam nada —, enquanto espreitar, vigiar, tocaiar, no sentido mais preciso e mais total da coisa, era antes de tudo surpreender a loucura que animava uma nudez, ou a nudez de um escritor em plena ação. Lá, era um ótimo ponto para uma tocaia. O verbo tocaiar recuperava seu sentido original: armar uma emboscada para atacar ou matar. Ele chegava assim à sua verdadeira dimensão, o voyeur era um assassino. Exercia sobre aquele ou aquela que olhava uma violência que equivalia a um assassinato. Era esse seu prazer. Mesmo que não fizesse nenhuma idéia a respeito disso, mesmo que olhasse com a melhor das intenções.

Ernest achou essa violência insuportável.

Num átimo, tomou uma decisão.

Não ficaria perto daquele indivíduo. Só o encontraria em seu texto.

No lugar que ele lhe havia destinado.

Antes de partir, deixou uma carta para Sabine.

Explicou-lhe que precisava ir com urgência ficar ao lado de Samuel. Sabia que ela compreenderia. Ele era o único parente que lhe restava, acolhera-o quando era criança, cercara-o de carinho e amor. Samuel sofria por causa de um terrível acidente vascular cerebral, precisava de cuidados. Sem dúvida, ficaria várias semanas — talvez meses — cuidando dele. Mas daria notícias. Ela devia se mostrar forte, porque a coragem dela o sustentaria e a felicidade os esperaria quando, ao se encontrarem nos braços um do outro, estivessem mais decididos que nunca a enfrentar a vida juntos.

Ele deixou a carta bem à vista sobre a mesa de trabalho, depois arrumou alguns pertences numa bolsa de viagem, tomou cuidado para não amassar as cento e noventa e três páginas que acabava de imprimir e, depois de ter verificado que Joseph não o vigiava, arriscou-se a sair, todo cheio de precauções.

Na praça Pigalle, chamou um táxi, ao qual indicou o endereço do hospital, no bulevar Picpus.

Estava contente consigo mesmo.

E com outras coisas mais.

Enquanto o táxi corria na noite, ele pensava que ia enfim rever Samuel.

Ele tivera razão de jogá-lo na fogueira.

Agora ia deixar o mundo estupefato.

III
SOLO

10

Convencido de seu sucesso no pano verde, Alexis se instalou com Jackie na suíte "Bruno Coquatrix" do Grande Hotel. Durante mais de um mês, eles levaram uma vida fácil e luxuosa.

O que não impediu Alexis de continuar a se ocupar com suas clientes enquanto Jackie ia ao cassino.

Uma noite, ela lhe contou que tudo que ganhara tinha ido embora no dezessete. Vendera seu último anel e apostara o dinheiro de sua passagem de volta a Paris sem conseguir reavê-lo. "É disso que gosto no jogo", disse ela, impávida. "Essa vida idiota feita de luxo e pobreza. Mas essa situação não vai durar. Sairei dessa, da forma mais inesperada, evidentemente."

Desta vez, ele a acompanhou ao cassino.

Ela apostou mais uma vez no dezessete. O naufrágio era iminente. Alexis pegou sua última ficha — cem francos — que jogou no sete no momento em que o crupiê anunciava "Jogo feito". Para grande surpresa de Jackie, saiu o sete. Ele completou os cem francos que haviam ficado sobre esse número de forma a atingir três mil francos — o máximo autorizado — para a roda-da seguinte e apostou o restante no vermelho, ímpar, inferior a dezoito, primeira coluna e primeira dozena.

O sete saiu de novo.

Jackie deu um grito de vitória.

Uma fantástica embriaguez tomou conta de Alexis nesse momento. Em duas rodadas se via dono de várias dezenas de milhares de francos. Que homem, mesmo entre os mais exímios, ganhava com uma mulher o que ele ganhava com um número? Nesse instante, compreendeu que o jogo lhe enviava um sinal decisivo: dizia-lhe que, para um audacioso de sua estirpe, a fortuna estava mais no pano verde que entre as coxas de uma cliente. Jackie lhe cedeu o lugar diante da mesa. Esse gesto acabou de persuadi-lo: o virtuose do jogo tomava o lugar do profissional do amor.

Ele deixou dois mil francos como gorjeta, depois fez sinal ao crupiê para lhe entregar as somas deixadas sobre a mesa. Timidamente, Jackie sugeriu o dezessete.

— Três mil no dezoito — ordenou.

— Por quê? — perguntou Jackie.

Ele não respondeu, completou a aposta, colocando sempre o máximo nas combinações conjugadas. Seis mil em *split* — quinze e dezoito; dezessete e dezoito; vinte e um e dezoito —, nove mil na transversal plena — dezesseis, dezessete, dezoito —, doze mil nas quinas, mais dois mil na segunda dozena e o mesmo na terceira coluna.

Assim decidira o mestre das cifras.

Jogo feito.

Rangido metálico do cilindro, ruído da bolinha se chocando contra os números e os orifícios do círculo, silêncio pesado em torno da mesa, a sorte estava lançada. Jackie colocou a mão sobre a de Alexis e apertou-a cada vez mais forte enquanto a bolinha continuava sua corrida em torno do cilindro.

— Dezoito, vermelho, par, inferior a dezoito — anunciou o crupiê.

Um murmúrio de estupefação percorreu a mesa. Todos os olhares convergiram para Alexis. Jackie estava lívida. Uma alegria inusitada varreu seu corpo. Sua mão se crispou sobre a de Alexis, onde cravou as unhas sem se aperceber. Alexis também nem sentiu. Estupefato, pálido, distante de qualquer dor, ele ampliava seus domínios no reino dos números, com absoluta indiferença.

Com as apostas que ficaram no pano verde, eles ultrapassavam os dois milhões de francos. Ele deixou uma gorjeta de vinte mil e completou as apostas restantes no dezoito, jogando o máximo permitido em todas as combinações conjugadas. Em *split*, transversal plena, sexteto, quinas, dozenas, depois em apostas simples: par, vermelho, inferior a dezoito. Fazendo um cerco sistemático ao dezoito. Imitado por quase todos os jogadores. Pilhas de fichas se acumularam nessas combinações, dominando as apostas dos audaciosos que confiavam na própria intuição. O crupiê lançou a bolinha. Alexis observou que, diferentemente das vezes anteriores, sua mão tremia um pouco.

A bolinha chocou-se contra o cilindro. De novo, o silêncio pareceu interminável.

— Dezoito, vermelho, par.

Uma torrente de aplausos saudou essa nova vitória. A notícia se espalhou pela sala, os jogadores de *blackjack*, de trinta-e-quarenta, de bacará correram para ver o acontecimento. Olhares admirados pousavam em Alexis. Só faltou ser carregado nos braços.

O crupiê levou um bom tempo para pagar os ganhadores. Houve os costumeiros litígios entre jogadores que disputavam os mesmos ganhos, mas os comissários em volta da mesa puseram ordem no recinto. Ninguém, entretanto, ousou contestar os ganhos de Alexis. Ele era intocável. Representava vários milhões de francos.

Uma potência financeira.

Quando tudo foi pago, a direção anunciou que estava fechando a mesa. Eles se instalaram na mesa vizinha, seguidos por uma multidão de jogadores e curiosos. Alexis fez sua aposta, e os números rolaram. Três jogadas depois, em meio aos clamores de entusiasmo, a mesa fechou. Mesa seguinte, a mesma coisa, e assim por diante, de mesa em mesa, derrubando as bancas uma após outra.

Eles deixaram o cassino com mais de quinze milhões.

Deitados na cama, ficaram um bom tempo em silêncio, a fortuna os deixara passados. Ao lado deles, uma mala oferecida pelo cassino, cheia de dinheiro.

— Isso ultrapassa tudo o que eu tinha na cabeça — disse Jackie. — Nunca senti felicidade igual. Quando entrei pela primeira vez num cassino, tive a impressão de estar entrando numa igreja. Eu me perguntei se Deus reinava sobre os números. Pensei que era para encontrá-lo que tinha ido lá, porque não o havia encontrado em nenhum dos lugares onde era celebrado. Se ele estava em alguma parte, só podia ser ali. E eis que encontro você. Aquele que reina sobre os números, não é Deus, mas um homem que vive das mulheres. Que me deu prazeres que nunca vou esquecer...

Alexis escutava essa mulher completamente submissa aos caprichos da bolinha de marfim. Suas confidências pareciam deixá-la aliviada.

Ela abraçou-o fortemente.

— Faça o que Deus não pode fazer comigo — disse ela. — Arranque minha roupa e me foda como fode suas clientes. Cobre quanto quiser.

Ele não se fez de rogado, arrancou-lhe a roupa, fazendo-a voar como fazia com a de Maryse.

A diferença foi que ele não cobrou nada.

Deixaram Balbec no dia seguinte. Primeiro fizeram compras para uma longa viagem, renovaram inteiramente o guarda-roupa, compraram *cash* um Alfa-Romeu Spider V6 vermelho berrante e, depois de deixar gorjetas principescas por onde passavam, tocaram para Monte Carlo.

Chegaram lá na mesma noite e pegaram uma suíte no Hotel de Paris.

Embora fosse outubro, o ar lhes pareceu de uma doçura extrema.

Primaveril, diríamos.

Eles iam estourar as bancas.

— Sim, gostei de seu texto. Encontrei as qualidades que eu via em você. É bom de ler, tem senso de humor, um estilo muito visual, mas ainda falta.

Essa resposta não surpreendeu Ernest, mas lhe agradou. Era também por isso que tinha ido. Para ouvir Christine Etchigolan lhe dizer que ele era capaz de escrever.

Ele apreciou a rapidez de sua reação. Uma semana depois que lhe enviara os originais, ela marcava aquele encontro. No dia seguinte, ele adentrava a Montpensier, praça Saint-Germain-des-Prés, longe das terras malditas do assassino e da xaropada de Romance. Ali, como em Condorcet, cultivavam-se o antigo e a tradição. Janelas *à la française*, belo pé-direito e silêncio de bom quilate.

Christine Etchigolan continuava a mesma, mas tudo em sua atitude exprimia a satisfação de estar em Montpensier.

Ela acendeu um cigarro, soprou a fumaça para cima e continuou:

— Mas as qualidades que o senhor mostrava em Romance não bastam. Lá, era obrigado a escrever com a gramática no colo. A correção sintática compensava a pobreza do objetivo. Daí esse seu lado um pouco colegial. O senhor é bem melhor quando se deixa levar, quando esquece a gramática para escutar seus impulsos, mesmo que corrija logo depois. Há trechos que decolam literalmente. Por exemplo, quando o senhor massacra esse pobre Arcimboldo... Que idéia, essa linhagem de criminosos que vem lá das cruzadas, onde foi buscar isso? E também, Arcimboldo? Por que um nome assim?

— Por causa do desenhista que pintava cabeças com frutas e legumes. Achei que ele poderia ter alguma relação com essa coisa de retrato falado do assassino serial. E também porque esse nome tem algo a ver com a commedia dell' arte.

— Não é um conhecido seu?

— Não, é uma soma de pessoas com quem cruzei em minha vida. É difícil dizer quem precisamente.

Ele gostou dessa resposta. Uma verdadeira resposta de escritor, tal como poderia dizer a um jornalista se houvesse oportunidade.

212

— As passagens eróticas também são muito boas. Inspirou-se em *I want you*?

— Ainda não traduzi uma linha — respondeu Ernest, muito feliz de estar ali. — Eles já devem ter me esquecido.

— Que nada, eles vão publicá-lo, eu os conheço... Voltando a seu texto, não se deixe levar por questões de sintaxe, pense que está trabalhando num verdadeiro romance, não numa porcariazinha água-com-açúcar. O que conta é a invenção, a liberdade. Não tenha medo de se arriscar.

Ela viu que Ernest adorou aquela referência a "verdadeiro romance", e prosseguiu:

— Mas ainda falta para ficar no ponto — disse ela, esmagando o cigarro no cinzeiro abarrotado até as bordas. — Primeiramente, a gente se pergunta o que une os episódios entre si. Alguns estão muito bem-feitos, mas isso não basta. Não que esteja necessariamente faltando uma intriga, com fio narrativo preciso, mas acho importante que um texto tenha uma dinâmica de leitura, que o leitor sinta que está avançando. Pouco importa para onde. Nem é preciso saber, podemos descobrir só no final, ou nem descobrir, a questão não é essa, mas não deixe a sensação de que a cada capítulo estamos lendo um novo romance. Devemos nos sentir no mesmo livro. O senhor me entende?

Ele entendia muito bem. Maryse lhe fizera essas mesmas críticas. Mas as de Christine Etchigolan não tinham maldade.

— Talvez o senhor pudesse centrar essa história em Arcimboldo, parece que ele o inspira, ou naquele velho que delira sobre Serial-Killer. Ou talvez tentar criar um elo entre os dois, o senhor faz isso entre o assassino de araque e o da sua infância que ele faz vir à tona... Enfim, escolha o caminho. Tente encontrar uma linha e se mantenha nela, livre para tomar todas as liberdades que achar necessárias.

Outra parada. Outro cigarro.

— Tenho uma ressalva a fazer. Alguma coisa me incomoda neste texto. Por momentos parece que o senhor está escrevendo por encomenda. Como se alguém tivesse lhe pedido para contar as grandezas e misérias do assassino serial. Percebe-se que isso lhe desagrada, que nada tem a ver com o senhor. As páginas mais bem-sucedidas são aquelas em que o senhor esquece seu assassino e deixa fluir o que está no seu íntimo. É nesse momento que aparece a obra de escritor. Quando põe em cena seu imaginário, aí dá prazer lê-lo. Uma encomenda pode dar um bom produto, mas não um livro. Eu prefiro um livro. Se vim para Montpensier, foi por isso, e se eu publicá-lo será por isso também. Seu texto tem que me convencer. Eu não venderei lá grande coisa talvez no começo, mas se a coisa vem de dentro, as chances de sucesso são maiores. Não obrigatoriamente, mas é um risco que posso correr. Aí estão seus originais, agora é com o senhor, se estiver disposto também a isso.

Ao deixá-la, Ernest se sentiu um pouco decepcionado. Pelo rumo que o encontro foi tomando, ele achou que ela ia propor um contrato ou — mesmo que ele não visse muito bem aonde aquilo ia dar — um contrato inicial para um romance ainda embrionário.

Era fim de outubro, o frio já estava chegando. As pessoas caminhavam encolhidas em seus casacos, mas ele não teve vontade de pegar o metrô.

Desceu o bulevar Saint-Germain, continuou pelo cais Saint-Bernard e de Austerlitz, atravessou a ponte Charles-de-Gaulle, passou em frente à gare de Lyon, depois subiu o bulevar Diderot até Nation. Duas horas de caminhada, originais embaixo do braço, pensando nas palavras de Christine Etchigolan.

Um texto em que ela acreditasse?

Um jeito de descartá-lo ou ela fora muito clara?

Por que ela o publicaria se não acreditasse? Ele não era famoso, não fazia parte da política nem do showbiz, nem mesmo um assassino serial era. O que havia proposto a um editor? Nada, a não ser um livro que o deixaria com vontade de quero mais. Dominado pelo talento. Isso garantia a publicação? Não obrigatoriamente. Era um risco a correr.

Isso ou *I want you*.

Ele mal notou nas vitrines dos quiosques e das livrarias a manchete de *France-Soir* perguntando: "Quando o assassino serial voltará a atacar?".

Era a última de suas preocupações.

Ele tinha um livro a escrever. Um livro que passasse credibilidade. Só lhe restava pôr mãos à obra ou descobrir que era incapaz.

As coisas sérias estavam começando.

Ao passar diante de uma cabine telefônica, pensou em ligar para Sabine. Desde que sumira, ele não lhe dera nenhuma notícia, mas estava sentindo muito frio, e seu cartão telefônico tinha se esgotado.

"Preciso comprar outro", pensou, empurrando a porta do enorme prédio que dominava o bulevar de Picpus.

A carta de Ernest deixara Sabine transtornada.

Ela se lembrava ainda do velho tio e das reticências de Ernest ao falar dele! Por pudor, como Sébastien, que não quisera dizer a Solange que estava cuidando da velha tia doente. Quando soube, a heroína de *Eu acredito na felicidade* se precipitara para lhes levar todo o reconforto e a ajuda de que era capaz. Se Ernest lhe tivesse pedido, ela teria feito a mesma coisa.

Mas ele não lhe pedira nada e já fazia dois meses que não dava notícias. Ela se sentia desamparada. Por que seus relacionamentos tinham de ser tão complicados? Será que não teria sido melhor ter dito a ele que fora despedida do supermercado? Não estava certa de ele ter engolido aquela história de trabalho noturno. A preocupação a torturava. E se fosse esse o motivo de seu silêncio?

Logo sua tristeza cedeu lugar à dúvida. Um mês antes ela encontrara uma mensagem na secretária: uma mulher acusava recebimento de uns originais e assegurava que os leria o mais rápido possível. Desde então, ela pensava nisso constantemente. Seria a burguesona da editora, a mulher sexualmente desequilibrada? Ernest tinha jurado que não a via mais. Suas suspeitas de Épinay, quando da dermatose psicossomática, teriam fundamento? Samuel paralisado por um acidente cerebral? Longas noites ao seu lado? Ele estava era com a burguesona, sim! Desde que perdera o emprego, Sabine não tinha mais ilusões. Descobria a crueldade do mundo. A infelicidade fez com que também descobrisse a crueldade de Ernest quando ela precisava dele.

Felizmente, havia os estágios na ANPE, senão a vida

estaria insuportável. Na ANPE, os instrutores eram calorosos, atentos. Sabiam despertar o interesse dos alunos. Entre os cursos que eles davam, ela escolhera os voltados para o contato e o aconselhamento. Nisso ela se sentia à vontade. Sentia-se muito bem dialogando, como agente mediador em bairro problemático, auxiliar na prevenção da delinqüência, conselheira educacional ou auxiliar de disciplina em liceu com alunos-problema — como aquele em que ela estudara —, ou ainda assistente de deficientes físicos, especialista em terceira idade ou acompanhante de pacientes terminais. Ou seja, todo serviço que, de uma forma ou de outra, exigisse responsabilidade. Ela seguia os conselhos dos instrutores, cuidou de si mesma, esmiuçou as ofertas de emprego, enviou o currículo para tudo o que foi canto e se apresentou em entrevistas de seleção onde prometeram entrar em contato. Um emprego numa perfumaria para clientela fina seria o melhor, mas era sempre a mesma coisa, precisava de um pistolão.

Aproveitando o crédito de Ernest, ela convidava os instrutores e alguns colegas para irem ao Lapin. Pouco acostumados a tanta mordomia, eles se esbaldavam em boas refeições, regadas com os melhores vinhos. Marmaduke simpatizara com ela, ela pedia o que havia de mais caro. Sempre preocupado em servir da melhor maneira possível, ele perguntava por Ernest. O que aconteceu com ele? Faz tempo que não o vemos, aguardamos com interesse seu próximo livro, transmita-lhe nossas lembranças etc. Isso tudo num tom muito educado. Depois, ela saía com um namoradinho, e terminariam com um Pétrus ou um Château-Pichon-Longueville que levavam a conselho de Marmaduke.

217

Algumas noites, ela saía tão bêbada que não conseguia pôr um pé na frente do outro.

Ou perceber que um homem sem nada de especial estava interessado nela.

Ele a esperava na saída do Lapin. Tudo, nas atitudes dele, até a insignificância de seu tipo, indicava o homem habituado a seguir as mulheres.

Mas ela nem o via. A cara cheia de Saint-Émilion, e ocupadíssima em beijar seu namoradinho do momento.

E o homem era muito, muito discreto.

E a seguia por toda parte.

Ernest saía sempre bem cedinho.

Ele deixava o quarto de Samuel na ponta dos pés, pegava o metrô em Nation, direto até Anvers, e de lá ia para a rua Rodier. Passava dias inteiros tentando arrancar segredos dele, anotando no caderninho o menor detalhe ou a menor lembrança que lhe vinha à memória.

Primeiramente, ele parou no 29, diante do prédio que fazia esquina com a rua de la Tour-d'Auvergne, contemplava longamente as janelas do terceiro andar — onde vivera com Samuel —, depois entrava na rua. Ele a percorria como se percorre um livro, em que cada página tivesse conservado fragmentos de sua vida. No 58, havia uma placa com a inscrição: *Aqui viveu Émile Reynaud, 1844-1918, pioneiro do cinema e do desenho animado.* "Um grande cineasta", dizia Samuel. Quando Ernest lhe perguntava o que Émile Reynaud tinha feito, ele respondia: "Grandes filmes". Depois, consultando o dicionário, soube que Émile Reynaud tinha criado o teatro óptico a partir do praxinoscópio, e que era um precursor do desenho animado. Mais adiante, no 48, estava o Woodstock Hotel, com sua fachada malva e rosa. Uma novidade que fugia a suas lembranças. No lugar não havia um restaurante ou um café? Ele revia uma cervejaria onde os homens desapareciam em meio a uma nuvem de fumaça. Aquela fumaceira ficara em sua memória. Os olhos ardiam, mas aqueles homens não tinham jeito. Cigarro no bico, abriam caminho para um enfisema e um câncer de pulmão. Muitos eram sacudidos por fortes acessos de tosse, pigarreavam e escarravam com força. Xingamentos ressoavam por toda a sala, fazendo um escarcéu dos diabos. Ernest não estava certo de que essa sala fosse no 48. Preferia, sem ter muita certeza, Le Coin des amis, o café na pracinha triangular no fim da rua Rodier. O trajeto até o prédio de Samuel era mais ou menos aquele, mas não o lugar. Não adiantava procurar ali os vestígios de um passado magnífico. Ernest sempre encontrava os mesmos indivíduos sentados ao balcão diante de um café com creme ou de uma taça de vinho branco, o mesmo garçom desalinhado — um mundo o separava do irrequieto Marmaduke do Lapin — e o mesmo casal de velhinhos caquéticos, bebendo um diabolo grenadine na mesa do fundo. Tinha-se a impressão de que eles esperavam o fim do mundo bebericando um troço baratinho. Nada a ver com a sala exuberante de antigamente onde se jogava *jacket*, dominó, *gin-rami* ou bridge, onde se comia pistache, se bebia café forte, fumava-se cigarro egípcio e se praguejava com as palavras certas. Ernest adorava quando os dominós batiam na mesa com um barulho seco e preciso. Um barulho de expert. Por isso ele lamentava que seu tio preferisse as cartas, silenciosas demais para seu gosto. Aquela sala, com todos os seus sons e sua neblina de fumaça, era um dos raros lugares onde Samuel esquecia Serial-Killer. Ele se sentia bem entre aqueles homens barrigudos que tinham se dado bem nos negócios, bastava ver como se vestiam: corte impecável, tecidos de lã pura, ou cem por cento casimira, ou lã e seda misturadas (sessenta e cinco por cento lã, trinta e cinco por cento seda). O que não os impedia de abrir seus coletes e muitas vezes desapertar o cinto e os primeiros botões da braguilha para desafogar a pança. Os menos abastados ficavam em volta dos bem vestidos. Acompanhavam as partidas aprovando com a cabeça as boas jogadas ou rindo por dentro quando viam um erro de estratégia. Não jogavam, mas entendiam do jogo. Sua dignidade estava nessa capacidade de comentar uma jogada, como se assistissem a uma partida de futebol pela tevê. Era assim que Ernest compreendia suas mímicas. Eles formavam o círculo dos sem-dinheiro que se entendiam. Dava para reconhecê-los pelas roupas mais simples e por aquele lado meio bajulador que os pobres têm em relação aos ricos. Que jogavam firme, apostando alto. As cartas voavam sobre as mesas. Samuel fazia parte da festa, concentrado em seu jogo, contando e recontando os pontos que tinha na mão. Trocando palavrões assustadores com seus parceiros, às vezes numa língua estranha. Uma língua dura e pedregosa que batia tão duro quanto os dominós sobre a mesa. Por uma jogada errada, uma aposta perdida, uma carta ruim, ele era tomado por raivas homéricas. Uma vez, foi depois de *Os dez mandamentos*, de Cecil B. DeMille, no Paramount Ópera, o espetáculo de Samuel brandindo suas cartas, destratando seu parceiro, lembrava Charlton Heston furioso, jogando as Tábuas da Lei sobre seu povo. Essas explosões não assustavam Ernest. Por toda parte, as pessoas falavam zombando dele: "Se incomode não, Samy, é a vida!". Cartas na mão, Samuel tentava explicar o motivo de sua explosão, mas suas palavras se perdiam em meio à fumaça e à algazarra dos outros jogos. Ele então se sentava praguejando, mas, se estourava uma discussão na mesa vizinha, não deixava de lançar em volta suas maldições. Freqüentemente, Ernest achava que aquela ira não era real. Pois ele voltava todo lampeiro para casa, mesmo que tivesse perdido. Apesar do medo que tinha dos acessos de fúria do tio, ele tinha prazer em acompanhá-lo ao café, orgulhoso de vê-lo tão bem enturmado com pessoas que gritavam tão alto. Que, entre duas partidas, se queixavam dos tempos difíceis, do fisco e de suas mulheres. Tudo teria sido perfeito para Ernest se a solicitude de que ele era alvo não o fizesse ter medo de ficar em casa. Pois de repente descobriam que um lugar onde se joga, se fuma, se bebe e se diz palavrão não é de jeito algum indicado para uma criança. "Você não devia trazer o garoto", diziam a Samuel. "Fumaça faz mal aos pulmões. Seria bom ter uma mulher para cuidar dele. Na sua idade, você deveria ter uma." Depois caíam na risada. E, para seu grande alívio, logo o esqueciam e voltavam às piadas cujo sentido lhe escapava.

À noite, quando ele achava ter feito um apanhado razoável de lembranças, voltava ao hospital. Samuel já estava dormindo. Ernest se sentava ao pé de seu leito, relia as anotações ou pensava na trama capaz de criar, como dizia Christine Etchigolan, uma dinâmica de leitura.

Ele se sentia bem no quarto de Samuel.

Quando, dois meses atrás, voltara ali, tivera a impressão de nunca ter se ausentado. Havia o mesmo silêncio crepuscular e aquele cheiro de leite derramado que fazia Maryse vomitar. Era um lugar onde um homem morria aos poucos. Diante da cama, na tevê, numa imagem congelada, o Serial-Killer de sua infância em pleno arrebatamento oratório. A boca escancarada, os olhos arregalados, o bigodinho raspando as narinas. Quem o havia deixado naquela rigidez? Aproximando-se da cama, Ernest descobrira a mão esquerda de Samuel crispada no controle remoto. Sem o leve assobio da respiração, parecia um morto. Um velho em seu leito, um orador louco congelado em sua eloqüência.

Duas imagens congeladas, uma encarando a outra.

A respiração de Samuel era pontuada por borborigmos, em intervalos regulares. Ernest descobriu que eles formavam palavras. Essas palavras, por sua vez, formavam frases. E as frases, uma história começada havia muito tempo. Samuel repousava naquele quarto com toda sua vida. Serial-Killer fora reencontrá-lo ali, companheiro de uma fidelidade absoluta.

Inclinado sobre o corpo quase morto do tio, o ouvido bem próximo da respiração, Ernest aprendia a captar os gorgolejos que lhe escapavam da boca semi-aberta. Depois, ele os lançava no notebook para devolvê-los ao mundo.

Esse era seu trabalho de escritor.

Ele se instalou naquele quarto. Trouxeram-lhe uma cama de armar, e ele teve acesso às comodidades que um hospital oferece aos familiares de um moribundo.

Viveu com o dinheiro de Joseph Arcimboldo, dormiu ali, fez suas refeições ali, e só saiu para tomar ar fresco no bulevar de Picpus, ou ir atrás das lembranças na rua Rodier.

Escreveu mais depressa do que imaginara.

A fluência do texto tomou forma. Construiu-se em torno do contrato literário que ligava Joseph à personagem principal (que ele chamou de Ernest, como ele). Joseph se transformou no químico que combinava os elementos cuja reação revelava ao herói um desejo de escrever que o possuía inteiramente. O assassino serial, a linhagem prestigiosa e outras idiotices parecidas, tudo isso ficara para trás. Isso deixou de ocupar o primeiro plano, pois esse livro seria o testemunho, inicialmente, do milagre por meio do qual um indivíduo se isola de seus semelhantes, dá as costas ao mundo e aos que lhe são caros para se entregar aos austeros embates de um tratamento de texto. Ridicularizado em seu modo de ser, Joseph seria o operador do milagre, mas não lucraria com isso, o desfecho testemunharia seu fracasso. A história se desenvolvia, com fio condutor e encadeamento narrativo fluente. Às vezes, esquecendo que estava num hospital, Ernest deixava sua alegria vir à tona. Dançava em torno de Samuel, que, partilhando sua exaltação, ritmava a dança com sua mão sadia. Incidentemente, sempre segurando o controle remoto, punha o Serial-Killer na pose de vociferação.

Este também participava da festa.

As peregrinações à rua Rodier continuaram ainda por algum tempo. Um dia, atravessando a avenida Trudaine para chegar lá, Ernest viu Maryse saindo de um prédio de luxo.

Ele foi tomado por um grande espanto. Estaria ela vindo de um encontro com um de seus autores ou com um de seus gigolôs? Não deu para saber se o vira, mas ela dera a impressão de fugir. Entrou no Austin, ligou e partiu bruscamente.

No mesmo instante, ele desistiu da rua Rodier.

No dia seguinte, ligou para Sabine. Por insistência dela, levou-a até Samuel. Ela quase desmaiou ao vê-lo. No entanto, encorajou-o a ficar tomando conta do tio. "Serei forte", prometeu, engolindo as lágrimas. "Primeiro pense nele, que está precisando de você. E, também, aqui você pode trabalhar no seu livro." Ernest teve a impressão de que ela o descartava, ainda que sua tristeza parecesse sincera.

De qualquer forma, ela não voltou a pôr os pés no hospital, e foi ele que voltou para vê-la. De preferência à noite, para escapar da vigilância de Joseph. Este já os tinha seguido quando ele levara Sabine ao hospital. Para despistá-lo, ele correra até o metrô e saltara no vagão no momento em que as portas se fechavam. Tudo isso com Sabine, que não estava entendendo nada. Sempre que ia à rua des Martyrs, Ernest via Joseph na janela com seu binóculo. Ele corria a toda pressa até seu prédio, digitava nervosamente o código, empurrava a porta e se jogava literalmente no corredor.

Uma vez em casa, evitava acender as luzes. Ia tateando até o quarto de dormir. Sabine nem sempre estava lá. Sempre aqueles serões! Mas às vezes acontecia de encontrá-la na cama. Em pleno sono. Deitava-se ao lado dela e faziam amor. Ele a ouvia dizer frases sem sentido, palavras que ele não entendia, entrecortadas de suspiros voluptuosos, às vezes um nome parecido com o dele, mas não tinha certeza. E, ficando até o dia seguinte, ou partindo de noite mesmo, sempre saía com roupa limpa — camisas e roupas de baixo — que ela lhe preparara.

E ele voltava aos borborigmos de Samuel.

Que lhe contavam uma história muito antiga, que remontava a seu nascimento e até mesmo antes. Uma história que lhe reservava um lugar. Talvez o de escritor. Um lugar que tinha sido preparado desde a mais tenra infância. Disso ele não podia escapar. *Pouco importava que a vida tivesse colocado aí sua marca pessoal*, escrevia Ernest, *a personagem com que Samuel sonhava vinha de longe, nela se encontravam indeléveis marcas que nem a vida, nem o amor, nem nenhuma fortuna, favorável ou desfavorável, conseguiram apagar. Elas constituíam a parte inamovível de si mesmo. Era isso que ele tinha ido buscar naquele quarto com cheiro de leite derramado, aquela parte de si mesmo*. E era isso que Ernest ia colocando em sua fluente narrativa.

Depois de uma longa ausência, sua presença constante intrigou o hospital. Estaria ele recolhendo as últimas palavras do velho? Passava horas e horas a escrever como se estivesse transcrevendo suas palavras. Nunca, até então, as enfermeiras pensaram que os estranhos ruídos que escapavam do doente pudessem ter um sentido. É verdade que elas também não tinham tempo de ficar ali. Ligavam a tevê — com pausa em Serial-Killer — e o deixavam em seu canto, vindo apenas para os cuidados de sempre, trocar roupa de cama e fornecer o urinol, do qual ele estava sempre reclamando. Ao verem Ernest escrevendo sem parar, elas acharam que aqueles sons incompreensíveis correspondiam provavelmente a uma língua estranha. Admiraram-se de que Samuel tivesse tanta coisa para contar, a ponto de ocupar os dias e as noites de um homem que tinha, sem dúvida, algo melhor a fazer. Mas, como isso não lhes dizia respeito, terminaram por se acostumar com Ernest e suas intermináveis anotações.

Ele se sentava na beira da cama, bem perto de Samuel, como quando era pequeno, e se deixava levar pelos borborigmos do velho. Eles lhe traziam imagens, sensações, entonações às vezes distantes, que ele pensava reconhecer: o tio jogando cartas, evocando seu sucesso com as mulheres, arvorando com ar douto seu conhecimento sobre Serial-Killer — entusiasmado quando lembrava seu talento de orador, patético quando execrava seus crimes.

Às vezes, os movimentos imperceptíveis que percorriam o rosto de Samuel davam a Ernest a certeza de que o velho sabia que ele estava ali, o que estava fazendo, em que ponto estava sua história.

Pois era por isso que Samuel tinha sobrevivido, para o retorno de Ernest. Achar que estava perto de morrer, que piada! As enfermeiras ainda iam ter muito trabalho com ele. Ainda ia viver muito. Tal um viajante atravessando o deserto, ele gastava parcimoniosamente sua ração de vida e de movimentos. Samuel, o camelo da existência! Ele sabia que Ernest escreveria seu livro. Que importava se ele estivesse trapaceando? As crianças nunca realizavam a contento a vontade dos pais. Que ele representasse Serial-Killer com os traços de um ser insignificante se assim lhe conviesse! Um medíocre, dotado de um nariz de batata, e que palitava os dentes em público com gestos absolutamente asquerosos. Nesse caso, um mitômano que jogava dinheiro fora calhava muito bem. Ernest transformava-o num fornecedor, aquele que dava o material para o outro escrever. Era justamente isso que ele não cansava de repetir. Serial-Killer era um fornecedor, que alimentava a literatura com seus feitos. Quantos livros já tinham escrito sobre ele? Você sabe? Era isso que Ernest ia contar. Quando o editor lesse seu livro, iria se arrastar a seus pés para publicá-lo. Suspeitaria que era ele, o velho Samuel, que tinha elaborado tudo minuciosamente, que era ele quem estariam publicando?

E o velho Samuel ria silenciosamente da boa peça que iria pregar em todo mundo.

11

Sabine ainda não conseguia acreditar.

Durante meses, participou das ações da ANPE, fez todos os estágios necessários para o contato e o reconforto, analisou dezenas de ofertas de trabalho, enviou o currículo para tudo o que foi lugar, foi a todas as entrevistas, respondeu às perguntas mais inesperadas, e muitas vezes as mais maldosas, se saiu bem das armadilhas que lhe jogaram, esforçando-se sempre para aparecer sob seu ângulo mais favorável, o mais alegre, em síntese, o mais profissional, do jeito que lhe haviam ensinado no curso, e tudo isso para nada, nem a sombra de um contratozinho, de uma tentativa que lhe teria permitido mostrar o que sabia, somente uma palavra de agradecimento, além de uma enorme quantidade de "aguarde comunicação" (ela esperava ainda as cartas), a ponto de mais de uma vez, com raiva, pensar em fazer tudo voar pelos ares, pequenos anúncios, currículos, testes, entrevistas, e até os estágios que tanto a interessavam, com os instrutores tão atenciosos, quando, de repente, depois de já haver perdido a esperança, dois dias depois da noite em que passara com Ernest momentos deliciosos, quando tinham festejado o Ano-Novo juntos, num restaurante árabe de Barbès, e, mais tarde, na intimidade de seu amor, como se uma felicidade nunca viesse só, dois dias depois daquela noite inesquecível, a sorte lhe sorria: enfim tinha encontrado um emprego.

Depois da partida de Ernest, ela fora ao Crazy-Sexy, o sex shop da rua Fromentin, onde, com freqüência, eles faziam promoções de fio dental. Seria muito azar, ela pensou, se não encontrasse nada de interessante dentro de seu orçamento e de acordo com sua saúde. Nada que fosse muito caro e de fibra natural (algodão ou seda), para evitar uma recaída de dermatose psicossomática.

Depois de algumas provas, ela dera com um modelo azul elétrico, com reflexos prateados, de doce contato com a pele. "Isso é fibra natural", informou o vendedor. Adaptava-se tão perfeitamente a suas formas que parecia feito para ela. "Exatamente o que você precisa", disse ele. "Todas as nossas dançarinas usam um igual." Ele aumentou então o volume da música *If you can't dance*, das Spice Girls, um ritmo bem speed, que dava uma vontade louca de dançar. Era um ritmo todo sincopado, quase dissonante, que pedia movimentos quase convulsivos com joelhos dobrados, requebros e braços erguidos. Impossível resistir. As mãos atrás da nuca — à Lou Reed em *Walk on the wild side* —, um pouco de aquecimento, e pronto. Punhos agitados acima da cabeça, olhos semifechados, lábios cerrados e um pouco de ar extático para assinalar a intensa alegria de sentir a música de dentro. O fio dental era perfeito, ajustava-se a seus movimentos, o brilho do tecido os prolongava em reflexos prateados, e o espelho lhe devolveu a imagem de uma jovem dona de si, que tinha o senso do ritmo. Ernest, ela nem tinha dúvida, iria gostar quando voltasse do hospital.

— Bravo! — exclamou o vendedor. — Francamente, a senhorita tem talento.

Ela enrubesceu, mas, assim que viu o preço, o prazer sumiu.

— Caro demais — disse ela com um fio de voz —, meu orçamento não permite, estou desempregada.

O vendedor a olhou com ar de quem avalia o outro.

— A senhora daria uma boa dançarina — dissera ele. — Paga-se bem e não é cansativo.

E acrescentou:

— Se aceitar, a casa lhe oferece o fio dental.

No começo, não foi fácil.

Mas o vendedor — ele se chamava Raymond, assim que ela aceitou, passou a tratá-la por você, o que a tinha incomodado um pouco no começo, mas depois não — fez tudo para tranqüilizá-la.

— É bom evitar contato com os clientes — ele explicou. — Senão parece prostituição. Na sala privativa, vão lhe oferecer dinheiro. Nem pense em aceitar. Você substituirá uma que se envolveu com um cliente. Nada de ceder, essa é a lei da cabine. Porque pagam, acham que podem tudo. Então, cuidado, senão rua. Entendeu?

Depois, como para suavizar a severidade de suas palavras, disse:

— Mas creio que você é uma boa moça. Se trabalhar direito, vai gostar do trabalho.

Ela estava contratada.

Mas não foi fácil.

Devia trabalhar num subsolo próximo do sórdido,

teto baixo, paredes grosseiramente caiadas que lembravam os bistrôs sujos da porta de Clignancourt ou da porta de Saint-Ouen. O lugar onde ela se produzia era uma espécie de rotunda, uma cabine com um espelho velho, cuja exigüidade lembrava os vestiários de uma piscina ou de um ginásio. Nas paredes estavam coladas fotos de moças nas mais sugestivas poses. Raymond tinha proposto um nome artístico para ela, mas ela não quis.

O que não diminuiu a qualidade de seu número.

Ela se entregou totalmente. A música a transportava: Whitney Houston, Risquee, Proximus Desaster, Spice Girls, Allan Théo, Body Building a acompanhavam em seus requebros que se reproduziam nos espelhos baços. Ela fazia as poses mais audaciosas, absorvida de tal forma pelo trabalho que esquecia os caras por trás do vidro espelhado. Só contava o prazer de se requebrar, de se olhar, de se achar tão bem quanto nos vídeos da tevê.

Mais delicado se revelou o trabalho na sala privativa. "É lá que dá mais dinheiro", dizia Raymond. "Você tem de atiçar o cliente." Mas no cara-a-cara ela não era a mesma. Apesar de o cliente estar do outro lado de uma grade, dentro de um cubículo onde mal podia se mexer. No começo, não foi moleza. Por não serem permitidos contatos físicos, pediam que ela dissesse palavras chulas. Coisas simples, não pediam originalidade, nada de termos novos de sulfurosa obscenidade. Ninguém ali queria poesia, apenas a lubricidade básica. Mas ela não conseguia. Os clientes se aborreciam, mal conseguiam tirar uma ou outra palavra carinhosa que ela tartamudeava aos soluços. Temia que eles fossem se queixar a Raymond e ele a despedisse.

Mas um dia, sem saber muito bem como, teve uma tal presença de espírito que ficou pasma e deixou o sujeito à sua frente encantado. Seu estágio como comunicadora a ajudou bastante. Agitadora ambiental em sala privativa, isso fazia seu gênero. Raymond não se arrependeu de tê-la contratado. O salão não esvaziou mais. Ela pôde pôr para fora as qualidades de boa ouvinte que aprendera no curso da ANPE. Atenta aos pedidos dos mais tímidos, ajudava-os a dizer as obscenidades que aliviam. Ficava feliz quando eles partiam satisfeitos, e ela compreendia então que fora feita para confortar as pessoas.

Em alguns meses, conseguiu uma clientela fiel. Homens idosos com quem ela se sentia muito bem. A vida deles se parecia com a de seus pais em Épinay. Ela os imaginava tranqüilamente de pijama diante da tevê. Com eles, ela falava de sua infância, de seu antigo trabalho no supermercado, de seu estágio na ANPE, de sua vida com Ernest. Conseguiu fazer que alguns deles se interessassem pelos folhetins que ele escrevia para Romance. Como aquele senhor de óculos de armação dourada. Alguém da alta, um barão cujos antepassados tinham participado das cruzadas. Ele se parecia mais com um funcionário público, mas falava bem, tinha lido quase todos os livros de Ernest. Ela os discutia com ele, mesmo que não pudesse responder a todas suas perguntas. Por exemplo, dizer para ele onde estava o parente enfermo de Ernest. Ela fora visitá-lo uma noite e ficara muito emocionada. Ernest não quis que ela voltasse mais lá. Infelizmente, ela não se lembrava nem do nome nem do endereço do hospital, e não ousava perguntar.

O barão não insistiu.

Tudo corria, pois, às mil maravilhas, ela ganhava bem, não pensava duas vezes para comprar um vestido de que gostasse. Graças a seu novo salário, passou a cuidar do apartamento de Ernest. Comprou uma televisão de excelente definição, substituiu o velho fogão e a geladeira por modelos mais modernos e se deu uma máquina de lavar louça que transformou sua vida. Pensou também em trocar alguns móveis que estavam velhos demais. De qualquer forma, eles se mudariam para um apartamento maior quando, por exemplo, tivessem filhos. Agora que estava ganhando sua vida, uma família e um aluguel mais pesado não a assustavam. Ainda não tinha falado nada para Ernest, preocupadíssimo com o tio e o trabalho. Mas o tio não era eterno e Ernest terminaria um dia seu livro. Enquanto isso, era bom que ele ficasse mesmo pelo hospital, ela podia se entregar inteiramente a seu trabalho, que ia até tarde da noite.

Às vezes, Raymond lhe propunha que ficasse depois do expediente. Ela não dizia não, salvo nas noites em que Ernest estava em casa. Ela gostava muito de Raymond. Apesar daquela cara de poucos amigos, ele a liberava no dia seguinte.

Ela o deixava na hora do almoço e voltava para a rua des Martyrs, pensando nas cortinas da sala que precisavam ser trocadas ou no barão de óculos que lhe falava das cruzadas e dos folhetins de Ernest.

De Ernest, que escrevia...

Ao toque dos dedos, um texto se criava em seu computador.

Nada o desanimava. Não economizava energia. Cortava e recortava a frase, cuidava dos paradoxos, combinava expressões raras e palavras de pouco valor, demorava-se nas digressões, e de repente lá vinha. Ali onde menos se esperava, ali onde mais havia dificuldade. Trabalhava de forma que o leitor ficasse interessado em saber o que ocorreria nas páginas seguintes. Gostaria de que ele fizesse isso em detrimento de outras tarefas. Para ele, um livro só tinha valor se fizesse o leitor esquecer o mundo, o estudante matar aula, o apaixonado esquecer a bem-amada, o soldado desertar, a mãe deixar o filhinho berrando.

Essa, a glória da literatura!

Que a estudassem nas escolas e se premiassem os escritores.

Para descansar, ele ia tomar algo no Canon de la Nation ou passear pelo bulevar de Picpus. Ou então, ia ver Sabine. As transformações no apartamento o deixavam admirado. O sofá Knoll significava vários meses de trabalho no supermercado, a nova televisão, uma Bang & Olufsen, custava os olhos da cara, sem falar no forno microondas, na máquina de lavar louça e na geladeira com freezer, nada menos que uma Miele. Teria ela ganhado na loto, ou tinha um amante? As explicações evasivas de Sabine — ela possuía umas economias, ia ser promovida, mas não sabia para que cargo ainda — não o convenceram. Mas seus escritos o ocupavam demais para que se interessasse de verdade por aquilo. Além do mais, Sabine o cansava com aquelas veleidades de dona de casa. Pouco a pouco, ele foi espaçando as visitas.

O bairro também se tornou estranho para ele. Quando descia em Pigalle, descobria uma atmosfera pesada, a polícia parava quem tivesse ar suspeito, as prostitutas morriam de medo. E ainda havia Joseph, que vigiava com seu binóculo. Assim que ele punha os pés na rua des Martyrs, só tinha uma vontade: voltar para o tio Samuel o mais depressa possível. A morte e a literatura o esperavam lá. Ele se sentia bem naquele ambiente, sentava-se diante de seu Mac, o retângulo mágico iluminava-se, relia as últimas linhas e recomeçava.

Algumas retomadas eram fulgurantes. Ele chamava isso inspiração, mas sem ilusões, momentos de intensa agitação a que não podia fugir, aquelas tempestades que se abatem sobre o escritor em estado de graça — o escritor, o eleito entre os eleitos, o homem de olhar febril, de rosto pálido, de palavras exaltadas — *ide, borrascas ansiadas!* —, que chegavam com tudo e depois partiam inopinadamente.

Ele escrevia simplesmente, e, quando se cansava, ia dar uma volta pelo bairro.

Uma noite, ele bebericava uma cerveja no Canon de la Nation quando uma mulher morena e jovem, de rosto um tanto triste, com um tailleur cinza, lhe dirigiu a palavra. O café estava quase vazio, ele estava anotando uma idéia em seu caderninho. A mulher carregava *Os mistérios de Paris*, de Eugène Sue.

— Lembra de mim? — ela perguntou.

Surpreso, ele não conseguiu responder nada.

— O senhor sem dúvida não me notou — disse ela —, mas eu notei o senhor. Estava sempre sentado no fundo do salão com seu computador, sob a reprodução de Toulouse-Lautrec.

— Mas claro! — exclamou Ernest —, a senhora estava no...

— Lapin Chasseur. Moro perto. Os cafés são os melhores lugares para ler.

— O que está fazendo aqui? — perguntou Ernest.

— Trabalho em Picpus, sou enfermeira. Fiquei pasma quando o vi naquele quarto com seu computador. A diferença é que, ao contrário do Lapin, o senhor parece acreditar no que está fazendo. Quando tira os olhos da tela, parece que está ainda vendo seu texto, como se ele estivesse preso em suas retinas. Mas tem gente que não está gostando. Acham que hospital não é lugar para escritores. Se pudessem, já tinham posto o senhor na rua.

Isso o espantou. Até então, ele acreditava que seus laços com Samuel o preservavam de coisa tão desagradável.

— A senhora também pensa assim?

— Não. Eu acho que os escritores devem trabalhar em paz, mesmo num hospital. Gosto quando o senhor está junto a seu tio, que escreve a partir do que ouve dele. Grava com palavras o que os outros não ouvem, acho isso extraordinário.

Ela dissera isso no tom de confidência e parecia pouco à vontade.

— Já está na minha hora — disse ela, levantando-se.

— Não quer ficar?

— Não posso, estou atrasada. Se não fosse esse encontro, eu já teria ido embora.

— Podemos nos ver?

— Trabalho no setor em que está seu tio.

Ao partir, ela murmurou:

— Meu nome é Denise.

Ele a viu se afastar, achou-a bela. Talvez por causa da voz. Vieram-lhe à cabeça versos de "Convite à viagem".

Toda uma pompa oriental
Tudo aí à alma
Falaria em calma
Seu doce idioma natal

De volta ao quarto do tio Samuel, ele teve dificuldades para recomeçar. Os dedos tremiam um pouco sobre o teclado.

Ele pensava naquela mulher.

Joseph espiava com seu Canon 15 × 45 mm Stabil, aumento 15 ×, assestado para a janela em frente.

Ele espiava havia meses, merda!

Em vez do escritor trabalhando, o que via era a rainha do fio dental. Quadris empinados, braços para cima, requebros, ela ensaiava ouvindo seus cantores preferidos. Irritado, ele abandonava o binóculo. O mundo sem Ripper não valia nada. Quando voltava a espiar, dava de novo com ela. Entre o Crazy-Sexy e a janela em frente, ele achava que sua vida se desenrolava num peep-show.

Era verdade que o fio dental lhe falava de Ripper na sala privativa, mas pelas informações que ela dava! Parecia que Ernest estava tomando conta de um tio moribundo. Escrevia lá, no hospital. Que hospital? Onde ficava? A idiota não fazia a menor idéia! Várias vezes ele a seguira, esperando que ela o levasse até Ripper. Certa vez, quase deu certo. Mas o escritor o viu e, depois de uma perseguição maluca no metrô, conseguira despistá-lo. E ainda era pago para isso.

Aquela situação angustiava-o. Ripper iria se apropriar de sua história? Mas o que ele sabia do assassino serial? O que sabia de seu confronto com a vítima? Confronto em que tudo se desenrolava numa troca de olhares. Em que, no implacável clarão que iluminava o olhar do assassino, a vítima descobria seu desejo — e sua resolução — de morrer. Sabia ele que essa resolução, de uma doçura magnífica, mexia no mais profundo do assassino e dava a seu ato um valor único? Como saberia disso, o escritorzinho de merda? Uma substância de uma enorme volatilidade — mas muito mais estimulante que a adrenalina — que acelerava de forma inaudita o ritmo cardíaco, aumentava a pressão arterial e contraía a musculatura intestinal numa torção tão dolorosa quanto tônica. Com que palavras ele falaria isso sem Joseph Arcimboldo ao lado para soprá-las? Ele achava que ia ficar escrevendo o tempo todo assim em paz?

Joseph esperava que, cedo ou tarde, Ripper reconheceria seu erro e suplicaria sua volta. Mas não estava certo disso. Quando a dúvida se tornava insuportável, ele ia procurar conforto no cemitério. Apoiado ao mausoléu de mármore preto, pensava no lugar que teria ali, lembrava-se dos folguedos olorosos com a viúva. Recobrava a calma pouco a pouco e compreendia que sua aventura com Ernest seria forçosamente trágica.

Depois, na esperança de um milagre improvável, voltava ao Crazy-Sexy, ou ficava espiando de sua janela.

Ele espiava ouvindo *Don Giovanni*.

Ferrucio Furlaneto cantava a grande ária do assassino, trauteando com ele:

In Courcella seicento e quaranta.
In Batignolla duecento e trentuna,
Cento in Clicia, in Blancia novantuna,

até o momento em que chegava ao principal:

Ma nel corpo de Ripperi
Saranno mille e tre
Mille e tre
Pallottole di Parabellum P-08
Mille e tre pallottole
Mille e tre
La lali... lali la la!

Logo ficou evidente que o encontro com Denise influenciaria o curso de seu trabalho.

Aparentemente, nada havia mudado. Ernest não se cansava de ver as palavras desfilarem em sua telinha. Colocava-as de uma forma que segurasse o leitor, como numa guerrilha, surpreendendo-o com frases extremamente instáveis. Operar por ataques fulminantes, esse o seu credo. Esforçava-se para pegar o leitor no contrapé, se fosse preciso recorria até ao lugar-comum para burlar sua vigilância, lhe dar a sensação de estar em terreno conhecido. Na frase seguinte, passava à ofensiva e puxava o tapete.

O estilo é o homem, dizia Samuel em outros tempos.

Às vezes, a porta do quarto se abria atrás dele e Denise entrava. Ela parava um instante para olhar o que ele escrevia, tocava o ombro dele ou o rosto sem dizer nada. Mas, graças a ela, realizava-se — ele estava certo disso — o ato literário.

Depois ela ia tratar de Samuel, sempre com as palavras e os gestos necessários, lhe passava o papagaio. Depois voltava a olhar mais um pouco o texto se desenrolar na tela. Sua discrição o perturbava. Não era uma discrição de mulher sem personalidade. Em seu silêncio, ele descobria um desejo de viver e compreendia a razão de estar escrevendo. Ela tornava suas palavras desejáveis, sob seu olhar, elas davam acesso à vida.

No entanto, ela só conhecia fragmentos do que ele escrevia. Partituras das quais ela ouvia a música quando lia por sobre o ombro dele.

Ela morava num estúdio nos arredores da rua Lepic, bem perto da praça do Tertre. Mas não o convidou de imediato. Parecia querer deixar uma distância entre eles. Talvez para atiçar o desejo. Poderiam ter se correspondido. Amantes epistolares, amantes de um outro tempo — ele gostou disso —, um cacho de cabelo dentro de uma carta, uma lágrima no papel, palavras que eles teriam lido e relido. Com ela, as palavras eram essenciais. E dizer que ele havia cruzado com ela no Lapin sem notá-la! Às vezes, parava de escrever e sonhava com o momento em que a teria nos braços. Começava a compreender Sabine, sua necessidade de amor e de palavras tolas. Agora ele dava razão a ela, o amor melhorava a vida. Graças a Denise, ele percebia isso.

Eles se encontravam no Canon. Lá, em meio ao burburinho das conversas, da música que inundava a sala, dos jogos eletrônicos e da tevê ligada no alto do balcão, ele só tinha ouvidos para ela. "Ela queria esquecer a solidão. Um assassino poria fim àquela tristeza", dissera Joseph. Essas palavras lhe pareceram totalmente sem sentido. Ele lhe falou de seu trabalho, de seu progresso, das lições que aprendia, e também da dificuldade de encontrar um título.

Ela lhe propôs: *Um lugar entre os vivos*.

— É o que procura seu personagem — ela lhe dissera. — É por isso que ele escreve.

Ele disse que ia pensar. Ela não insistiu. Nunca insistia, não lhe perguntava nada. Nem o que ele fazia na vida, nem se era casado, nem mesmo quem era o homem de rosto insignificante que empilhava maços de quinhentos francos no Lapin.

Finalmente, ela o convidou para ir a sua casa. Seu estúdio era apinhado de livros, não se podia dar um passo sem pisar num deles, todo o espaço estava tomado, parecia que os móveis serviam somente para guardá-los.

— É por isso que não convido muita gente para vir aqui — ela lhe disse. — Sem essa desordem, não seria minha casa, não poderia viver. Os livros somente podem existir na desordem. É por isso que eles me comovem. Quando entro numa livraria, tenho vontade de comprar todos.

— Para salvá-los da orfandade?

— De jeito nenhum. Eles que me adotam. Alguns se entregam logo de cara, outros se recusam. É preciso ser paciente. O milagre pode acontecer anos depois, aquele que lhe oferecia resistência se entrega então sem reservas, simplesmente porque você venceu suas próprias barreiras.

Eles abriram caminho até a cama, sumida sob as

obras completas de Balzac. Lá ele descobriu a maciez do corpo dela. A violência do prazer, uma sensualidade e exigências que o deixaram satisfeito.

Ele não procurou mais nenhuma outra.

Ernest dividiu seu tempo entre Denise e Samuel.

Pensou nas mulheres que desejara e que preferiram outros homens, enquanto ele aguardava num café. Denise o curava das feridas. Nela, ele reencontrava aquelas mulheres. "Às vezes, o milagre acontece", dissera ela. "O livro que lhe resistia se abre anos mais tarde." Então era isso, e outra coisa mais que trazia as primícias de uma salvação, de uma reconciliação com o mundo.

Sabine se tornou tão distante quanto as tolices com que ele alimentara sua amargura. Ela se apercebera disso e se fechou num mutismo que tornou seus encontros insuportáveis, cheios de censuras veladas. Ele começou a espaçá-los, mandava lavar a roupa na lavanderia do hospital e praticamente não a viu mais.

Ao mesmo tempo, seu texto avançava como nunca. Inspirou-se em seu amor por Denise para contar o do herói de seu romance. Mas queria que esse amor fosse sombrio, que se inscrevesse na lógica corrosiva de sua história. Perto do bulevar Picpus um cinema exibia *O império dos sentidos*. Ele se imbuiu da atmosfera do filme. Os delírios de Kichi e de Sada Abe, a bulimia erótica deles lhe serviram de modelo para pôr em cena o que ele chamou de "sexualidade das trevas" e que achou bem literária.

As semanas se passaram, o tumulto do mundo lhe chegava atenuado. Vivia um tempo especial em que os únicos acontecimentos que escandiam sua existência se produziam no seu notebook e com Denise. Quanto ao resto, estava bem longe das marcas e das referências que ordenavam a existência de seus semelhantes. Às três da manhã ele se postava diante do computador se uma idéia lhe ocorria e ia encontrar-se com Denise no meio da tarde se ela não estivesse trabalhando ou se suas frases lhe dessem uma trégua.

Depois, voltava para Samuel, imóvel em seu leito. Ele o esperava, sabia de onde ele estava vindo, um semi-sorriso de aprovação iluminava-lhe a cara torta. Diante dele, a imagem congelada de Serial-Killer, que parecia também querer sorrir.

E Ernest se sentia bem em sua companhia.

Alexis, por sua vez, percorria os cassinos com a dama platinada.

Às vezes, pensava em Maryse.

Um ano se passou desde que a deixara, mas nem sonhava em lhe dar notícias. A platinada não lhe dava folga. Dentro em pouco a encontraria no cassino. Por enquanto, ele estava no banheiro e deixava escorregar de seus ombros o roupão de tussor. Gesto quase feminino que lhe lembrava a grande época de seus amores venais. Depois imergiria num banho perfumado de essências caríssimas, envergaria seu novo smoking Smalto, deixaria a chave na recepção do Noga Hilton — seria saudado baixinho com votos de uma boa noite —, e iria a pé até o Carlton, um centena de metros mais adiante. Se mudasse de idéia, o manobrista iria buscar seu novo Lamborghini Roadster amarelo-ovo ou então, se não tivesse vontade de dirigir nem de caminhar, mandaria chamar uma limusine com chofer.

Para ele, a riqueza era isso, perder-se em pequenos detalhes que não interessavam a ninguém mas que lhe custavam os olhos da cara. No Carlton, jogaria no trinta-e-quarenta pelo prazer de ver o crupiê dividir as cartas em duas colunas e anunciar "vermelho" ou "preto" ou qualquer "número ganhador", o essencial era que ele ganhasse.

Porque não havia mesa de jogo que ele não dominasse. Com a platinada, tinha rodado os cassinos mais chiques da Côte, aqueles em que a banca permanecia aberta, em que o traje de noite era a rigor, em que se arriscava a vida em uma cartada. Lá, vivia-se lado a lado com a verdadeira riqueza, a das finanças e das operações abstratas, que atravessava épocas e continentes, pouco ligando para os fusos horários e as transformações políticas. Mas, sobretudo, vivia-se lado a lado com os verdadeiros devotos do pano verde, os que alimentavam a banca com seu sangue e suas lágrimas, repetindo até o cansaço: "Não adianta, não sai". Eles eram a razão dos cassinos. Por suas apostas e seus lances de loucura. "Os lustres de cristal do Carlton fui eu que os paguei", diziam esses orgulhosos campeões do azar. O esplendor dos cassinos pertencia-lhes. Eles ali se entregavam aos instantes abençoados em que a sorte finalmente os bafejava. Graças a eles, o jogo se tornava trágico. A morte era sua companheira. E junto com ela, Deus e todo o resto. Isso ultrapassava tudo o que o dinheiro podia dar. As palavras do crupiê eram cheias de sentido, elas participavam de um cerimonial breve o suficiente para destruir uma vida.

Jackie era uma dessas vítimas. Qualquer que fosse o cassino, lá estava ela a percorrê-lo. Precisava vê-la circular por entre as mesas, passar da roleta ao *black-jack*, aos diversos tipos de bacará. As salas de jogo, os funcionários bem-educados, os comissários, os gerentes de mesa, os fisionomistas, os crupiês com seu tom um tanto afetado, que diziam as palavras da liturgia: "Façam seu jogo, nove, vermelho, ímpar e inferior a dezoito, deu preto, cinco mil francos para completar! Quem completa?", era seu mundo, ela o conhecia na ponta dos dedos.

Alexis o assegurava para ela, com cama e mesa. No Negresco em Nice, no Carlton ou no Noga em Cannes, no Hotel de Paris, ou no Hermitage em Monte Carlo. Uma vida dedicada ao jogo. O dinheiro só servia para isso. Guardado nos armários do quarto, ou espalhado pelo chão, sobre um criado-mudo, nas gavetas de uma cômoda, às vezes pelo chão do banheiro. Assim que abria o cassino, Jackie enchia uma bolsa e saía. Ele esperava a noite para recuperar o que ela perdia.

E era assim todo dia.

Antes de ir ao encontro dela no cassino, ele ficava modorrando na cama até tarde da noite. As cédulas e as fichas se espalhavam à volta, por todo canto. Para Jackie, o dinheiro não fora feito para correr o mundo, devia apenas girar no pano verde. Fora dali, ele não tinha sentido. Ela o restituía à banca enquanto Alexis o dilapidava em roupas e sapatos sob medida, em Rolex espetaculares, em gravatas, alfinetes de gravata, abotoaduras e anéis com monograma de ouro maciço, em carros esporte de cores flamejantes. Ele oferecia a Jackie jóias milionárias e perfumes caríssimos, vestidos de noite extravagantes. Depois do cassino, eles iam às

245

melhores boates, bebiam os melhores champanhes, os melhores uísques, se permitiam o melhor de tudo e alimentavam uma corja de aproveitadores que vivia a seus pés. O capital de Alexis não admitia nem investimentos, nem carteiras, nem ações, ele não o convertia em bens. Não era capital, era dinheiro. A riqueza moderna com seus códigos, suas redes, seus fluxos, suas sofisticações, lhe era estranha. Sua fortuna se desfazia pelo dia e se refazia à noite, num movimento contínuo e simples. A grana jorrava de seus bolsos desenfreadamente. Como na Idade Média, quando se lançavam aos servos bolsas cheias de moedas de ouro. Como nos filmes de época, em que, negando a verdade histórica, o ouro caía dos céus em cima dos nobres e os escravos corriam para pegá-lo.

Mas Alexis morria de tédio.

Será que ele deveria ter se casado com Jackie?

Isso aconteceu em Las Vegas, no inverno anterior. Os cassinos da Côte esvaziavam-se, Jackie não suportava mais as salas desertas e silenciosas. Ele lhe propusera ir para Enghien, mas ela estava proibida de pôr os pés lá. Decidiram-se por Las Vegas. Num segundo, como quando se vira uma carta no *black-jack*. Desembarcaram no Strip numa noite de dezembro. A temperatura beirando os quarenta graus, o bulevar bombardeado pelos milhares de neons, os hotéis e os cassinos de dimensões faraônicas, o mau gosto dos parques de diversões, a multidão agitada, a música contínua, o ruído constante, a luz, o brilho, o exagero, todo esse bricabraque louco e megalomaníaco os eletrizou com seu frenesi. Um frenesi barroco, sem limites, vulgar até a alma. Mal depositaram suas malas nos quinhentos metros quadrados de sua suíte "Glamour" no vigésimo nono andar do MGM Grand e já entravam numa sala de jogo. Depois numa outra e mais outra. Tudo muito rápido, autênticos adeptos do *casino hopping*, que mal tinham tempo de ganhar na roleta do Caesar's Palace ou do Harras, de dobrar a aposta no *punto-banco* ou no *black-jack* de qualquer cassino, de tentar o *craps*, o *poker pai gow*, o *studpoker*, o pôquer caribenho, o *keno* em uma das inúmeras salas de jogos do Strip, e de voltar pela manhã — parando em cada *slot machine* —, afogados pelos dólares, e dormir algumas horas antes de se refazerem. Mesmo deste lado do Atlântico ninguém resistia a Alexis. A gerência do Hotel, dos salões de jogos, da banca, dos restaurantes, os camareiros, os crupiês, os empregados — não se enganavam nisso, todos manifestavam seu apreço e respeito por eles. À americana, porém. Cumprimentando-os com um vigoroso *Hi!*, e chamando-os pelo nome. Porque se estava na América, onde os vencedores são amados.

Eles ficaram em Las Vegas até que a primavera voltasse a Monte Carlo. Enquanto Alexis dormia, Jackie aproveitava para perder o que haviam ganhado no dia anterior. Foi numa de suas tardes de ociosidade, e como estava sem dinheiro para apostar, que ela arrastou Alexis até a Little Church of the West e se casaram. A cerimônia durou meia hora e lhes custou, tudo incluído (capela, limusine com chofer, arroz, flores em profusão, harmônio, testemunhas, convidados, alianças em ouro rosa, vestido de noiva, terno do noivo, bufê suntuoso, presentes fabulosos e gorjetas principescas), um pouco mais de trezentos mil dólares.

Depois voltaram para a Europa. Ao descerem do

avião, Jackie descobriu que tinha esquecido no MGM —
ou talvez no táxi que os levara ao aeroporto — suas valises que continham, cada uma, um milhão de dólares.
Alexis se lembrou que tinha deixado num restaurante
o *Eu e ele*, que Maryse lhe havia dado. Ainda bem que
ele não se separava de *Maratona em Spanish Harlem*.

Jackie ficou feliz ao rever os cassinos da Côte. Em
contrapartida, Alexis não voltara com o mesmo entusiasmo. Não que ele tivesse perdido a sorte — ganhava
com a mesma facilidade —, mas algumas noites — como
aquela em que ele se preparava para tomar um banho
perfumado de essências caras — o coração dele não
estava mais ali. Essa vida pesava-lhe cada vez mais. Las
Vegas havia sido o golpe de misericórdia. Um golpe que
se completara ao voltar para Nice. Entediava-se a ponto
de não ter tempo nem de pensar em Christina Lamparo nem de saber o que acontecia com os parquímetros de Pleasant Avenue. Jackie perdia, ele recuperava.
Uma combinação tão repetitiva como qualquer outra.
Para um profissional de sua espécie, um casamento,
mesmo em Las Vegas, não era boa coisa. Sobretudo
quando era o profissional que mantinha as contas da
casa. Um dia, ele largaria tudo, partiria com o dinheiro
e retomaria seu trampo com as mulheres. Era o que ele
sabia fazer de melhor.

O roupão escorregou de seu corpo.

Olhou-se no espelho. Sua estatura de especialista
em orgasmo não envelhecera. Tudo perfeito, peitorais
proeminentes, braços musculosos, percorridos por
veias que sugeriam força, nenhuma barriga, abdômen
esculpido, baixo-ventre avantajado, coroado por uma
massa pilosa que subia até o umbigo numa linha suave,

coxas sólidas, arco dos quadris que fazia a calça cair bem, bunda musculosa e redonda, pele amorenada e suave. Tudo top de linha, que justificava inteiramente seus cartões de visita profissionais: "Alexis Chortzakov, para o prazer da mulher".

Esse espetáculo levantou-lhe o moral e ele entrou assoviando no banho.

Mas ao sair, seu moral foi nocauteado.

Primeiro, ele pensou que a criada havia passado por ali. Mas nada tinha sido limpo, a cama estava desarrumada, roupas pelo chão, a cadeira que havia derrubado na véspera ainda estava lá. Correu até a sala de estar. Lá, também, nada de limpeza. A porta do bar estava aberta, sobre a mesinha o scotch que Jackie tinha se servido antes de dormir, mas, sobre o carpete, nem um centavo. Ele abriu os armários, e respirou aliviado ao ver que Jackie não tinha levado nenhuma roupa — tinha então a intenção de voltar —, mas logo desiludiu-se ao constatar que toda a fortuna que estava no cofre do quarto sumira.

No lugar, encontrou uma carta.

Meu caro Alexis,
Se lhe devo os melhores momentos de minha vida, lhe devo também os piores.
Deus sabe o que pude ver nas mesas de jogo, mas nunca, nunca mesmo, vi alguém ganhar tanto quanto você, com uma tal maestria. Invariavelmente, a bolinha ia ao seu encontro em cima do número que você escolhia. Um verdadeiro encontro de amor. Você encarnava o sonho absoluto de todo jogador. Por essa razão, fui feliz em ser sua mulher. A mulher do senhor dos

números. Casada em Las Vegas, unida a ele pelos laços do jogo. Você não faz idéia de como me envaideceu com seus lances perfeitos que derrubavam as bancas, suas apostas que atraíam a carta ganhadora. Você me vingou de tudo o que o jogo me ensinou, da minha vida que ele destruíra. Era bom ver você sendo implacável com ele.

Mas isso acabou.

Eu disse que o jogo acabou com minha vida. Por causa dele, abandonei não sei quantos homens, me divorciei de três e ignoro se meus filhos ainda se lembram de mim. Mas com você foi pior, você está arruinando com a minha vida de jogadora. Você conseguiu, sem que me curasse, tornar o jogo chato, insípido, quase odioso. Um absurdo. Você já se perguntou que prazer podemos sentir se antes já sabemos o resultado? Você roubou a alma do jogo, quando um jogador de verdade é tão cioso dele. Tentei me livrar dessa maldição jogando por minha própria conta. A você, as noites triunfantes; para mim, as tardes fracassadas. Mas que interesse há em perder um milhão se logo depois você vai recuperá-lo? Eu precisaria pegar sua sorte e colocá-la numa mesa de jogo. Essa seria a verdadeira aposta. Infelizmente, isso não é uma coisa que eu possa roubar de você como uma ficha e apostar num número isolado, com chances iguais de perder ou de ganhar.

Devo, pois, me contentar com o dinheiro do cofre. Tem menos que aquele que deixei em Las Vegas, mas dá pro gasto. Ao deixá-lo, alguma coisa me diz que você não poderá ganhar de volta o que lhe tirei, pois estou certa de que sem mulher você não vale nada. Eu o observei bem, sua forma de apostar não é a de um jogador que aposta num número ou numa carta pedindo que a sorte o ajude. O que lhe interessa somente é mostrar sua maestria no jogo. Assim como faz no amor. Só que a lógica do pano verde não é a mesma da cama. Você achava que enchia meus olhos com seus lances gloriosos, mas terminou me entediando, e nem via isso. E você também se entediava. Acha que não percebi?

É por isso que achei melhor pôr um ponto final em nossa sociedade. Como lhe fiz o favor de casar comigo, faça agora o favor de me dar seu dinheiro. Você ainda deve ter algum para se refazer na roleta. Mas não aconselho a fazer isso: quem ganha sempre não foi feito para o jogo. Volte para casa, escreva um romance, vá pentear macaco se seu coração mandar, ou se ocupe das mulheres, é sua vocação. Quando eu quis isso, gostei do tamanho do seu talento.

Nem tente me procurar. Deseje-me simplesmente boa sorte, pois seu dinheiro não vai durar muito.

E você não estará comigo para ganhá-lo de volta.

Assim é o jogo.

Jackie

Essa ruptura não o afetou muito. E a perda do dinheiro, menos do que pensou.

Procurando-o nos bolsos, pelo chão do banheiro e no fundo das gavetas, conseguiu encontrar o suficiente para se refazer nas mesas de jogo, mas Jackie tinha razão, o jogo não era para ele. Vestiu o smoking como se fosse ao cassino, chamou o manobrista para ir buscar o Lamborghini Roadster amarelo-ovo, não pagou o hotel, não deixou nenhuma gorjeta, apertou o acelerador e pegou a estrada em direção a Paris.

Perto de Dijon, encontrou uma mulher que lhe pagou o jantar, uma noite no Novotel e a gasolina do carro. Estava retomando sua vida. E lá estava ele com seu bom humor, quando, no dia seguinte, por volta das nove horas da noite, estacionou diante do cinema Mac-Mahon, diante do apartamento de Maryse.

Ela não estava em casa, mas ele tinha as chaves. Dirigiu-se, sem acender as luzes, até o quarto de dormir, onde decidiu imediatamente se pôr em trajes de trabalho. Quanto estava tirando a cueca, ouviu um pequeno ruído na porta de entrada. Maryse? Ele hesitou. Parecia mais o ruído de uma porta que ficara aberta. Teria esquecido de fechá-la? Nem pensou em assalto. Podia ser a faxineira toda cautelosa, com muito cuidado para não incomodar ninguém. Mas àquela hora? Mesmo nu (a nudez era o traje em que se sentia mais à vontade), correu em direção à porta.

Mal teve tempo de entrever uma garota loura, com um vestido supercurto. Ao vê-lo, deu um grito batendo a porta. Ele correu até a janela da sala de onde a viu correndo em direção à praça de l'Étoile. A cada passada, seu minivestido deixava entrever um fio dental de cores cintilantes.

Ele verificou se nada havia sido levado, esqueceu o incidente, voltou para o quarto, deitou-se na cama, abriu *Maratona em Spanish Harlem* enquanto esperava Maryse. Mas, ao fim de alguns instantes, preferiu fazer abdominais para se pôr em forma.

Primeiro uma série de tesouras.

Abre, fecha, abre, fecha, abre, fecha.

Um, dois, um, dois, um, dois...

12

"O mundo inteiro diz um dois, um dois!"
"O mundo inteiro diz Serial-Killer!"
Trauteava Samuel em seu leito de hospital.

A presença de Ernest o deixava feliz. Eles podiam, enfim, se dedicar a Serial-Killer, ao livro monumental sobre sua vida, sua obra, seus amores. Ernest estava lá o dia inteiro, com seu notebook, suas canetas, seu papel, seus lápis, sua borracha e seu caderno. Sem o velho Samuel, sem o conhecimento fenomenal que ele tinha acumulado sobre Serial-Killer, sem os pequenos toques de humor que permeavam suas palavras, ele nunca chegaria lá. Uma pérola aquele rapaz, em quem o pessoal do hospital devia se inspirar. Às vezes, vinha um monte de gente ao quarto. O chefe do setor lhe fazia perguntas, mas sem insistir — era um coriáceo aquele Samuel —, e ia embora. De passagem, levavam o controle remoto. Mas o que podia fazer um simples doente? O chefe lhe abria um sorriso, como para se livrar dele. Até mais!, dizia ao sair. É isso, até mais tarde! Do jeito que o roubavam, Samuel ia perder até o pijama. Se um dia fizessem uma busca nos armários dos guardas, encontrariam muita coisa lá.

Isso era coisa do Serial-Killer. O mundo contaminado por sua pilhagem, prevaricação e passividade coletiva. Nisso ele era imbatível.

Samuel esperava que Ernest transferisse esse talento para o texto. Soubesse ressaltar o que havia de mais aterrador. Os gorgolejos que escapavam de sua boca não diziam outra coisa. Formavam espectros de imagens deformadas, de lembranças bem vivas que o tempo e a doença haviam aglutinado em blocos tão duros quanto pedras. Ernest as raspava pacientemente para atingir a primeira camada, a camada imutável, eterna, onde se situava a matriz de seu livro. Lá, ele recuperava quase intactas as imprecações sinistras de Serial-Killer: gestos, caretas, ações insensatas e rosto asqueroso. Intactas também as comemorações Serial-Killer organizadas por Samuel, os debates Serial-Killer, os ajantarados Serial-Killer, as noites-tevê Serial-Killer. Um material assustador destinado a produzir aquela dinâmica tão cara a Christine Etchigolan.

Para finalizar, ele se dedicou às origens do personagem central. Pretendia estabelecer entre este e o velho homem que definhava no hospital laços ambíguos. Para isso, recorreu aos esquemas narrativos dos folhetins que ele conhecia tão bem.

Instalou Samuel num quatro peças da rua Rodier, transformou-o num corretor de seguros exímio na arte de vender apólices e que dilapidava seus ganhos no Coin des amis, jogando bridge e *gin-rami*. Entregou-se à tarefa de descrever a atmosfera do café. Um lugar onde se falava alto, onde se fumava muito e as roupas ficavam cobertas de cinza de cigarro. Samuel apostava alto. Uma elogiosa reputação de jogador o acompanhava por toda parte. "Você tem razão", dizia o cunhado.

"Foi assim que casei com sua irmã, numa noite eu perdia o que os outros ganhavam em um mês. As mulheres não resistem a isso. Uma vez casado, a coisa muda, você tem de separar o dinheiro para as despesas da casa, dos filhos, para as adversidades. Mas enquanto isso não vem, gaste o que puder. Conselho de amigo."

Samuel seguiu esse conselho. Ele jogava cartas até tarde da noite. Depois ia ao La Coupole de Montmartre, ao Petit Moulin ou ao Tire-Bouchon, mas era sobretudo fiel ao Apollo Dancing, na rua de Clichy. Quando o American Five, o jazz-band mais famoso do nono distrito, arrebatava o salão nos swings mais desvairados, ele tirava o paletó, se jogava na pista com sua dama, e lá faziam loucuras.

Foi assim que ele encontrou Esther, uma amiga de sua irmã Sarah. Apaixonou-se perdidamente por ela. Infelizmente, Esther estava prometida a Simon Blochmann. Logo após o casamento, Serial-Killer invadia Paris. Mas a única coisa que atormentava Blochmann era o interesse de sua mulher por Samuel. Uma noite, louco de ciúme, ele foi até a rua Rodier. Enquanto ele empurrava Samuel pela janela, os asseclas de Serial-Killer bateram à porta. Surpreendido, ele soltou Samuel. Que caiu na rua de la Tour-d'Auvergne. Alguns instantes depois, os homens arrombavam a porta e levavam Blochmann. Samuel sofreu um entorse no tornozelo, mas isso não o impediu de correr até a casa de Esther, na rua des Poissonniers, onde viveram felizes até a derrota de Serial-Killer. Pouco tempo depois, souberam que Blochmann havia sido libertado e se preparava para retornar a Paris.

Nesse momento, Esther descobria que estava grávida de Samuel. Ela escondeu isso dele, contando somente a Sarah, a irmã de Samuel, sem todavia lhe revelar o nome do pai. Ora, Sarah não conseguia engravidar; quando Esther lhe propôs adotar seu filho, ela não hesitou e fez o marido acreditar que, enfim, ela havia engravidado dele. Pouco antes do retorno de Blochmann, Esther deu à luz em segredo a um menino que entregou a Sarah. O marido acreditou. Ele, por sua vez, era meio louco, via Serial-Killer por todo canto, ouvia por todo canto a voz dele oriunda das profundezas. Pouco tempo depois, ele morreu de desespero. Sarah foi com o filho para a casa do irmão, na rua Rodier, e lhe deu o nome de Ernest. Mas ela não suportou a morte do marido e foi encontrar-se com ele no ano seguinte. Assim, Ernest foi criado por Samuel, que o educou e lhe deu seu nome, sem saber que ele era na verdade seu pai.

Tio e pai ao mesmo tempo.

Uma história de folhetim.

A exaltação se apoderava dele à medida que se aproximava do final. Era agosto, fazia um calor sufocante, parecia que se estava num hospital do Terceiro Mundo, as moscas zumbindo em torno dos doentes inundados de suor. As enfermeiras se arrastavam pelos corredores. Não estavam acostumadas a um calor como aquele. Nem davam atenção a ele. Quando, sentado durante horas diante de seu notebook, ele sentia necessidade de se mexer, podia caminhar quanto quisesse pelos corredores ou no pátio do hospital, seria tão notado quanto os doentes enfiados nos roupões da Saúde Pública. Mas, a maior parte do tempo, ele ficava preso a seu tratamento de texto, numa posição de absoluta imobilidade. Escrevia como respirava, para evitar a asfixia. Sua sorte era ter um parente atingido por um acidente vascular cerebral. Graças a ele, ia pôr um ponto final em seu livro.

E o pôs finalmente.

Depois leu, releu, limpou, suprimiu o que estava longo demais ou supérfluo, reescreveu frases, mudou parágrafos, reconstruiu capítulos, retomou passagens nos textos destinados a Joseph, acrescentou mais alguns elementos necessários a um episódio, cujo verdadeiro objetivo era criar, cinqüenta ou cem páginas adiante, uma grande surpresa.

O desfecho lhe deu uma de suas maiores alegrias. Depois de ter superado inúmeros obstáculos, o herói criava uma obra de escritor, mas não conseguia a glória nem a fortuna desejadas. Esse fim pessimista devia surpreender o leitor, criar nele um equívoco que o obrigaria a retomar o texto, a relê-lo mais e mais. Igual a um bom vinho que deixa o gosto na boca durante muito tempo depois do último gole.

Ele quis logo tirar uma cópia, ver como ficaria sua obra no papel, e levá-lo a Christine Etchigolan. Dedicara-o a Denise e imaginava seu prazer ao ver o próprio nome na folha de rosto com o título que lhe sugerira: *Um lugar entre os vivos*. No entanto, ele se forçou a uma última releitura, passou a semana a corrigir os erros que lhe haviam escapado. Quando o texto pareceu enfim no ponto, salvou no disquete que guardou no criado-mudo de Samuel.

Antes de deixar o quarto, inclinou-se sobre o leito do velho. Realizara o desejo maior do tio, escrevera um livro. Talvez não exatamente o que ele sonhara, mas o havia escrito. Pensou no caderno maldosamente intitulado *Memórias de um velho imbecil*, recriminou-se de sua própria crueldade. Mas, no rosto adormecido de Samuel, um pouco flácido no lado paralisado, ele não viu nenhum sinal de rancor. Depôs-lhe um beijo na testa, pôs um filme sobre Serial-Killer e congelou a imagem no ponto em que ele parecia mais assustador, depois saiu silenciosamente, na ponta dos pés, para não acordá-lo.

Lá fora, a sensação era de uma fornalha.

Teve a impressão de estar saindo de um longo sono. Pensou nas férias em Djerba, no ano anterior. Este ano provavelmente lhe reservava outras surpresas. Diante da entrada do metrô, uma manchete do *Figaro* chamou-lhe a atenção.

"Nova façanha do assassino serial."

Embaixo, uma foto mostrava, sentada numa pedra coberta de almofadas e tecidos, uma mulher com ar sonhador, a mão direita sobre o joelho esquerdo e a outra na boca. Estava nua, com meias pretas, cabelos na nuca em forma de coque. Ele reconheceu a reprodução que se encontrava no Lapin Chasseur. A notícia dizia que a mulher foi encontrada na rua Toulouse-Lautrec, no bulevar periférico da porta de Saint-Ouen. A encenação fazia referência a uma obra do pintor: *Mulher sentada num divã*. Parecia que o assassino queria mostrar a docilidade do modelo em relação ao artista. Essa docilidade ganhava ali ares de fatalidade. O jornal insistia na excelência da encenação e no perfeito estado de conservação da vítima, o que assinalava a competência do criminoso nesse campo.

Mas, olhando atentamente a foto, Ernest não reconheceu a mulher de boné que ele tinha seguido com Joseph. O que não o impediu de sentir um profundo mal-estar ao entrar no metrô. Para dissipar essa impressão, pensou em Denise, que reencontraria no Lapin depois que ele entregasse os originais a Christine Etchigolan. Festejariam o acontecimento num bom restaurante, depois iriam para a casa dela e, pela primeira vez depois de meses, ele não voltaria ao hospital.

Desceu em Pigalle, subiu a rua des Martyrs sem encontrar vivalma. Tinha a sensação de não ter estado ali por séculos. No apartamento de Joseph os postigos estavam fechados. Será que ele vigiava através das persianas? Pouco importava. Sabine não estava em casa; aliviado, ele imaginou que ela voltaria tarde — um serão, provavelmente — e que não a veria. Em contrapartida, sobre a mesa, a impressora estava à mão, ao lado de *I want you*, que esperava sua tradução.

O tempo de ligar o notebook à impressora, e apertou a tecla imprimir. Era uma impressora antiga que imprimia duas páginas por minuto. Levaria, no mínimo, três horas, contando as pausas para não esquentar demais. Olhou as primeiras páginas se acumulando à sua frente. Admiráveis. Margem esquerda certinha, direita também, parágrafos perfeitos, verdadeiras páginas de um livro. Uma vez publicado, teria aquela cara. Leriam que um sujeito tem sua história roubada por um outro que acede ao status de escritor. Uma farsa cruel. Virariam as páginas, veriam caracteres negros sobre fundo branco que contariam essa história. Havia se operado o milagre, ele poderia ir a uma livraria, folhear um exemplar numa mesa e ver ali tudo igualzinho, até as vírgulas.

Nem dava para acreditar: o que ele havia escrito ao alcance de todo o mundo, com segredos que só ele conhecia. O leitor leria na seqüência. Já ele saberia como este ou aquele episódio tinha sido escrito. Alguns guardariam as sensações, as palavras, os gestos que haviam acompanhado a escrita, os incidentes que a tinham perturbado ou estimulado. Tudo isso estaria como que incrustado nas palavras. E Ernest, mesmo que o leitor não se lembrasse, não deixaria de ser a fonte original.

Duas horas se passaram e as páginas se imprimindo diante de seus olhos. Sentiu então que estava morto de fome. Deu uma olhada na janela de Joseph: nada a temer, os postigos estavam fechados. Certamente havia desistido. Ernest pôs uma centena de folhas na bandeja da impressora, as cem últimas páginas, apertou a tecla e se dirigiu à Pizza Pignatta.

Lá fora o calorão continuava. A calçada e as paredes dos prédios estavam pegando fogo, quase todas as lojas estavam com as cortinas puxadas. A sala do restaurante lhe pareceu um oásis de frescor. Já eram quase quatro horas da tarde e, salvo um casal de turistas de bermudas e com uma máquina fotográfica, não havia ninguém. Enquanto esperava a pizza, desceu ao subsolo para telefonar para Christine Etchigolan. Ela não estava. Ele voltou à sala, almoçou e, depois do café, telefonou de novo. Christine tinha um encontro, aconselharam-no a ligar no fim do dia. Por precaução, deixou uma mensagem dizendo que seu texto estava pronto e que passaria lá para entregá-lo.

Depois pagou e voltou para casa.

Ao chegar diante de sua porta, viu que havia esquecido as chaves no restaurante. Como tinha pressa de entrar, achou que ouviu um barulho no apartamento. Sabine estaria de volta? Mas ninguém respondeu a seu toque de campainha. Tentou mais uma vez, depois desceu para pegar as chaves. Teve de esperar: o garçom que as havia encontrado tinha ido fazer umas compras e não sabiam onde ele as deixara.

Recuperou as chaves quinze minutos depois, correu para casa, mas, quando olhou a mesa, teve a sensação de que o mundo ruía a seus pés.

A impressora estava ligada. Não havia uma só folha de papel na bandeja.

E o texto havia desaparecido.

Ernest acreditou ter atingido o cúmulo do desespero.

Podiam roubar tudo: o dinheiro, a glória, o amor, a vida, mas não seu livro. Isso, nunca!, berrava ele. Era derrubar a última muralha detrás da qual se construía a propriedade. A propriedade literária, mãe de todas as propriedades. Levantar um dedo que fosse contra ela seria ato de um aniquilamento total e infame.

Logo pensou em Joseph.

Jamais subestimar o adversário. Joseph certamente não ficara inativo enquanto ele trabalhava ao lado de Samuel. Não bastava tê-lo despistado no metrô e constatado que seus postigos estavam fechados, na realidade, ele não deixou de ficar em seu encalço, perseguira-o por toda parte, talvez até no hospital. E agora vinha roubá-lo.

Como pudera entrar em sua casa? Com as chaves

esquecidas no restaurante? A cena lhe veio à cabeça com precisão, não foi ao sair que as esquecera sobre a mesa, mas ao descer para telefonar. Joseph tinha visto tudo. Ele havia assediado o garçom para consegui-las, entrara no apartamento, pegara os originais e depois voltara para entregar as chaves de volta.

Derrota completa!

Derrotado por ato falho. E, ainda mais, nem passara por sua cabeça escrever o próprio nome sob o título!

Examinou a tela do notebook e deu um suspiro de alívio ao descobrir que o texto não tinha sido apagado. Joseph teria sido incapaz de fazer isso, não conhecia nada de computadores.

Nem tudo estava perdido.

Repôs o papel na impressora e teclou nova impressão. Terminaria em três ou quatro horas. Aí seria muito tarde para ir à editora, mas enquanto isso ele telefonaria para Christine Etchigolan para dizer que levaria o livro no dia seguinte, logo cedo.

As primeiras páginas começaram a sair. Ia telefonar para Christine, esperando que ela estivesse enfim disponível, quando alguém bateu à porta.

Ao abrir, deu de cara com Joseph Arcimboldo.

— Você está me devendo alguma coisa — disse ele.

Seu olhar destilava ódio.

O primeiro reflexo de Ernest foi o de desligar a impressora. Mas Joseph estava no seu pé, arrancou a primeira página das mãos do outro e leu:

Eu sou o filho da noite medieval e da noite nova-iorquina. Uma ponte lançada entre dois abismos.

262

— Meu incipit! Cretino! Queria roubar minha história, hein?

— Não me venha você com lorotas! — respondeu Ernest, perplexo (sua emoção era tal que ele não se deu conta de que também tratava Joseph por você).

— E você, pensa que sou idiota! Some por vários meses. Procuro você por tudo que é canto e, enquanto isso, você rouba minha história.

— Não lhe roubei nada, e se você está pensando em seu dinheiro, não se incomode, eu devolvo.

— Eu queria saber como. Seja como for, estou pouco ligando pro dinheiro. O que é grave é que você me roubou. Podem roubar tudo dos outros: dinheiro, ilusões, a vida, tudo, mas não sua história. Isso, nunca! É o pior dos crimes. Mesmo um assassino em série não faria isso.

Essas palavras exasperaram Ernest.

— A história pertence àquele que escreveu! Admitamos que você me forneceu a matéria-prima. E daí? A matéria-prima está por aí. A vida está cheia de matérias-primas. O que a sua tem de mais? O que eu escrevi me pertence e só a mim, você não vai encontrar em nenhum outro lugar. Isso me pertence até a menor vírgula. As frases, o desenvolvimento, as tensões, os trechos chatos, tudo isso sou eu, eu, que inventei! Ninguém mais. Se queria uma história sua, deveria ter escrito. Agora me deixe, tenho mais o que fazer. Imprimir um romance, sabe o que é isso?

Joseph Arcimboldo não disse nada. De repente, puxou do bolso uma arma que apontou para Ernest.

— É uma Parabellum P-08 da Wermacht, com balas 9 mm, participou do cerco de Stalingrado. Agora você vai entregar essa história.

Ernest olhou Joseph, espantado.

— Por que vou lhe entregar essa história?, você acabou de me roubar!

— Roubar o quê? Se tivesse roubado, por que estaria aqui?

Essa resposta pareceu tão evidente a Ernest que ele não soube o que dizer.

— Não brinque comigo — retrucou Joseph —, senão eu atiro. Você vai tirar essa cópia agora e acho bom não querer bancar o espertinho.

— Por que você mesmo não imprime?

— Faça o que estou mandando.

Ernest se postou diante do notebook. Joseph tinha razão: por que voltaria se estivesse com os originais? Quem então os teria levado? Ele não estava entendendo mais nada, mas duas coisas eram certas: a primeira era que Joseph não sabia usar um computador, a segunda era que ele havia guardado um disquete no criado-mudo de Samuel. Sem ligar para a pistola encostada em sua cabeça, ele mandou o romance para a lixeira, apertou a tecla "esvaziar lixeira" e confirmou logo a operação.

Joseph olhou com um ar estúpido o computador.

— O que você fez?

— Uma manobra errada — respondeu Ernest —, acabo de destruir tudo o que fiz, mas foi sem querer.

— Sem querer! Está brincando comigo? — berrou Joseph. — Eu bem que lhe avisei!

Ouviu-se um estampido, Ernest sentiu que sua cabeça se estilhaçava no ar. Parecia uma coisa sem fim. O interior de seu crânio incendiou-se. Viu claramente então os estragos da bala, a ponto de seguir sua trajetória. Por isso não se surpreendeu quando, ao sair de sua cabeça, ela se chocou contra a parede. Não era uma morte literária à Hemingway, que deu um tiro na boca, mas dava para o gasto. O mundo ficou da cor do sangue que escorria pelos olhos. Quis chamar por Denise para socorrê-lo. Ela o esperaria no Lapin, naquela noite. Joseph continuava de pé, bem a seu lado. O cano da arma fumegava. Da forma como ele o olhava, Ernest entendeu que era a primeira vez que ele matava alguém. Quis fazer uma pergunta, mas não conseguiu articular nada. E mesmo ele nem sabia muito bem o que queria lhe perguntar. Talvez ele fosse realmente um assassino serial. Essa curiosidade lhe pareceu sem nenhum valor. A sala escurecia, e o mundo ficava cada vez mais distante.

Merda, pensou ele, para que fui esquecer minhas chaves no restaurante!

Ela poderia imaginar que, se Ernest não tivesse esquecido as chaves na Pizza Pignatta, o destino dos dois teria sido diferente?

Agora, o 138 corria na noite.

Aquele dia parecera interminável. Raymond tinha insistido para que ela ficasse com ele toda a manhã e um pedaço da tarde. Ela não pudera dizer não. Quando Raymond estava com tesão, não tinha jeito, ele o dizia com todas as palavras que ela não ousava falar na sala privativa. E também Raymond, apesar de sua brutalidade, era capaz de uma ternura tal com as mulheres que conseguia fazê-la esquecer Ernest. E ela precisava muito disso. Longe dos olhos, longe do coração, que estupidez!, pensava ela, enquanto o ônibus atravessava a ponte de Genevilliers e entrava pela avenida Laurent-Cély. Nunca ela vira Ernest tão pouco e nunca pensara tanto nele. Como Solange, em *Eu acredito na felicidade*, que nunca amara tanto Sébastien senão quando ele estava à cabeceira de sua tia enferma. Com a diferença de que Sébastien velava *realmente* a tia, enquanto Ernest pouco estava ligando para o tio. No entanto, era ela que o tinha incentivado a velar por ele. Ela era muito idiota! Os poucos dias que ele devia passar com Samuel se transformaram em semanas, depois em meses. Diferentemente de Solange, cujo coração voltou a bater quando Sébastien lhe disse os verdadeiros motivos de sua ausência, ela não conseguira explicação de Ernest, simplesmente porque ele não voltava mais para casa.

Ela havia aberto seu coração para o barão Joseph, um descendente da nobreza. Ele se esforçara para tranqüilizá-la. Mas ela bem via que ele não estava convencido.

Pobre barão, tão atencioso com ela!

Ela pronunciara essas palavras em voz alta, com um sorriso um pouco comovido, tão comum quando lembramos alguém por quem sentimos afeição. Um homem que acabara de subir em Grésillons a olhou longamente antes de se sentar no fundo do ônibus. Eram mais de onze horas, excetuando ela, aquele homem, o motorista e uma jovem da idade dela, sentada na fileira vizinha, o 138 estava vazio. Mas Sabine não via nada. Nada a interessava, nem o homem, nem a moça, nem a paisagem escura de terrenos baldios, de enormes extensões vazias, conjuntos populares e galpões, que iam ficando para trás.

Ela se lembrava como o barão terminara por admitir a infidelidade de Ernest. "Minha querida menina", dissera ele (ela adorou que ele a tivesse chamado assim), "queria tanto que a vida fosse como *Eu acredito na felicidade*, esse livro tão belo do senhor seu marido (isso também ela havia adorado), tão resolutamente otimista, voltado para a esperança e o futuro, bela lição de coragem que releio sempre. Que pena! A vida às vezes é tão diferente." Depois ele lhe havia dito que o outro não precisava dar as costas assim ao mundo: no hospital todas as noites? Ele a tomava por uma imbecil? Ela era muito perspicaz para se deixar enganar por essa desculpa. Ao ouvir o barão apresentar a situação sob esse ângulo, ela compreendeu que sempre soubera de tudo, mas havia fechado os olhos na esperança de que tudo se arranjasse.

Só que nada se arranjara.

Por isso que abandonou tudo: Ernest, o quarto-e-sala, os móveis, os eletrodomésticos que havia comprado com seu dinheiro, e sua carreira com Raymond. Até Raymond. Agora ela estava arrependida de ter partido sem avisar. Mas, uma vez na casa de seus pais, lhe escreveria, ele iria compreender. Escreveria também a Ernest. Uma carta colocando um ponto final em tudo, muito fria. Ela lhe diria que sabia da outra mulher, que dali em diante tudo estava acabado entre eles. Mas ele ficasse certo, ela não o amaldiçoaria pelo mal que ele lhe fez. A prova, ela deixava o lugar para a outra e lhes desejava toda a felicidade possível. Mas que ele se lembrasse bem disso: nenhuma mulher o amaria tanto quanto ela.

Nisso, explodiu em prantos.

O motorista se virou um instante, depois sua atenção voltou de novo para a estrada. E a jovem da idade dela lhe dirigiu um sorriso solidário. Ela devia saber o que era ser enganada. Era exatamente o que ela sentira lendo o texto de Ernest. Começava pela dedicatória: *Para Denise*. A burguesona da editora, certamente, seu nome terminava em "ise", ou algo parecido. O barão a prevenira. "Tenho certeza, minha pobre menina", ele dissera, "de que esse livro é dedicado a uma outra. Quando ele terminar, traga-o para mim, vou analisá-lo e lhe mostrarei os trechos que provam a traição dele, sou perito nesse trabalho."

Ele chegara à delicadeza de lhe dar seu número do celular. Clientes tão atenciosos era difícil encontrar. Não só ele gastava quantias exorbitantes para vê-la, mas também suas relações tinham evoluído de tal forma que se criara entre eles um clima de confiança e amizade. Ele devia estar secretamente apaixonado por ela, o que a lisonjeava, sobretudo porque se comportava como amigo fiel e respeitoso, a ponto de ela achar desnecessário tirar o fio dental para ele.

Assim, depois de sua noite com Raymond, quando ela descobriu, tão evidente sobre a mesa de trabalho, o texto recém-impresso, seu primeiro reflexo foi telefonar para o barão. Mas a curiosidade foi mais forte, mesmo sabendo que Ernest podia voltar de repente, ela não resistiu ao desejo de lê-lo. Muito depressa, teve de se render à evidência: nada que lembrasse as maravilhosas páginas que ele escrevia para ela nos folhetins. Bastava ver o começo: *Eu sou o filho da noite medieval e da noite nova-iorquina. Uma ponte lançada entre dois abismos*. O que isso queria dizer? A continuação confirmava essa impressão. O que Ernest contava nada tinha a ver com o amor deles. Embora ela tivesse dificuldades para compreender tudo, alguns lugares e alguns personagens conseguia identificar. Uma parte da ação se desenrolava em seu bairro, ela reconhecia as ruas e os lugares descritos. O personagem principal se chamava Ernest, como ele. Mas não era uma autobiografia, como se dizia no liceu, o Ernest do livro era um escritor fracassado, um personagem triste, com uma companheira completamente idiota, nada a ver com ela, digamos. Ele tinha um parente no hospital, um pobre homem semiparalisado e gagá, que delirava sobre um tal Serial-Killer. Era assim que Ernest via a família? Enfeando os que o amavam, zombando deles? Ela foi tomada por uma vontade louca de destruir aquele texto maldito, de não deixar linha sobre linha. Nada, nada, nada. Estava se lixando para o tempo que ele perdera. Um tempo sem dúvida dividido entre o livro e a amante.

Ia pegar um fósforo na cozinha quando ouviu um ruído na escada. O ruído estacionou na porta. Seu coração acelerou. Se fosse Ernest, como ele reagiria quando a surpreendesse queimando seu livro?

Minutos depois, tocaram a campainha. Ela não se mexeu. Do outro lado da porta, percebeu uma hesitação, novos toques de campainha, depois o ruído de passos em direção à escada até que sumiram.

Da janela ela viu Ernest correr em direção à Pizza Pignata. Teria esquecido as chaves? Ela não podia perder tempo. Enfiou o livro na bolsa que carregava nas costas e saiu às pressas.

Já eram mais de quatro e meia da tarde.

Ela se dirigiu ao Lapin Chasseur.
Pediu um maço de cigarros.

Estava uma pilha! Apesar de antitabagista convicta, fumava um Marlboro atrás do outro feito uma editora intelectual, lendo os originais de um livro, fumando e bebendo Château-Lafite-Rothschild, *grand cru*, 1974, por conta de Ernest. Marmaduke vinha encher sua taça a intervalos regulares. Ele via que ela estava triste. Como garçom educado, ele servia com discrição, sempre cuidando para que ela estivesse com a taça sempre cheia. Sem lhe fazer nenhuma pergunta, mas testemunhando-lhe uma compaixão sincera e atenciosa.

Mas nada podia desviar Sabine de sua leitura. Um livro onde havia outra mulher. Lá estavam as passagens eróticas que uma noite Ernest lera para ela e que ela achara asquerosas. O mesmo asco — agora misturado com vinho e tabaco — se apoderava dela. Eram passagens curiosas, feitas com palavras preciosas que iam bem — era preciso reconhecer — até o momento em que, bruscamente, caíam numa vulgaridade digna de Raymond. Mas enquanto no trabalho com Raymond era natural, ali havia uma vontade explícita de provocar. Parecia que Ernest só se interessava pelo lado sujo das coisas. Punha em cena uma mulher com quem fazia amor bizarramente. Enquanto com ela o sexo era algo sadio, voltado para a vida, para a ternura e a felicidade, ali era apresentado como a experiência de uma maldição. Percebia-se entre o herói e sua amante um desejo de aviltamento, eles se espojavam na merda com palavras elevadas, se deleitavam com sensações que a assustavam. Como se podia gostar daquilo? Ela sempre achara que, com Ernest, tudo era belo e puro!

A idéia se impôs, indiscutível: ele nunca abandonara a burguesona. E não era coisa recente, não! Isso vinha do tempo em que ele ia ao Lapin Chasseur e voltava tarde. Depois foi para ficar com essa mulher que ele a despachou para Djerba. E enquanto ela aguardava na praia, ele continuava amando a outra. Para falar a verdade, ele a tomara mesmo por uma idiota.

Não precisava do barão para lhe pintar o quadro. Sua decisão estava tomada. Pediu a Marmaduke um catálogo e procurou o endereço que queria.

Ao sair do Lapin, notou uma jovem mulher de tailleur cinza, sozinha numa mesa. Ela tentava se concentrar num livro, mas o coração parecia estar longe dali. Sempre que a porta se abria, ela levantava a cabeça com a esperança de que aparecesse aquele que esperava. "Ela também deve ter sido abandonada", pensou Sabine. "Os homens são todos iguais." Depois ela viu Marmaduke olhando-a partir como se não fosse mais revê-la. A visão do garçom fino lhe arrancou um soluço. Achou que só ele e o nobre da sala privativa a haviam realmente amado. Prometeu a si mesma ligar para o celular do barão para dizer adeus.

Eram onze e meia da noite.

Comprou numa tabacaria uma folha de papel de carta e um envelope. A folha quadriculada e o envelope bege não eram dos melhores, mas as papelarias estavam fechadas. Sentou-se num tamborete, puxou da bolsa *Eu acredito na felicidade* e procurou a página em que Solange escrevia a Adrienne. Inspirou-se nela para escrever à sua rival. Ernest a amava, explicou, se ela não sabia disso, teria a confirmação ao ler o livro anexo. Era a ela que ele o dedicava. Acrescentou que ela também amava Ernest mas que, como Solange, de *Eu acredito na felicidade*, ela se sacrificava para que eles fossem felizes.

271

Com pequenas diferenças, eram as palavras de Solange a Adrienne. Prova, se ainda fosse preciso uma, de que o destino das duas era parecido.

Releu a carta, explodiu em soluços, depois colocou tudo na bolsa, dirigiu-se ao metrô, pegou a linha para Défense e desceu em Étoile.

Dali se dirigiu à avenida Mac-Mahon.

No ônibus que a levava a Épinay, ela se perguntava se agira corretamente.

Tanto mais porque nem tudo se deu como previra.

Chegou ao prédio. Pensava que a burguesona morava num edifício moderno, como o das edições Romance (que ficava bem perto dali, ela vira no mapa). Em vez disso, deparou-se com uma construção antiga, de luxo, evidentemente — pedra de cantaria, tapetes nos corredores, vitrais e um silêncio assustador —, mas pouco funcional. Por exemplo: impossível enfiar os originais na caixa de correio. Deixar com a zeladora? Não confiava. Levá-los pessoalmente? Tinha medo de dar de cara com a tal, mas queria estar certa de que ela os receberia junto com a carta. Juntando toda a sua coragem, subiu até o terceiro andar. Na ponta dos pés, para fazer o menor barulho possível. O lugar a impressionava tanto que ela mal ousava respirar. Nem teve coragem de tomar o elevador. Se soubesse que havia uma escada de serviço, teria ido por ela sem vacilar.

Chegando ao terceiro andar, puxou o vestido para esconder o fio dental — isso pegava mal —, respirou fundo e se decidiu. Ia tocar a campainha quando percebeu que a porta estava entreaberta. Será que teria a sorte de não encontrar a burguesona? Empurrou suavemente a porta, sem todavia conseguir impedi-la de ranger. O vestíbulo estava escuro. À esquerda do cabide, viu um bufê sobre o qual colocou a carta e o livro. Foi quando percebeu, emergindo da escuridão, alguém inteiramente nu. Tomada pelo pânico, precipitou-se escada abaixo, a ponto de quase cair e quebrar o pescoço.

Esse roteiro lhe arrancou algumas lágrimas no momento em que atravessava a área deserta. O lugar era visto como perigoso, dizia-se que ali era o palco onde se cometiam atos de uma delinqüência antiga e brutal. Mesmo durante o dia era perigoso. Mas Sabine não ouvira o conselho do motorista, a cabeça repleta de pensamentos amorosos. Em plena noite, sozinha na escuridão, o vestido esvoaçando até o umbigo, ela atravessava o lugar de todos os perigos rememorando histórias que a reconfortavam. Ernest não a desancaria por ela ter roubado seu romance, Denise (ou Maryse, ela não estava muito certa do nome) o faria reescrever — mesmo ela também o achava doentio — e, embora pertencesse à alta sociedade, ela seria sua melhor amiga, os mal-entendidos que as separaram seriam superados, elas fariam confidências às gargalhadas sobre Ernest. Este, enfim consciente de sua leviandade, suplicava-lhe que começassem do zero. À medida que se embrenhava pela zona deserta, sombras se agitavam, algumas lâmpadas acesas aqui e ali, mas ela não as via. Atenta para não prender os saltos nas fissuras do terreno, caminhava com cuidado perguntando-se o que responderia a Ernest. Seu coração lhe dizia sim, Denise também. "Vocês se amam, seria muito triste acabar tudo", diria ela. Ela estava com a razão, só o amor devia triunfar. Uma centena de metros devia separá-la da torre de seus pais. Eles não a esperavam de volta. O que diriam? Sua mãe, nada, estaria dormindo. Aliás, quase todas as luzes do edifício estavam apagadas. O filme da tevê já devia ter terminado. Só algumas janelas estavam ainda iluminadas. Os fanáticos por televisão, entre eles seu pai. A imagem daquele velho homem prostrado diante da tevê lhe apertou o peito. Apesar das imperfeições do terreno, apressou o passo.

De repente, sentiu um curioso movimento à sua volta. As sombras puseram-se a correr em todos os sentidos. De repente, alguém gritou: "Socorro!", depois ela chegou à torre de seus pais e digitou o código na portaria.

No elevador, ela já havia perdoado Ernest. Aceitava casar com ele sob a condição explícita de não esconderem mais nada um do outro: se um dia ele se cansasse dela, ou se amasse uma outra, ele lhe diria. Depois vinham os preparativos do casamento. Denise, de quem agora ela era inseparável, seria sua madrinha. Uma profunda cumplicidade unia as duas jovens mulheres. Elas faziam compras para o casamento, riam e contavam mil confidências. E Sabine estava feliz porque as estripulias de Ernest lhe tinham permitido conhecer uma tão boa amiga.

No trigésimo segundo andar, atravessou um interminável corredor com uma série de portas corta-fogo. O apartamento de seus pais era na outra ponta. Ao contrário do que pensara, seu pai não estava na sala. A luz estava acesa, a televisão também, mas ninguém presente. Sua mãe, que deveria ter dormido vendo o filme, tinha se arrastado até a cama, e seu pai devia ter ido juntar-se a ela depois, esquecendo tudo aceso. Tudo bem, no outro dia ela lhes diria que ia ficar com eles por algum tempo.

Ela passou pelo banheiro, tirou o vestido com cheiro de suor, escovou os dentes — sua escova sempre no copo sobre a pia — e depois foi para o quarto.

Seu pai a esperava lá.

Estava sentado na cama dela. O pijama aberto mostrava uma camiseta em péssimo estado.

Quando viu Sabine, seu olhar se iluminou.

No mesmo instante, Joseph Arcimboldo se lamentava sobre o corpo inerte de Ernest Ripper.

— Eu não queria fazer isso — gemia ele. — A culpa foi sua, não precisava me enganar. O dinheiro não tinha nenhuma importância, mas o livro! Por que você o fez sumir? O que vai ser de mim? Nós tínhamos um tema tão rico! Agora, não tem mais livro, e você já não pode escrever. Não posso ir ver a viúva com as mãos abanando. O que vou dizer a ela?

Mas Ernest não respondia.

O apartamento estava silencioso, havia muito invadido pela escuridão.

— Não me deixe só! — gritou Joseph mais uma vez.

Em vão.

Ernest não o escutava.

EPÍLOGO

A morte não é uma desculpa.
(Atribuído a Jules Vallès)

Mas ele estava enganado.

Ernest o escutava.

De muito longe, num imenso silêncio. Como se suas palavras se inscrevessem numa página de uma alvura absoluta. Silenciosas e, no entanto, perfeitamente audíveis.

Ernest não conseguia acreditar.

Ele estava morto, via-se deitado no chão, a metade do rosto arrancada, uma espécie de jorro vermelho e amarelo saindo do ferimento. Não se mexia mais, não respirava mais, o coração não batia mais. Estava morto. Uma impressão inaudita. Flutuava no apartamento da rua des Martyrs, percorria as paredes e as janelas, tocava o teto, incrivelmente alto, mudava de perspectiva com uma facilidade desconcertante, com uma ação do pensamento. Ora via em grande plano o rosto de Joseph devastado pelas lágrimas, ora via em *plongée*, inclinado sobre seu cadáver, as costas daquele imbecil chorando desesperado, sacudido pelos soluços.

Ele, Ernest Ripper, estava morto, ele que acabava de escrever um romance, que o havia tirado da impressora mas não conseguira levar a seu editor. Ele não amava mais Sabine, amava Denise, mas estava morto, não tinha mais nada, não era mais nada. Uma pura presença que tudo via, escutava tudo, locomovia-se por toda parte. Joseph não lhe havia mentido, portanto: a alma ficava perto do corpo. "Constatei", dizia ele — Ernest se lembrava disso com uma precisão espantosa para um morto —, "que essa presença podia durar até dois minutos."

Por saber disso tudo, Joseph seria mesmo um assassino? Nesse instante, tinha ele consciência de que a alma de sua vítima flutuava à sua volta? Que sua presença fazia toda a sala vibrar? E arrebentava os tímpanos daquele nojento? Mas Ernest não fez essas perguntas por muito tempo, pois aconteceu algo que ele não esperava. Um fato muito simples, que inúmeras teorias religiosas corroboravam. Sentiu-se *aspirado para o alto*. Inicialmente, achou que era uma ilusão, mas não, ele estava mesmo sendo aspirado para o alto, já ia atravessar o teto, passar para o apartamento de cima e continuar sua ascensão, sempre para cima, como se o Céu o chamasse.

O que o Céu queria com ele?

Um esforço de concentração intensa levou Ernest de volta ao local do crime. Pareceu-lhe que sua relação com o tempo havia mudado, que várias horas podiam se passar em alguns minutos. Nesse ponto, Joseph teria se enganado, a alma podia ficar muito tempo junto ao corpo. Agora, já devia estar no meio da noite, pois, salvo erro de sua parte, ele tinha sido morto em pleno dia, depois do restaurante, e quando nada ou quase nada tinha se passado — somente seu início de ascensão —, eis que já era noite plena, haja vista a escuridão e algumas luzes acesas em alguns lugares. Devia estar fazendo um calor acachapante mesmo; na rua des Martyrs, viam-se pessoas andando como se cada passada lhes fosse penosa.

Mas Ernest não sentia calor. Ele, que tinha uma memória aguda do que podia ter dito ou feito vários anos antes, não tinha senão uma lembrança muito vaga dessa sensação que acabava, no entanto, de perder. Era provavelmente por essa razão que Joseph havia tirado o paletó e enxugava o abundante suor da testa com um lenço. Que servia também para apagar as marcas de sua presença. Ele deixara a vítima de lado, Ernest o viu limpar o computador, depois a mesa na qual tinha se apoiado, depois a maçaneta da porta que tinha tocado. Ele ia e vinha, o cenho denotando preocupação. Procurava, de todas as formas, reconstituir o que tinha feito desde sua chegada onde podia ter deixado suas impressões digitais.

Ernest se espantou que Sabine não tivesse voltado. Um serão no supermercado não a teria retido tanto tempo. Esperava que, ao entrar no apartamento, ela desse um grito de terror diante de seu cadáver. Nada disso aconteceu. Ele se perguntou onde ela poderia estar. Com um amante? Mas a morte não dava a chave para tudo. Tomado por uma brusca intuição — e também para escapar ao movimento ascensional —, ele se dirigiu a Épinay. Nesse momento, Joseph passava o aspirador para apagar os vestígios de seus passos. Será que iria limpar os vidros das janelas e tirar a poeira da sala?

Foi a última imagem que Ernest levou.

Pouco depois, o apartamento dos pais de Sabine apareceu diante dele, em frente ao terreno baldio. Bloco escuro onde havia só uma janela iluminada, no trigésimo segundo andar.

Em seu quarto, com uma maestria que só ela possuía, Sabine dançava ouvindo uma canção de Whitney Houston: *Heartbreak Hotel*.

This is the Heartbreak Hotel.
You said you'd be there by nine
Instead you took your time...

Na cama estava sentado um homem, o pijama aberto sobre uma camiseta cinzenta. Seu rosto até então sem vida — de certo ângulo, lembrava o de Joseph — enrubesceu quando Sabine começou a desfazer o laço do fio dental.

Depois, de novo, ele se sentiu puxado para o alto. Lá ia Deus recomeçar. Parecia que o paraíso exigia sua presença. Seu tempo estava contado. Teve uma vontade louca de rever Denise. Estaria ela ainda no Lapin? Dizer que eles tinham combinado jantar à luz de velas para festejar o fim de seu livro. Ele hesitou. De que adiantaria vê-la? Mas sua vontade foi mais forte. Se não a encontrasse, passaria na casa dela.

Apesar da hora, o Lapin estava lotado. Marmaduke se desdobrava para continuar sendo o garçom fino entre aquelas pessoas de bermudas e máquinas fotográficas a examinar o mapa de Paris. Ele viu Denise, sozinha numa mesa, sob a reprodução de Toulouse-Lautrec. Seu rosto estava desfigurado. Sobre a mesa, *Guerra e Paz*, que ela não conseguia ler. Ele quis lhe falar, mas ela não o ouviu. Era um erro ter vindo, ele foi tomado por um sofrimento imenso, difícil de traduzir, mesmo com lágrimas.

Ele pensou em Christine Etchigolan, mas, além de

282

ignorar seu endereço, não via como lhe dizer que seu romance estava terminado e que o disquete estava no criado-mudo de Samuel. Ele tinha de tomar consciência, estava numa situação difícil. Dentro em pouco não poderia mais resistir ao apelo do Céu — a atração celeste se tornava implacável —, quis aproveitar seus últimos momentos para dar um pulo no apartamento de Maryse.

No Mac-Machon estava passando *Cantando na chuva*, com Gene Kelly e Cid Charisse. Contemplou por um breve instante o cartaz, depois entrou no quarto de Maryse. Ela estava mergulhada numa meia-luz, apenas um abajur aceso sobre o criado-mudo.

Mas isso não era empecilho para ele enxergar.

E o que ele viu ultrapassou todo seu entendimento.

Maryse estava lá.

Deitada no lado esquerdo da cama, perto da porta. Continuava com os mesmos hábitos. Por causa do calor, estava coberta apenas com um lençol. A seu lado estava deitado um sujeito que ele vira um dia em que passara por lá para pegar seus últimos objetos. O idiota feliz por excelência. Estava nu, o lençol nos pés para melhor exibir sua anatomia. Pele lisinha, bronzeado, sem barriga, peitorais, bíceps, tríceps, coxas, tudo calibrado milimetricamente, o tipo que vive de suas proezas na cama. Só uma coisa captava sua atenção: como um farol, ela dominava sua anatomia com uns bons vinte centímetros. Sua única preocupação parecia não deixá-la baixar. De vez em quando, dava um tapinha, sem dúvida para mantê-la em pé. Para distrair-se, tinha à sua frente um livro sobre o qual, de vez em quando, lançava um olhar pouco entusiasmado. Quanto a Maryse, não estava, claramente, nem um pouco interessada nele.

E com razão.

Ela lia.

Foi isso que deixou Ernest estupefato. *Ela lia seu romance*. Ele o conhecia o suficiente para não ter nenhuma dúvida, para lhe reconhecer a mais simples frase. Como teria ido parar ali? Mistério. Será que não tinha sido Maryse quem o roubara? Mas logo abandonou essa pergunta. Quando se está morto, vai-se ao essencial. E o essencial era o interesse evidente que Maryse dedicava a seu texto. As páginas se acumulavam ao pé da cama. E ela lia, lia, nada a desviava da leitura. Com um gesto mecânico, ela jogava as páginas sobre o carpete. Já eram mais de cem. Ela devia ter passado a noite lendo, com o sujeito esperando sua vez.

Conquanto já tivesse desencarnado, sentiu uma intensa emoção percorrê-lo. Maryse ia publicá-lo. Nem precisava estar morto para saber disso. Ele a conhecia, ela já devia estar imaginando um plano de publicação. Seria então por Condorcet e não por Montpensier, por Maryse Bernadac e não por Christine Etchigolan. Pouco importava, ele não ia bancar o difícil. De qualquer maneira, ele não podia dizer mais nada. Simplesmente, gostaria de ficar para contemplar o rosto de sua ex-amante, aquele rosto enlevado por sua prosa. Mas lá no alto, o Céu já estava impaciente. Amanhecia. Era hora do paraíso. O mundo à sua volta se desfazia pouco a pouco, tornava-se transparente, para ceder lugar a uma espécie de céu que irradiava sua luz por toda parte. Uma fusão de cores que terminava no Reino dos

Céus. Em volta dele, os mortos recentes — dava para reconhecê-los pela cara de êxtase — se acotovelavam para atender aos apelos do Senhor. No maior puxa-saquismo. Enquanto isso, lá embaixo, estava para acontecer todo tipo de vulgaridade, o cara que pularia sobre Maryse quando ela terminasse a leitura, Gene Kelly que ia fazer seu número de sapateado a partir das catorze horas no Mac-Mahon. Sabine que dançava de fio dental para um senhor de roupa de dormir, Denise que voltava triste para casa com o livro debaixo do braço, um homem de rosto transparente atrás dela. Num supremo esforço, ele conseguiu ver Samuel, o indestrutível Samuel com o urinol que uma enfermeira lhe trouxera. A festa se espalhava. Para ele, era a beatitude eterna que o esperava. Uma beatitude sem desejos, sem crimes, sem loucura, sem paixão, sem obrigação de escrever, sem traição, tudo muito preciso. E ele estava perdendo tudo isso. Já estava acostumado. Pensou na rua de Tilsitt, isso também ele tinha perdido. E não ia ser lá em cima que ele ia recuperar o que perdera. Lá em cima seria a paz do Senhor, com anjos a tocar harpa e santos de olhar tranqüilo. Até que ele passasse a ouvir a música celeste...

O que ele fizera para merecer isso?

Um lugar entre os vivos, o título que Denise lhe propusera. O Céu estava gozando com a cara dele.

Sentiu raiva de Joseph.

Por que aquele idiota tinha apertado o gatilho? Concentrou-se com todas as suas forças para fazer meia-volta. Em vão; já estava atravessando as primeiras camadas de felicidade seráfica. Uma felicidade em tons pastel, como nas imagens sagradas. Tentou resistir mais uma vez.

Bem antes de se fundir à felicidade eterna, teve o pressentimento de que algo de grave acontecia lá embaixo.

De muito grave.

Deu um enorme grito que encheu a cúpula celeste, mas ninguém o ouviu na Terra.

Na Terra, ninguém ouve os mortos.

Maryse não conseguia parar de ler.

Alexis já estava impaciente. Não era por nada, mas se demorasse muito, aquilo ia baixar. O que as mulheres pensavam? Ele multiplicava os esforços para se manter a postos. Tapinhas daqui, tapinhas dali, pensava coisas obscenas. Seu repertório se esgotava, por isso recorria agora a *Maratona em Spanish Harlem*. Voltara às linhas iniciais: *Christina Lamparo lançou um olhar sem vida à fileira de postes metálicos ao longo da calçada de Pleasant Avenue*. Do jeito que estava, não ia demorar muito a baixar. Para ganhar tempo, passou à página seguinte: *Christine despiu a saia do uniforme marrom — e os seios fartos pularam de sua blusa combinando...* Começava a esquentar, só que depois vinha uma digressão sobre o calor em Spanish Harlem. Onde foi parar a cena erótica? Pulou duas ou três páginas: *Maria, vá passar sua roupa, propôs o padre. Você pode tirá-la neste confessionário.* Agora, sim. No confessionário, devia ser interessante. E depois, nada. Onde estava a continuação, merda? Ele virava as páginas sem encontrar nada que pudesse mantê-lo em ereção.

Enquanto isso, Maryse não parava de ler.

A cada cinco minutos, ela se voltava para ele e lhe perguntava, num tom onde se via uma ponta de dúvida:

— Foi você mesmo que escreveu isso?

— Se estou lhe dizendo.

Ele percebia que ela não estava convencida, mas isso não tinha nenhuma importância, as coisas sérias se dariam em outro campo. Pois Alexis era um fino jogador. Sua força era saber a hora certa de atacar. Como no cassino, ou como quando queria trepar com uma mulher. Sendo pago, evidentemente. O número saía, a mulher aceitava. Vencedor em todos os lances.

Born to win.

Rei do coito, rei da banca.

Quando Maryse lhe perguntara o que havia feito durante toda aquela ausência, ele se lembrou do conselho de Jackie: *Faça qualquer coisa, escreva um romance se seu coração pedir...*, ele não hesitara. O texto encontrado sobre o móvel da sala — o da garota de minivestido —, todo prontinho, acompanhado por uma carta que ele jogara no lixo. O livro não tinha nome do autor, só um título, *Um lugar entre os vivos*, e uma dedicatória a uma tal Denise. Foi para o lixo também. Eis como se joga para ganhar. Sem medo, passando por cima de tudo. Não fazer nada pela metade. Nunca.

Ele brandira o texto no nariz de Maryse:

— Olha o que escrevi! — dissera ele, triunfante.

Maryse hesitara, era bom sinal.

— Você pensa que é escritor? — gritara ela, furiosa.

Mas ela dera uma lida nas primeiras linhas. E alguma coisa acontecera. Ele percebera logo. Continuou lendo as linhas seguintes. E depois a página seguinte. (Ele teria desistido logo.) E outra página e mais outra. Ela tirara a roupa sem largar o texto. Depois foi para o quarto sem largá-lo.

Ele foi atrás. O que mais podia fazer?

Ele estava admirado, ler então era aquilo?

O mundo deixava de existir. E ele também. Uma curiosa idéia lhe veio ao espírito — seu espírito voltou-se para o lado prático —, uma vez escrita a obra, o autor sobrava. Depois se deitou ao lado de Maryse, a bissetriz sempre alerta, nas mãos *Maratona em Spanish Harlem*, e esperou.

Esperou a noite toda.

Ela lia. De vez em quando perguntava:

— Foi você mesmo que escreveu isso?

Ele confirmava.

De repente, ela lhe apontou o smoking jogado no carpete.

— O que você fazia com isso?

— Era minha roupa de escrever.

Essa tirada de bom humor a divertiu.

Ela ficou pensando. Quem teria escrito aquilo? Aquele livro ela nem hesitaria em publicar. Primeiro romance ou não. E para isso não podia perder tempo. "Histórias com o assassino serial", pensava ela. "Logo vão aparecer milhões. A imprensa só fala disso. Vai aparecer livro de tudo o que é jeito." Mas e o autor? Ela estava admirada. Nada de nome, nenhuma carta. Pensou em Ernest. Havia coisas ali que ela reconhecia. O estilo, tão visual, assuntos ligados à época em que viveram juntos. Uma passagem também: *Ele reencontrava marcas indeléveis que nem a vida, nem o amor, nem nenhuma fortuna, favorável ou desfavorável, puderam apagar. Elas constituíam a parte inamovível de si mesmo*. Ela acreditava ter lido isso em *Julgamento final*, que recusara, mas devia estar enganada. De qualquer forma, Ernest era incapaz

288

de levar uma história até o fim. É verdade que ela havia falado dele a Alexis. De seus amores em Aim'-sur-Meuse, de suas tentativas de escritor, ou ainda do velho tio no hospital. Alexis a teria escutado? Poderia ter se inspirado em Moravia para as cenas de sexo. Teria lido? Logo ele, que não via um palmo adiante de seu portento. Mas, se não fosse ele ou Ernest, quem mais? Como Alexis encontrara esses originais? Mistério. Se o autor fosse Ernest, não demoraria a se manifestar. Ela o conhecia, ele era mais do tipo que telefonava até conseguir.

E se ele não telefonasse?

Algo lhe dizia que ele não ia se manifestar. Uma curiosa tristeza perpassou-lhe o espírito.

Então, se ninguém se manifestava, por que não Alexis?

Ele seria melhor que Proximus Desaster com seu ciberespaço. Desde que vendera duzentos mil exemplares de *On the Web*, só se falava dele, nas revistas ou na televisão teclando um computador, ou enrolando um baseado, o rapper simpático se achava o centro do mundo. Incrível poder chegar àquele ponto! Dava entrevistas a torto e a direito, fazia provocações grosseiras, anunciava um próximo CD, e um terceiro romance que se intitularia *On the Web Again*. Esperava-se que, se ficasse na trilha de Kerouac, não o intitulasse *The Darma Bugs*, com o subtítulo *Os mendigos da Web*, ou qualquer coisa do gênero.

Nem queria pensar nisso.

Sim, por que não Alexis?

Pensando bem, Paul Pavlowitch serviu muito bem de proteção para Romain Gary. Podia-se reeditar o golpe, desta vez a mistificação não viria de um autor, mas de uma editora. Ela puxaria o fio. Era excitante. Jacques Condorcet ficaria encantado, Alexis tinha boa apresentação, conseguia se sair bem das situações mais delicadas. Com os jornalistas, nenhum problema, ele saberia falar com eles, sobretudo com as mulheres. Será que iria querer como pagamento resenhas elogiosas? E também, não era o texto o que importava? Um texto cuja importância relegaria o autor ao segundo plano. Com Alexis, nenhuma preocupação desse tipo, podia-se relegá-lo ao plano que se quisesse, ele nem estaria ligando. Ela diria isso ao analista, lhe diria que havia enfim encontrado o romance que esperava. Uma palavra de felicidade num divã era coisa rara.

Enquanto isso, Alexis esperava.

Ele sentia a situação girar a seu favor. Esse tipo de coisa raramente lhe escapava. Sempre cuidando para se manter em ponto de bala (uma última sacudidela poderia ser útil), ele pensava. Quanto dá um livro? Sem dúvida não tanto quanto um lance na roleta, mas abria as portas. E atrás das portas, havia as clientes. Não dava para largar. A fama dava dinheiro. Se a ela se acrescentasse o virtuosismo na cama, ele teria como fazer subir seu preço.

Nesse momento, Maryse se voltou para ele. Terminara a leitura naquele instante.

— Nunca pensei que você fosse capaz — ela lhe disse.

O cumprimento — seria mesmo um cumprimento? — o pegou desprevenido. O que dizia um escritor quando recebia um elogio? Ele não ia perguntar: "Gostou?", como com uma cliente. Nada encontrando para dizer, preferiu o silêncio.

— O que gostei — retomou Maryse —, foi da anfepífora. Muito a calhar.

— O que é isso?

— É a repetição de um verso no começo e no fim de um poema. Num romance, é quando se termina da mesma forma como começou. Com as mesmas frases.

Como terminava aquela história? Ele não fazia a menor idéia. Mas o começo ele tinha lido. Tomando então um ar de quem não quer nada (depois, em várias ocasiões, ele teve de dar uma resposta em tempo recorde ou encontrar a pose conveniente), ele disse com um leve sorriso de canto de boca, com o objetivo de sublinhar a modéstia de seu triunfo:

— Ah, sim! Eu sou o filho da noite medieval e da noite nova-iorquina. Uma ponte lançada entre dois abismos.

Série policial

Réquiem caribenho
  Brigitte Aubert

Bellini e a esfinge
Bellini e o demônio
  Tony Bellotto

Bilhete para o cemitério
*O ladrão que achava que era
Bogart*
*O ladrão que estudava
Espinosa*
*O ladrão que pintava como
Mondrian*
*Uma longa fila de homens
mortos*
O pecado dos pais
Punhalada no escuro
  Lawrence Block

O destino bate à sua porta
  James Cain

Nó de ratos
Vendetta
  Michael Dibdin

Edições perigosas
Impressões e provas
  John Dunning

Máscaras
  Leonardo Padura
Fuentes

Correntezas
Jogo de sombras
Tão pura, tão boa
  Frances Fyfield

Achados e perdidos
Uma janela em Copacabana
Perseguido
O silêncio da chuva
Vento sudoeste
  Luiz Alfredo Garcia-Roza

Neutralidade suspeita
A noite do professor
Transferência mortal
  Jean-Pierre Gattégno

Continental Op
  Dashiell Hammett

O jogo de Ripley
Ripley debaixo d'água
O talentoso Ripley
  Patricia Highsmith

Uma certa justiça
Morte de um perito
Morte no seminário
Pecado original
  P. D. James

Música fúnebre
  Morag Joss

*O dia em que o rabino foi
embora*

Domingo o rabino ficou em casa
Sábado o rabino passou fome
Sexta-feira o rabino acordou tarde
   Harry Kemelman

Apelo às trevas
Um drink antes da guerra
Sobre meninos e lobos –
Mystic river
   Dennis Lehane

Morte no Teatro La Fenice
   Donna Leon

Dinheiro sujo
Também se morre assim
   Ross Macdonald

É sempre noite
   Léo Malet

Assassinos sem rosto
Os cães de Riga
A leoa branca
   Henning Mankell

O homem da minha vida
O labirinto grego
Os mares do Sul
O quinteto de Buenos Aires
   Manuel Vázquez Montalbán

O diabo vestia azul
   Walter Mosley

Informações sobre a vítima
Vida pregressa
   Joaquim Nogueira

Aranhas de ouro
Clientes demais
A confraria do medo
Cozinheiros demais
Milionários demais
Mulheres demais
Ser canalha
Serpente
   Rex Stout

Casei-me com um morto
A noiva estava de preto
   Cornell Woolrich

ESTA OBRA FOI COMPOSTA EM BASKERVILLE PELA SPRESS
E IMPRESSA PELA GEOGRÁFICA EM OFSETE SOBRE
PAPEL ALTA ALVURA DA COMPANHIA SUZANO PARA A EDITORA
SCHWARCZ EM JANEIRO DE 2004